U0476499

# 山海闽东

宁德市文学艺术界联合会　编

海峡出版发行集团 THE STRAITS PUBLISHING & DISTRIBUTING GROUP | 海峡文艺出版社 Haixia Literature & Art Publishing House

# 前 言

固绿水青山之本，筑绿色发展之基。早在1989年，时任宁德地委书记的习近平同志就非常有创见地提出："森林是水库、钱库、粮库。"2022年3月，习近平总书记在参加首都义务植树活动时强调，森林是水库、钱库、粮库，现在应该再加上一个"碳库"，赋予了"三库"绿色生态理念新的内涵，让宁德人民倍感亲切，深受鼓舞。

30多年来，宁德广大党员干部始终践行"绿水青山就是金山银山"理念，坚定不移地走生态优先、绿色发展之路，通过开展一系列根本性、开创性、长远性工作，以改善提升环境质量为核心，深入打好污染防治攻坚战，补齐生态环境治理短板，着力降碳、减污、扩绿、增长协同推进。

持续擦亮"清新宁德"城市名片。全市二氧化硫、二氧化氮、一氧化碳、臭氧、颗粒物、细颗粒物等六项空气主要污染物指标均优于国家二级标准，其中细颗粒物年均浓度优于世卫组织过渡期第二阶段标准，"宁德蓝"成为城市金名片。

持续打造"清水绿岸"宜居环境。投入超25亿元接续开展中心城区黑臭水体治理和提质增效，重点流域、主要湖库、县级以上集中式饮用水水源地水质达标率保持100%，霍童溪作为福建省唯一一条河流入选全国首批“美丽河湖”优秀案例。

持续拓展“水清滩净”亲海空间。全面完成海上养殖综合整治，销声匿迹近30年的中华白海豚多次出现在宁德海域，整治工作成为全国海洋生态环境保护工作典型经验并入围“中国这十年”生态环保成就中的地方实践示范。

持续绘就“业兴绿盈”美丽乡村。农村人居环境明显改观，在全国率先完成所有建制村改厕改水，乡镇污水处理、建制村生活垃圾收运处理实现全覆盖；积极探索闽东特色乡村生态振兴之路，打造出了1761个富有“绿化、绿韵、绿态、绿魂”特色的“绿盈乡村”，创建比例达84.7%，柘荣、寿宁、周宁、古田先后荣获“国家生态文明示范区”称号……

人不负青山，青山定不负人。多年来，宁德始终坚持锚固生态基底、厚植生态优势、发展生态经济，让绿水青山为发展赋能，构建起了高质量发展新格局。现在的宁德，森林覆盖率达69.98%，居我国大陆沿海城市首位，2019年被授予“国家森林城市”称号，是中国东南沿海的休闲度假和生态旅游胜地。

为讲好生动的闽东生态故事，在宁德市委宣传部的指导下，宁德市文联精心组织策划，开展采风创作，征集优秀作品，形成《山海闽东》一书，从绿水青山到金山银山，从宜居宜业到诗意山海，全方位描绘美丽的闽东生态画卷，书写闽东生态文明建设的精彩篇章。

山川层林尽染，湖海碧波荡漾。站在新起点，展望新征程，一幅青山绿水、碧海蓝天的生态文明建设的美好图景，正在闽东大地上徐徐铺展，不仅带给人们回归自然的美好享受，也将是闽东走向未来的重要依托！

编　者

2022年11月

# 目　录 / CONTENTS

## ■ 绿水青山

青山不老 ……………………………………………… 黄文山（3）
佛光灵雾白云山 ………………………………………… 黄河清（7）
感受福鼎山海 ………………………………………… 何少川（11）
品读柘荣地理 ………………………………………… 蔡天初（15）
寂寞翠屏湖 …………………………………………… 许守尧（25）
雨雾东狮山 …………………………………………… 张冬青（28）
小荷已露尖尖角 ……………………………………… 李治莹（31）
云游仙山 ……………………………………………… 潘德铭（37）
岩石上的花朵 ………………………………………… 小　山（46）
嵛山岛：瓷器一样的时光 …………………………… 刘翠婵（52）
一只鱼的宁德海 ……………………………………… 郑承东（54）

竹江秋色正斑斓 …………………………………… 阮兆菁（60）
走入《诗经》里的河流 ……………………………… 哈　雷（64）
寿宁看山 …………………………………………… 张久升（75）
渔村纪事 …………………………………………… 王振秋（79）
一组春天的海 ……………………………………… 郑飞雪（81）
翠微 ………………………………………………… 诗　音（94）

## ■ 金山银山

富春溪流韵 ………………………………………… 许怀中（101）
美玉福地话嵛山 …………………………………… 林思翔（106）
新桃花源记 ………………………………………… 季　仲（110）
古今传奇富达村 …………………………………… 唐　颐（115）
野性湿地 …………………………………………… 沉　洲（121）
海山天湖三都澳 …………………………………… 朱谷忠（127）
屏南两大冰河遗存 ………………………………… 王晓岳（133）
云端花开 …………………………………………… 缪　华（143）
向山外呼喊 ………………………………………… 禾　源（150）
深情在沃土 ………………………………………… 柯婉萍（159）
从云雾中走来 ……………………………………… 许陈颖（166）
溪塔与“最美葡萄沟”……………………………… 李　浩（170）
亲水宝典白水洋 …………………………………… 黄锦萍（174）
黄金海湾的鲍鱼与海参 …………………………… 张　茜（181）
中国海带与紫菜之乡 ……………………………… 尚　昱（191）
春光不负耕耘人 …………………………………… 杨秀芳（200）

## ■ 宜居宜业

厚重水文化　今朝谱新曲 …………………………… 唐　颐（207）
柘树·柳树·银杏树 ………………………………… 汪　兰（213）
一张老照片 ………………………………………… 李步舒（220）
两条溪流一个魂 …………………………………… 郑家志（223）
东湖往事 …………………………………………… 林立志（284）
浦源的软猬甲 ……………………………………… 陈巧珠（230）
九仙凤鸣 …………………………………………… 范秀智（234）
恋上一座城 ………………………………………… 黄钲平（239）
绿满玉田入画来 …………………………………… 张敏熙（243）

## ■ 诗意山海

太姥山短章（外四首）……………………………… 汤养宗（253）
白水洋（外二首）…………………………………… 叶玉琳（258）
为了迁徙的告别（外二首）………………………… 谢宜兴（263）
春天的西洋岛（外三首）…………………………… 刘伟雄（267）
在霍童溪畔捡到的诗 ……………………………… 伊　路（271）
到三都澳看海（外一首）…………………………… 闻小泾（274）
清海（外一首）……………………………………… 周宗飞（276）
所有乡村都看似家乡（外二首）…………………… 阮宪铣（279）
官台山的薰衣草回廊（外一首）…………………… 何　钊（281）
想为西山的两块石头命名（节选）………………… 王祥康（284）

拜访一株老茶树 …………………………………………… 林典铇（286）
嵛山岛，泡一壶老白茶（外一首） ………………………… 陈小虾（288）
祖国的霞浦（外一首） …………………………………… 韦廷信（290）
诠释嵛山岛 ………………………………………………… 钟而赞（292）
紫菜岁月 …………………………………………………… 董欣潘（293）
在闽东 ……………………………………………………… 李艳芳（295）
我的蓝天白云 ……………………………………………… 阿　曼（296）
潮汐引力 …………………………………………………… 张　颖（297）

# 绿水青山

# 青山不老

◎ 黄文山

青山不老。

24年过去了，鸳鸯溪，别来无恙？

世事如棋。人生是一枚棋子，冥冥之中或有一只看不见的手，在左右着你的行止进退。希腊哲人赫拉克利特说过，人不可能两次走进同一条河流。更何况，这一条远离尘寰的鹫峰山中的小溪，在百万分之一的地图上也只是一根不起眼的细线。然而，就这么一条细线，却牵出一段 24 年前的绵长记忆。今天，我又一次来到鸳鸯溪畔，只是人生的坐标已经移位，岁月早磨白了我的双鬓，脚步里也添了几分踉跄。而我即将面对的还是当年那条清澈见底又碧绿如染的溪流吗？

记忆深处的调色板似乎正渐渐清晰起来。

当年一行中，年纪最大的属郭风先生，已经 68 岁。我知道他对这条尚未被污染的清纯山溪的向往，这是一位深具童心的作家的深切渴望。可是当我们到达双溪镇时，望着面前蜿蜒直落谷底的小路，他沉吟片刻，最终在众人的劝说下放弃了亲近鸳鸯溪的念想。就在那一刹间，我分明看出郭风先生平静的微笑里闪烁着几分无奈。那是岁月无情的名片。我的心湖隐隐起了些波澜。萦绕在心头的是宋人苏东坡的一首小词："谁道人生无再少，门前流水尚能西，休将白发唱黄鸡。”放达中透出人事的苍凉。其实，时不时“聊发少年狂”的东坡先生写这首词时也不过45岁。

想到这里，自然对这次重访鸳鸯溪的机会产生珍惜之情。因为我也正渐渐走向郭风先生当年的年纪。当然，此行的信心还来自已经大变样的交通。

记得当年从双溪镇下行20里到宜洋村，走的全是羊肠小道。这个群山环抱中的村落，犹如绿色汪洋中的一座小岛，带给上、下行路人的，永远是诱人的炊烟和清幽的记忆。而从宜洋下行到鸳鸯溪边，则不复有完整的道路。

今天的宜洋显然已经不是那个质朴而闭塞的小山村了，这里成了景区的主入口，不仅通了公路，还建起了现代化的宾馆和停车场。游客乘坐汽车可以直接到达宜洋。

通往鸳鸯溪的步道很好，中间接入一条嵌于山体中的栈桥，循着幽深的溪谷迤逦下行。这道蜿蜒3公里的水泥栈桥整个架设于悬崖间，裸露的山崖，几乎呈90度壁立，灰苍苍的岩体，斑驳皲裂，写着险巇，还写着沧桑。从藤状的护栏探身一望，便是万丈深渊，让人不禁心旌摇摇。但走着走着，很快就忘却恐惧，四围草木的清香让人醺然欲醉，恍惚间已经将自己和脚下的栈道一起融入莽莽山野。周遭是层层叠叠的绿，连绵起伏的绿，一望无际的绿，除了脚下的栈道，似乎看不到有人类斫伐的迹象。

终于发现了当年手足并用攀爬过的古道，它几乎是悬垂于山崖间，看一眼便会让人生出几分感慨。20多年前，我曾在一篇游记中这样描写过它：“说是路，不如说是泉水在大山的胸脯上撕开的一道口子。人们在这道长长的裂口上随意凿道坎窝，便成了攀登的路，滑溜、险峻。”这路现在还留着，主要是供登山健身者使用，只是多了两根充当扶手的钢筋。

当年令我感慨良多的还不是刚刚经历过的从石缝中攀缘而下的惊

险，而是看着身旁三两负重者正从容地蹚过溪流向着对面周宁的大山继续攀行。他们步伐轻快，脚跟似带着弹性，肩膀一晃一悠，含着一种节奏，不，是艰辛生活赋予他们特有的韵律。从一座高山峻岭中走下，眉头不皱，再攀上另一座高山峻岭，这就是他们的人生轨迹，也是他们的生活方式。他们没有选择，也不可能选择。这些山的子民，眼见得人越来越小，也越走越高。我就这么痴痴地望着这一只只小小的背影，直到对面山上的村庄，冒起了袅袅的炊烟。

而今，再也看不到这样的负重行者，也无需这样的负重行者。他们成了留在生活记忆中的影画，正渐渐淡去。

先听到泠泠的水声，接着便看到一条碧绿莹莹的小溪正袅袅娜娜地从群山的怀抱中挣出身子，轻盈跳脱，踩着一块块河石，舞蹈着、欢叫着向我们跑来。有时，它们撑开白色的裙裾，从巨岩的肩膀上轻快地滑落；有时，它们悄悄聚成一潭，将大山的层层颜色铺染得如此绚烂浓郁。

这条溪在地图上的学名叫叉溪，鸳鸯溪是当地山民的习惯叫法。未开辟成景区前，溪里确实有鸳鸯嬉游。鸳鸯是候鸟，每年秋凉时节，便从北方飞来。它们选择鹫峰山，也许是因为这里山林幽静、溪水清碧、人迹罕至，而且溪中多深潭。因为鸳鸯不喜喧哗，且十分机敏，稍有响动，便会迅速避入深潭，悠然而逝。当年，溪畔建有一处望鸳台，供观鸟者窥望、拍照。那些观鸟者往往就在溪畔隐蔽处露宿，黎明即起，潜至望鸳台守候。据说，最多时，溪潭中嬉游着数百对鸳鸯，与翡翠色的潭水交相辉映、美不胜收。

而今，野生鸳鸯在溪中已经绝迹。因为，人类侵入了它们的生活，打破了它们的安宁。它们将新家园迁到哪里不得而知，但鸳鸯溪却这么被叫下来了，而且还将一直被叫下去。

没有了野生鸳鸯的鸳鸯溪静静地流淌，带着风的轻盈姿采，带着草木的清香。它们让人想起看不见的时间和感觉得到的生命。24 年匆匆逝去，而溪床依然，溪两旁的崖石依然，甚至溪畔那几棵乌柏树依然。它们勾起了我的往昔记忆。这情景，让我想起在别处看见过的一幅崖刻“倔强犹昔”。因了这一份倔强，天地万物才有了自己固有的形态和秉性。岁月能改变许多，让青丝变成白发，让健足变得蹒跚，但很难改变的就有这一份倔强。

打开尘封的相册，看到当年一行人在鸳鸯溪的合影，那里面自然没有郭风先生。但溪水里又依稀有郭风充满童心的诗句：“晚风吹起来，溪岸上的乌柏树，树枝上的红叶子和黄叶子，飞到溪水上，好像一艘艘红的小船和黄的小船，随着流水向前航行了。”

青山不老。与青山一样清新而又倔强的也许还有那些浸满童心的诗行。

# 佛光灵雾白云山

◎ 黄河清

到过一些名山胜地，但这座名不见经传的白云山却时常让我魂牵梦萦，牵记着她的灵秀，牵记着她的神奇……

暮春时节，出差来到白云山下的福安市晓阳镇，当地人介绍从晓阳镇登山是一条捷径。据清光绪《福安县志》载：白云山，“山最高，为闽东第一山。上有庵，常年积雪不散”。单是这文字，就已让人产生登山的兴奋。晓阳镇所在地晓阳村，是南宋著名爱国诗人谢翱的故乡。他的诗在中国文学史上有很高的地位，史称“宋末诗人冠”“南宋翘楚”，有《晞发集》等百余卷诗文传世。村中心有座福建省最古老的戏台，名曰“太后宫厅”，为木质宫殿式建筑，正中悬挂着当年体式的“太后宫厅”匾额一面，木柱下部的八棱础石具有鲜明的宋元特征。大厅前面的一对“石锣石鼓”内九旋和外五旋的纹饰，表示至高无上的“九五之尊”，隐示皇家的威仪，大厅两侧的神龛基座有十数面石刻浮雕，上面的人物花鸟走兽线条流畅，栩栩如生。据说，这座仿宫殿建筑，是晓阳谢姓为祀谢太后所建，太后名谢道清，晓阳人氏，为南宋末理宗的皇后。白云山脚下的这些历史和传说，平添了许多神秘和遐想。

挽着清风，携着朝阳，我们渐入白云山灵动的画幅，成了其中的点缀。登山台阶蜿蜒着向上伸展，目之所及，到处是旖旎的风光。杜鹃花一簇簇，一片片，跳跃着炙人的热烈，把乍暖还寒的白云山装扮得分外妖娆。锦带花、丁香花、忍冬花……如精灵闪动在绿荫中，时而舒展，时而隐秘。路旁的小溪，拖着银色的裙摆，旋转着水涡的罗裙，在玩石间欢快地奔跑着。几只蝴蝶轻点着溪水和它亲昵地耳语。不远处的水潭仿佛把满山的绿色都融入其中，绿得让人心醉。间或几声鸟啼，越发平添了空谷的宁静。

正当我们欣赏着沿途这绝妙的景致时，不知何时，轻纱般的雾气悄悄向我们飘拢而来。从花丛下，从溪水中，从树林间，似发丝般细长的雾丝，若有若无，时隐时现，悠悠荡荡，随山岭起伏，顺山风来去，一层层、一团团地升腾、集聚。雾来之时，绝不张扬，没有一点儿征兆，既不会刮风落雨，更不会电闪雷鸣。气势磅礴的喧闹与它无干，长虹七彩的绚丽更是沾不上边。它是那么特立独行，那么温情柔和，周身上下只是一袭亘古的苍白……

我们继续向峰顶登攀，瞬息有种错觉，竟分不清自己是上了天阶还是登了天梯，脚步似乎也飘忽了起来。雾，快快慢慢、大大小小、白白淡淡、高高低低，翻卷着，舒展着，延伸着，没有一刻保持相同的模样，以各式各样的姿态漂流而过。雾的变化，恰似人的命运，那分分秒秒都变幻莫测的人生际遇，不禁使人为之又喜又叹。“雾起时，我就在你的怀里。这林间，充满了湿润的芳香，充满了那不断重现的少年时光。雾散后，却已是一生，山空湖静，只剩下那，在千人万人之中也绝不会错认的背影。”白云山的雾有如席慕容诗中的灵性，你置身于她白色温柔的抚摩中，蜷缩的心叶可以得以缓缓伸展和浸润，变得淡定而又坦然了。

雾气，越来越重，越来越浓，沟壑、峰岭、树木，一切的一切全给装进了雾里。一阵阵山风吹来，携着雾水，使头发、眉毛挂起了水珠，水珠越聚越多，越集越大，一粒粒从脸颊上滚落下来。树干、花蕾、叶尖都挂起晶莹的玉珠，闪动着，跳跃着。当我们接近缪仙峰顶时，雾突然散开，变成了一团团的白云，翻滚着向邻近的山坳里集聚，一切又清晰地重现在了人们的面前。“啊！佛光，我看见佛光啦！”循着同伴的喊声望去，不远处的山谷里，竟有一个清晰的半身人影，头部罩着一轮色彩斑斓的光环，宛如一尊如来佛像。仔细看时，在光环中仿佛还有类似蝌蚪的文字，光环直径约有两米，静静谧谧，彩光流转。佛光的形成机理，我略知一二。然而，第一次见到佛光的我，也一样惊喜地喊将起来，在山顶跑来跑去。奇怪的是不管我跑到哪里，佛光都跟到哪里。我用手挥之，佛光里的“佛”也伸手挥之，我的手挥几下，“佛”也跟着挥几下……佛祖真的要显灵？我不禁紧张起来，呆望着佛光，再不敢动弹。

366年的一天傍晚在甘肃敦煌附近的莫高山顶，一个叫乐僔的和尚在无意中看到了佛光，随即訇然跪下，朗声发愿，誓把佛光显现之地变成一个令人崇敬的圣洁宝地。正是受这一理念的感召，经过工匠们千余年断断续续的艺术构筑，终于成就了举世闻名的世界文化艺术的瑰宝——敦煌莫高窟。这就是佛光的感召力，让人为之奋斗终生而不悔。

佛光显现出色彩缤纷之美，放射出七色光彩闪烁；佛光具有令人惊艳之美，让人迷狂；佛光具有宁静之美，将自己的宁静融入了广阔无垠的宁静；佛光蕴含知足之美，偶尔显现，不会无休无止地放大；佛光葆有圆满之美，永远是那么自然、饱满；佛光还有和善之美，悄然显现于阳光下的云雾，默默出现在人的眼前……佛光永远都是别具一格之美。天下名山，发现佛光者不少，如峨眉山、黄山、蓬莱山等都发现过，但都是单体佛光，而白云山缪仙峰所显现的佛光，则是单体和群体交相辉映。据说，白云山佛光每年大致会出现数十次，若有缘，你还能在莲峰寺前的天池畔看到子夜佛光。月色溶溶、云雾迷离、空气澄明，这月夜里的佛光，不比王维的佛理诗境更静谧、更神奇吗？

白云山有着太多的自然景致、人文历史。来吧，融入她的怀抱，让仓促的步履缓一缓，让狂乱的思绪安一安，让浮躁的心灵静一静，在熙熙攘攘中找一块属于自我躯体和内心世界宁静的魂灵之所，也许白云山这佛光、灵雾，这日出、云海，这午莲、冰臼，都是对心灵极好的慰藉。

# 感受福鼎山海

◎ 何少川

福鼎市地处福建省东北部，与浙江省交界，地理位置特殊，其地貌有不同一般之处。在别的一些地方，要不有山无海，要不有海无岛，或山不奇伟、海乏景致、岛缺风韵、溪少幽然。而福鼎却山峦独特，海景旖旎，岛屿妩媚，溪流静谧，风光道不尽的美妙多姿，让游客在诧异中流连陶醉。

从20世纪90年代初至今，我三顾太姥山。在首游之前，我读过一些描绘太姥山的诗赋，听说过一些有关的民间传说，不由地心驰神往。但几次已近它的身旁，都因各种原因没能成行，太姥山在我的心目中更有了几分神秘，探访它的愿望也更加的迫切。于是首游后，我写了一篇游记，题为《有缘是福识“仙都”》，文中这样写道：“大凡山的魅力，莫不得助于或是有志之史悠远，名重遐迩；或是士踪仙迹留存，引人朝觐；或是险峰峭岩神妙，景观绝奇；或是林茂叠翠静谧，风光秀丽；或是洞谷盘旋曲折，千姿百态；或是青山绿水相映，情趣无限。令人惊叹的是，我发现所有这一切，太姥山似乎兼而有之，是一块难得的宝地。”从山蕴藏的内涵而言，我感受到太姥山的自然景观和人文景观丰富多彩，确有其不平凡之处，可以同其他名山的风光媲美。吟唱太姥山的诗词很多，前人曾有诗赞道：“七闽山多灵气钟，武夷太姥高穹窿。”

进入 21 世纪，我又有一次登临太姥山的机会。虽然是重游，却兴趣不减，山上的一峰、一洞、一谷、一寺、一潭，依然令我迷恋和遐想。那天下午，风和日丽，夕阳即将西下，明月已挂天边，巧遇难得的日月同辉的美好天象。我坐在高高石台上，只见惟妙惟肖的“夫妻峰”，沐浴在淡淡柔和的霞光之中，两情相悦，亲密依偎，形象更加生动出彩，氛围温馨撩人。我面向大海眺望，这时海上没有雾，只有薄薄水汽洇染。茫茫大海博大旷渺，一边是与长空衔接，一边是金色沙滩镶嵌，像一张自天而降的庞大幕布覆盖在大地表面，浅蓝浅蓝的，细软细软的，恍若一袭薄薄的轻纱，过眼让人舒心怡然。于是，我想天地造化，正是有了海，太姥山才能宛似仙境，突显它与众山不同的美妙，被誉为“海上仙都”。近日这一次去太姥山，我乘车路过闽东沿海和浙南一带，有意留心观察。广阔的区域里，尽是山地，山连着山跌宕起伏，巍巍壮观。但是山顶都比较平缓，有的是岭难遇突兀的山峰，岭上的巉岩怪石也非常罕见，成堆成片的更为稀少，像一头头被驯服的猛兽没有龇牙咧嘴，显得十分的温顺。而在这样一大片的地貌之中，太姥山可以说是异峰突起，岩相婉孋，独露峥嵘，显示出它的卓尔不群。它的脱俗可贵，值得珍惜。

2006 年夏至前后，我到过大嵛山岛，这是福鼎海面上福瑶列岛中的一颗明珠。福瑶列岛包括大嵛山、小嵛山、鸳鸯岛、七星岛、银屿、娘子礁、蚕仔礁、大鸡笼、小鸡笼、小洋鼓、烽火岛等，大小 11 座岛屿，像天上撒落东海的一串珍珠，大嵛山岛是最大的一颗。传说明太祖朱元璋曾到过岛上，迷醉其景色，脱口而出“东海仙境”。我登岛的前一年，《中国国家地理》杂志社组织评选“中国最美的地方”活动，嵛山岛超凡胜出，被评为“中国最美的十大海岛”之一。据统计，全球有 20 多万个岛屿，我国海域辽阔，星罗棋布的大大小小岛屿少说也有上万个，属世界上拥有岛屿的大国，能被评为“中国最美的十大海岛”之一是件很不容易的事。我不懂得这是以何等标准，又依怎样程序评判的，但能被评上至少说明，大嵛山岛是一座值得人们去亲身体验的岛屿。我兴趣盎然地登上大嵛山岛，环视这里的地形，果然如辞书所言：“因山坳凹陷如盂，旧名盂山，谐音为今名。”遍游全岛，在这座面积仅有22.21平方公里的岛上，万象包罗：有青山起伏的峰峦，层层重叠，洞穴幽邃；有晶莹透彻的湖泊，盈盈碧水，静如处子；有拍壁雷鸣的飞瀑，皑皑流注，终年不枯；有广袤万顷的草甸，茵茵翠绿，苍茫壮丽；有岙角平坦的沙洲，绵绵柔软，仿若黄云；有海蚀地貌的岩岸，影影物象，如诗如画……本地朋友不无自豪地对我们说：“这里的景致，几乎是其他岛屿上有的，嵛山岛全有了，其他岛屿没有的，嵛山岛也能看到，集岛屿之大观。”以我的感受，嵛山岛是一座保留原生态较好的岛屿，其美的品质，似乎可以用八个字来概括：“天然野趣，空濛瑰丽。”

海有无穷的魅力，我生长在海边，有恋海的情结。我遍游四方，如有海必定找机会前往观赏。福鼎海上有200多个岛屿，较集中的除上面提及的福瑶列岛外，还有台山列岛、七星列岛。它们像天上的星星那样，点缀在碧波之中。岛屿是海的装饰品，是海的景致。岛上生长的茂盛绿荫，是海的胸花、鸥鸟的天堂。有了岛屿，有了林木，有了鸥鸟，海增添了色彩，增添了灵动，增添了魅力，不再单调，不再寂寞。福鼎的海岸线逶迤曲折，长433公里，占福建海岸线的九分之一，形成的主要港湾达41处。多变的港湾，造就纷呈各异的岸貌、宽窄不一的沙滩，海景因而更显婀娜多姿。福鼎港湾内比较知名的沙滩，有小白鹭沙滩、大筼筜沙滩、小筼筜沙滩、蒙湾沙滩，以及目前已被开发开放的牛郎岗海滨沙滩。我们来到牛郎岗海滨沙滩，只见滩面开阔，沙质细洁，随弧形岸线定型，状似一弯金色弦月。这里滩面平缓，海潮涨落只有微浪，水中没有发现凶猛的鱼类，环境洁净清幽，人们可以惬意地在此游泳、静卧、戏耍、观海，是一处理想的天然大浴场。沙滩北面的岗崖和礁屿有海蚀地貌，岩石形态呈页状、棱状、柱状、锥状，天工巧造；色泽不一，呈褐色，间有乌青、血红、土黄、乳白，五彩斑斓。经年累月由风吹雨淋浪打而成的奇观，是一种不加人工雕饰的自然工艺品，独具观赏性。我从中感受到，岁月的锐利，自然的伟力！

如果说太姥山是“灵山”，它西南侧的九鲤溪应该称得上“秀水”。九鲤溪连着霞浦的杨家溪，同属一条溪。杨家溪我多次游历过，清溪放舟领略两岸青山丽景，别有一番情趣。可惜九鲤溪我未曾见识，但相信一定也是像杨家溪那样幽然秀美。留下的悬念，待来年让我有机会再去感受吧！

# 品读柘荣地理

◎ 蔡天初

最近读到两本书：《改变世界的100幅地图》（杰里米·伍德著）和《改变世界的地图》（西门·温契司特著）。地图怎么会改变世界呢？《改变世界的100幅地图》书中为什么没有中国地图？作者提出“读小说一样读地图”，引起我对地图的浓厚兴趣。

柘荣是我并不常来常往的地方，2011年冬走进柘荣，我打开卫星地图，饱读柘荣地理。从卫星上鸟瞰柘荣，轮廓很清晰，全县约600平方千米的土地“仰天而置”。近年柘荣拓展了城市空间，城关越来越大，仿佛是美丽的桂冠，折射出耀眼的光芒，散发出强烈诱惑力，一下子把这一切举到眼前的时候，我感受前所未有的视觉冲击。

柘荣县与福鼎市、福安市、霞浦县和浙江省泰顺县交界，自然山水景观资源丰富而多元，可以概括为“山、溪、城、路”四大地理景观要素，旖旎的风光和厚重的文化，让人惊叹。

## 山

东狮山是柘荣名山之首，距县城仅6公里。我们乘车前往，一路上一眼望去，这儿的山，几乎没有一点裸露的地方，绿色垄断一切，绿光闪烁逼人。山的美全然就是那绿，似乎绿色是这座山的魅力所在。

汽车连着拐了几个陡弯，驶进一片缓坡，和别处不同，映入眼帘的是，群山耸立，沟壑密布，溪谷纵横，满沟满谷的山岩令人眩目。说来也怪，东狮山景区，方圆才 25 平方千米，连绵分布千米以上高山有 28 座之多，最低谷海拔 188 米，相对高差达 1291 米。听介绍，似乎在上一堂数学课："狮山峻峭挺拔，奇峰怪石，千姿百态，内有一谷一线天、三峰三泉三龙井、五岭十壑三十一岩、三十六洞、二百二十七石等景观。灵岩宝洞，为狮山三十六洞总洞府，各洞距离不等，大小不一。其余被列名四洞者有灵光洞、灵峰洞、何仙姑洞、通真洞等，各具名气。"建设局园林所林长华所长用"专业俗语"解释道："特殊的地理位置，使得这块土地，在历史的演进中，山岭起伏密布，峰峦耸峙，地形、地貌多变化，生态环境多样，动植物资源丰富，种类繁多，珍稀物种不少，植被保护完整，生态系统功能健全，为具代表性的中亚热带近海内陆丘陵山地自然生态系统。"

实际上，东狮山（海拔 1479 米）是太姥山脉的主峰。"柘洋东山，东望海外数百里。"用清举人、江西知县徐友梧的名句来感受这里，再贴切不过了："绿帜插云霄，岩岩众山祖。太姥在下峰，高标谁与伍？"东狮山景区，1998 年被福建省政府批准为省级风景名胜区，足见其美。

从卫星地图上看，东狮山的地标称为"东山顶"，显得特别醒目。东狮山像一部读不尽的天书，不仅有"太姥主峰，东南绝顶"称誉，还有"马仙故里，道教名山"之称。据《霞浦县志·名胜》记载："马仙云游东狮山时，见狮山奇峰叠嶂、怪石嶙峋、千姿百态、云雾缥缈、洞府静幽，因而入迁，日后遂为马仙仙都，成为柘洋及周边信众顶礼膜拜的圣地。"历史上东狮山谓"马仙仙都"，蕴含着丰厚的马仙文化。现在山顶建有马仙文化广场，雕有马仙石像，高达 25 米，由 633 块花岗岩石材建造，矗立于东狮山青云宫的坪岗上。雕像为清秀仙姑，持伞依行；基座高为 7 米，取材于传说中马仙得道成仙的百丈岩；像体高为 18 米，寄寓马仙 18 岁修道成仙；各组数字均取意吉数，寓意阴阳协调、国泰民安、风调雨顺、和睦相处。当然，东狮山的传说还不少，人称有“三奇”：其一是“仙泉喷雪”，在蟠桃洞右侧。相传，八仙中的吕洞宾和何仙姑游东狮山时，到此口渴，吕洞宾将手掌插入岩中取水喝，于是在岩壁上留下了掌印。掌印中源源不断涌出甘泉，常年不枯，当地百姓称之为“仙水”。其二是“五音木鱼石”，在铜锣挂壁岩右侧。岩石的外形像鼓，下半段埋在土里，仅露上半段，外围约 50 米、高 10 米，登上岩顶，用木槌或小石头轻轻敲打，便会发出高低不同的五音声调，似木鱼声，传为仙人所造。其三是“风洞岩”，在“石帅把关”和“百丈岩”附近。远远望去，该岩外形似登山蛤蟆，岩中有洞，人在洞前，清风扑面而来，神来天成。这些景观保存今日，被人们一一指认时，更显魅力所在。

东狮山是闻名遐迩的道教圣地，更显神秘、幽深，以它特有别致的气息征服四方来客。

坐落在仙屿公园西北侧的仙屿，柘荣人称为“七星墩”之首，因钟灵毓秀，若屿若鳌，又有“鳌头一岛”之称。称“岛（屿）”，实际上它是座小山，可鸟瞰全城，内祀马仙，声名显赫，许多人都喜欢去祭拜。我们雾雨蒙蒙中登上仙屿，山上树木葱茏，只见庙隐其巅，具有明代建筑风格，整座建筑雕梁画栋，藻井雕刻得特别精美。有诗云：“鳌头绿岛化寒冰，古木丛林翠色凝。曲径岭巅堪远目，危楼仙阁最高层。飞峰妙力雕天秀，纵野环尘指日兴。璀璨群星歆自布，更多奇趣美人灯。”（东乾《鳌头一岛》）所以仙屿也美称“美人灯”。马仙信众，在柘荣 13 个境内建有 16 座地主宫，多建在各地名山上，每座山都有一段神奇的传说。16 座地主宫，于农历七月上旬左右择定吉日登东狮山灵岩洞祈请马仙下山泽民，在仙屿庙举行 3 天“总供”后巡境，终年香火不绝。

“青山遮不住”，这是对柘荣地理最好的写照。柘荣地域不广，卫星地图上可测出，南北长仅约 27 公里，东西宽约 35 公里，但千米以上山峰就有 93 座，山地面积占 93%，每座山都显得神奇。比如，在柘荣县西南部的黄柏乡，就有“三山”：东山（小东山），有绵延伸向蓝天白云间的高原草场、天湖、仙宫、古寺庙。蝴蝶山，因山峰似蝴蝶而得名，山顶有天池。相传，东海的鱼虾常常会通过暗道到蝴蝶山天池中游玩。在山北麓有始建于唐朝的千年古刹兴福寺，“古寺晨钟”“万籁时犹寂，一声云外钟。禅关拦不住，因透数重峰”，似仙境。天星岗山，位于陈家山村千年古刹天星寺西北面，因山顶有天星岩而得名。远眺天星岩，仿佛像群峰烘托出一颗明珠——天星寺。相传，有一个为天星寺放牧的牧童和他的耕牛，一道修成正果。牧童骑着耕牛到天星岩顶升天，在岩北边留下牛蹄印迹，深约 5 厘米，传说为圣地。想不到，一处奇异的自然景观，却给人们带来无限的美丽遐想。

大自然造就了这神奇的山体，那是自然的馈赠，但它同时也考验着人们的生存能力，世世代代如何建设这永远居住的绿色“山家园”。

## 溪

打开地图我们会发现，柘荣的水流都用“溪”命名，看不到什么“河”“江”命名的水流。

众所周知，“溪”这个概念，是指相对比河流窄、水流速度变化大的自然淡水水流。一般来说窄于 5 米的水流称为溪流，宽于 5 米的称为河流。同时，通常溪流都是在河流的上游，和山谷一带，因此，“不临深溪，不知地之厚也”（《荀子·劝学》）。有趣的是，文字上看，“溪”形声，字从水，从奚，奚亦声。“奚”意为“世世代代”。“水”与“奚”联合起来表示“世世代代流淌的水”。

由于柘荣县内峰峦耸峙，溪流切割强烈，所以我们看到的是溪涧各段宽窄不等，河谷型盆谷和河曲型峡谷相间分布于境内，许多河谷呈现明显的串珠状特征。县内溪流水系大体呈放射状向四周流出，穿流于峻山峡谷之间，流程短，河面窄，落差大，水流湍急，是“柘荣溪”的最显著特点。

在卫星地图上通过鼠标来放大、缩小，可清晰见到3条典型的溪流：一是新荣溪，发源于东狮山山顶附近，蜿蜒向北流入交溪转入福安市赛江；二是东溪，发源于东源乡鸳鸯头大湾山，向西南流入宅中乡西坪村，与西溪汇合后流入交溪水系的支流茜洋溪；三是桃坑溪，发源于东源乡大湾山附近，向南后折向西南流入茜洋溪的上游河段。不过，其中的平溪，我认为应称是一条河流。其发源于东源乡第一尖(海拔1185米)，县内长6公里、宽5米多，向东南经石山村汇入福鼎市潘溪（赤溪)，转入霞浦七都溪。溪的前段溪面宽、距离长、平坦清澈，故称平溪，但这在柘荣应是一条少见的溪流了。

西南部的龙井坑峡谷位于黄柏乡，距县城约40公里。峡谷呈南北走向，长约6公里，因其中有钟龙井而名。峡谷水源来自海拔千米的蝴蝶山。传说，黄柏天星寺有口大钟，上铸有一条龙，因吸取香火之灵气，得道成真龙，称谓“钟龙”。钟龙飞升之日，在天星寺上空盘旋，发现寺后山峡谷有条如此美丽的溪流，就飞到溪中一个飞瀑下的深潭（即今之钟龙井）住下来，并在瀑布上方的岩头，掘一深潭(即旋螺潭）来过滤水源，以保龙井之水洁净。今在钟龙井附近的山后村边，尚保存有龙宫建筑一座，山上还遗存明代开采的远近闻名的银矿。在解放战争时期闽东红军兵工厂也曾设在这里，使龙井坑峡谷充满了传奇色彩。

龙溪是流经柘荣县城关的唯一溪流。它发源于大山深处，弯弯曲曲，宛如游龙从北向南贯城而过，因而得名。静而美的龙溪川流不息，是柘荣的母亲河。园林所林长华所长说：“龙溪两岸野生植物种类繁多，不少种类具有很高的观赏价值和景观价值。不同的时节景致各有不同，四季都是一幅别致的风景画。

当然，柘荣水系发达，受海洋影响较大，降水量充沛，年均降水量超过2000毫米。俗话说“天下绝收，柘荣半收”，利用溪流建水库，在柘荣得天独厚。东狮山下有龙溪水库、乌岩下水库、青岚水库分布在东、北、南三面山脚。龙溪水库建于 1982 年，数十条清澈见底的溪水汇集而来，是城区的自来水水源。据介绍，水库水源地综合治理项目被列为为民办实事重点项目，工程采用截流排污的方法，将农村的生活及耕作污水通过一条长达 1.5 公里、直径 0.5 米的排污管道，引排至县水厂取水口下游。工程建成后，排除了水库上游的污染源，改善了城区水厂取水水质。2011 年龙溪水库水源地，还被列入省试点建设项目，包括新建截流排污、封禁水土保持项目，隔离墙及警示牌工程措施，建设水质监测预警设备等。

那天下午，我们参观城关的龙溪后，兴趣倍增，林所长带我们到龙溪水库。想不到，当车驶入水电站坝头停车场时，一阵山风，乌云顿时在我们头上密布，一场不期而遇的山雨，又让我们感受到溪河水库的另一种美丽。淅淅沥沥的雨，让这大山的空气变得更加清新。不一会儿，只见雨雾升起，整个河谷便浸在那云蒸雾罩之中了，带给人的是一种惬意。你会情不自禁地吐故纳新，你会有一种飘飘欲仙的感觉。雨过天晴，站在高高的坝头上，只见四周长着一人多高的灌木丛，水库的水成了很深很深的青色。一览奇景，更觉不虚此行。

柘荣的灵气本来就来自柘荣的山和溪，山和溪的魅力就是这座城的魅力所在。柘荣的溪，四周苍茫的林海重重叠叠、错落有致，山光水色相映成趣，你无法去形容、去描述这古朴、优美、纯净的本色美，只好让她的风韵完全融入你的视野和怀抱。

## 城

柘荣县域图形，如一片柘树叶，山脉形如布满在叶片上的粗细不等的叶脉。据说，古时这里遍植柘树，县名就因柘树成洋而得名。真是一种美妙的巧合，在县政府大院内，我尚见到几丛生长旺盛的柘树。

鼠标点击拖动卫星地图，画面上柘荣的山川、溪流十分明显，而山间盆谷，同样容易辨认。全县有 38 个山间盆谷，如璀璨斑斓的宝石散落在叶片上。在县域几何中心的盆谷面积最大，成椭圆形，十分漂亮，城关就坐落于县域这最大的山间盆谷上。

柘荣，古称柘洋，又别称柳城。明朝开国功臣袁天禄学习西汉名将周亚夫的“屯兵细柳营”，兵精将猛，军容整肃，军营纪律严明，将自己的城中营寨也称为“柳营”，柘荣称为“柳城”也就由此而来了。特别可贵的是，“柳城”的城墙，迄今仍可见到东有门（宣寅门）。往北沿溪至上城桥断墙173米和柳东大桥西端右侧沿溪往南53米城墙，现为省级文物保护单位。据历史记载，城墙是袁天禄为了防御外来侵犯，增强保卫自己的力量，于元至正二十一年（1361），征集8个都的各处社兵，在龙溪下游西南侧柘洋柳营（即今柘荣县城关）砌造一座石城。造城工程浩荡，袁天禄对征集的社兵“分派以丈数，限期造成”。造城所需的大量土石，除了取用溪畔的鹅卵石，袁天禄规定，除了“遇桥亭、道路不毁”，“若古庙、冢茔咸皆拆毁搬运”。仅仅耗时一年，到了第二年冬天，一座周长八百六十一丈、高一丈五尺、厚一丈的石头城出现在世人面前。据说，这是闽东第一座石砌城堡，现群众俗称为“下城”。

后来，明嘉靖三十八年（1559），又在龙溪上游东北侧修筑一座东安新堡，群众俗称“上城”。建在龙溪两畔的“两城”城堡，隔溪相望，相距约百米，互为犄角，形成富有地域特色的建筑格局，因此，柘荣城关镇又被称为“双城镇”。

品读城墙历史，我们不能不铭记这段历史：嘉靖三十八年（1559）八月初一，倭寇围攻柘荣县城。城内人民借助城墙之利，同仇敌忾。倭寇连续进攻了11个日夜也没能攻克，并且死伤惨重，只得拔寨而去。这场战斗的胜利，不仅保卫了柘荣全城人民的生命财产安全，挡住了倭寇的继续侵入，而且大大地鼓舞了福宁州人民的抗倭斗志。据柘荣主人介绍，城郊乡山后村还有个明正德六年（1511）依山势构筑的半爿城。一县多“城”，是柘荣地理一大特色。

如今，县委、县府通过深化“两城战略”，实施“小县大城关”，落实“一轴两心六片区”东部新城规划，增强城市功能，先后取得“国家级生态示范区”“中国太子参之乡”“中国民间文化艺术之乡”“中国刀剪之乡”“省级园林县城”等荣誉称号，“春观东狮山上的绚烂杜鹃，夏赏下村缪厝里的映日荷花，秋游鸳鸯头的辽阔草场，冬眺南山的寂然雪景”，形成“山—水—城三位一体”城景交融型的山水生态城市。

柘荣县城给你的总是一派超然、宁静与返璞归真的体验，让人们流连忘返。现实中的清凉境界，变化仿佛神话，却又真实地发生。

## 路

柘荣地处闽浙边界，境内山高岭陡，素有“闽浙咽喉”之称，历来交通以陆运为主，古时与邻县及城乡之间靠古道相通，人们外出只能步行、乘轿，货运全靠肩挑、背驮。

向来对古道有一种亲近感和莫名的兴奋。我查阅历史：富溪镇富溪村上就有一条自东向西贯穿全境的福温古道。据《柘荣县志》记载，早在夏商时代这里就有人类活动。历来，富溪就是周边地区政治、文化、商贸中心，南宋时设有柘荣县境内最早的政权机构巡检司，民国期间是茶业贸易的交通枢纽。归驷桥是位于福温古道上的木拱廊桥。整座桥落落大方地横架在武陵溪上，显得古朴而端庄。对于富溪村民而言，归驷桥不仅仅是一座桥，更是一个象征，是一种引以为傲的存在。凡来这里的游客，村中的老老小小都会极力推荐他来旧街尾，看看这个历经百年沧桑的古道，看看这个古木廊桥。从桥边矗立的碑文上看，桥始建于南宋淳熙十四年（1187），清乾隆五十三年（1788）重建。据史料记载，袁天禄大败倭寇，归来路过此桥，虽千军万马，桥岿然不动。当地人民为了纪念将军功绩，遂将原因 4 条溪流汇聚于此而得名的“归泗桥”，改称为“归驷桥”。归驷桥被公布为省级文物保护单位后，为了保护归驷桥，富溪全村群众自发筹资，在桥旁，新建一座与之平行的钢筋水泥结构的武陵桥，行人车辆改道而行，保护了古廊桥，又增加了一条“路”。

柘荣溪流多，连接古道上的古桥自然也多。東厝履端桥，位于乍洋乡石山村，跨九龙井溪之上，北端连接通往柘荣城关的古道，南端西侧有東厝地主宫，据路口的《履端济端二桥碑》记载，桥建于清光绪十年（1884），当时在村左右两溪同时建造二桥，左溪之桥即履端桥，右溪建济端桥，是古代石山、溪口一带村庄通往柘荣城关必经道路桥梁。又如，东源乡境内的水浒桥，不仅具有相当久远的历史，而且据水浒中 108 将，用 108 根柱子支撑桥面建筑。值得一提的是，不久前第三次文物普查时，发现乍洋乡石山村西南侧有龙在桥，溪北侧岩壁上还有摩崖石刻。龙在桥应该是古代石山一带村庄通往长溪县城（今霞浦县）必经的道路桥梁，桥何时毁坏，未见记载。摩崖石刻下方连接龙在桥的古道可能已废弃百年以上，古道路已被植被覆盖不见踪迹，两侧山头是茂密的生态林，溪滩中分布着多个形态怪异的岩穴（冰臼），下游约 10 米处河床落差近百米，形成二级龙井飞瀑，独特的美妙地理景观有待开发。

当然，古道与古街紧紧相连，现存完好的溪坪陈梢街是古长溪上西区的重镇，一条鹅卵石、青石板铺就的官道穿过，两侧两层楼高的清一色木头房。当时这里经济发达，仅印染业就发展至 13 家，印染土布料销往江浙一带，生意十分红火，是陆运要道。溪坪又是柘洋邮电业的发源地，早在明万历二十一年（1593）溪坪陈梢街就设有驿站，近代成立柘洋第一家邮政所和电信代办所。柘荣历史上为周边各县交通枢纽，现在还保存不少完好的古街。

时间到了 1956 年，福温公路竣工通车，柳城路延伸拓宽，柘荣始有公路运输；1980 年实现乡乡通公路；1990 年行政村村村通公路；1986 年 104 国道横贯境内东西；2021 年沈海高速公路复线纵贯南北。如今，国道、省道、县道、乡道和简易车道、古道形成纵横交错的道路网络，城区“三纵三横”路网框架形成，路网建设从“正”字形到“曲”字形。

以县城为中心，一个小时内可通达周边机场、动车站、港口。

104国道起点在北京，终点在福州。柘荣境内起点位于城郊乡岭边亭村杨家盛自然村，途经柘荣城关繁华闹市区，止于城郊乡白岩亭垭口，现是柘荣交通主动脉。我们兴致勃勃驱车走了境内 28 公里全程。“2062 公里桩”是 104 国道柘荣境内最高点，海拔约 800 米。伫立其间，“嵯峨耸峙，下瞰城郭”，只觉这里山坡与众不同，一重山一道风景，一重山一个颜色，天淡云闲，觅来无上清凉。陪同我的林长华所长告诉我：“这里山坡四季不同景，特别在冬季由于北面高山挡住寒流，北坡白雪皑皑，南坡仍青绿一片，因此路况良好，四季畅通无阻。赶上冰雪融化的良机，在坡顶上还可目睹雪水沿着山脊流下，美不胜收。”一种美感从心底油然而生，若徜徉其间，有的是不舍……

北纬 27°05′—27°19′，东经 119°43′—120°04′，这个地理坐标上，有座古老而年轻的城市——柘荣！

入冬走进柘荣，是我与柘荣的又一次际遇，让我对柘荣地理的情愫，那么的刻骨铭心。

# 寂寞翠屏湖

◎ 许守尧

对于一个美丽的湖泊来说，翠屏湖显得相当的寂寞。那一汪碧水和水上翡翠般的小岛一躺就是40年。许多年以来，每次坐车往返古田县城，车子沿着湖边走的时候，我总是倚在窗前，透过朦胧的绿意，看着那碧绿的湖水发呆。我多希望能看到一片帆影，几根竹筏，抑或是听到几串欢声笑语，但是那水平如镜的湖面总是那样的缄默无语，那样的孤独无助。我的心也就变得如同那一片阒寂的湖面一样空落起来。

也许热闹和繁华已经过去了，往昔喧哗的梦已经彻底地留给了湖底，一座千年古城的积淀总是非常厚重。然而，祖先的脚步就那样匆匆地蹚过那条细小的溪流。城墙、古道、青砖、碎瓦和着一片眷恋的情绪都付诸一片汪洋。如今，当湖水隐退的时候，看到那些断墙颓垣的模糊印迹，就会令人想起这里就是人烟稠密、商贾云集的古田旧城。于是，我们可以想象，在那一次浩浩荡荡的搬迁队伍中，多少人迈着沉重的步履，抹着眼泪，回首看着那即将淹没的家园。告别一个祖祖辈辈栖息的地方总是非常痛苦的，他们想着能多搬走一些东西。山水是搬不走的，唯独能够寄托对古田县城思念的就是那座吉祥石塔，把它抬走，重新种起来成为一座丰碑。但也有一些东西是搬不走的，那就留着吧，成为一个古物或一面旗帜告诉后人，祖先的血脉就在这湖水里流淌，于是湖心岛上一幢欧美建筑风格的古屋被留下来了，成了茫茫湖水中的一处孤独的风景。据说多少年来当湖水满盈的时候，周围的所有小岛都湮灭了，但就是淹不了那座教堂，那是因为灵魂的天堂总是不灭的。

我一直在寻找翠屏湖寂寞的原因，为什么那样美丽的湖却一直被人忽视，度过了她40年孤芳自赏的日子，美得那样冷峻，美得那样凄绝。我猜想是否当初在建造这个湖时功利性过于明确，只是为古田溪四级水力发电站建造一座蓄水库。过分强调使用价值，当然也就忽略了美学的内涵，翠屏湖就是这样长期嫁给了寂寞与冷清。

我想第一个把翠屏湖作为一个纯粹美学意义上的湖、一个游览的湖，推到游人面前的是一个天才的美学家。因为美只有被发现才成为美，要不然就成了一种无益的摆设。于是，一批批画家来了，翠屏湖第一次成了他们丹青中的风景；一批批文人墨客来了，翠屏湖第一次成了他们咏哦的意象。翠屏湖就那样以她处女般娴静的魅力走出古田，走向大千世界……

人们不但从白昼的湖光山色中去领略翠屏湖多彩的风姿，而且在星月摇曳的夜晚去撩开她神秘的面纱。

翠屏湖是一个爱情湖。不管是古老的传说，还是现实的故事，都可以在这里得到印证。历史上潘、杨两家结怨于宋代，冤冤相报没完没了。但他们的子孙却不愿去偿还历史的旧债，竟然相爱了，爱情突破了时间和空间，突破了狭隘与冷酷。于是，当爱的翅翼被折断的时候，只有死才能表达生命的真诚。如今湖上飞翔着的白鹭，难道不是一个个爱的使者和爱的精灵吗？还有那爱情鸟——鸳鸯，也在岛上栖息，水中比翼，相依相伴。翠屏湖，你承受着如此爱的重荷，又展示着那样自由的爱的天地，难道不令人感动吗？听说古田旅游局要在岛上建造伊甸园山庄，营造爱的小屋，把历史的悲剧与现实的故事重新编排，重新演绎。

翠屏湖是一个宗教湖。湖畔的极乐寺走出了我国佛教一代宗师——全国佛教协会第一任主席圆瑛法师。我不知道他当初走出寺门，让风飘动着袈裟，手把念珠，是否透过“菩提非树，明镜非台”的佛眼，把那个人声鼎沸、红尘滚滚的城市，看成一片寂然的湖面？如今，极乐寺依然古佛栩栩如生、香火不断，那晨钟暮鼓，让浮躁的烟尘得到了净化，让狂躁的心灵得到片刻的宁静。还有那湖心岛上的基督教堂，使绕过它身边的湖水都飘荡着宗教气息。这就注定了翠屏湖只能属于庄重与虔诚，属于宁静与淡泊，翠屏湖让生命的境界得到升华，因此，翠屏湖拒绝媚俗与无聊。

翠屏湖是一个休闲湖。在那里除了山中的明月与树上的栖鸟外，周围杳无人烟，提供给你的是一片完全自由与轻松的天地。每逢节假日，那湖畔树荫下的垂钓者，用不着动用渭水之畔垂钓者的心机，就以寒江独钓者的心境，看着水面上跳跃着的阳光，凝然而坐，物我两忘。还有那岛上巨大的葡萄架，情侣们也用不着七夕乞巧，去偷听牛郎织女的窃窃私语，能够在湖心占有一隅美丽，把青春和浪漫抒写得潇洒自如，不辜负良辰美景，还用得去诠释那古老的故事吗？一叶轻舟载一个家或一个单位，也载一路水声和笑声，听导游小姐流水般清泠的叙说，远山近水尽收眼底，把昨日的烦恼和疲惫忘掉，把喧嚣和嘈杂留给身后，放松生命，舒展个性，翠屏湖让生命活得更加美丽!

翠屏湖从寂寞中脱颖而出，留给人们的是别有一番滋味在心头。

# 雨雾东狮山

◎ 张冬青

辛卯初冬，随省作家采风团一行走访柘荣。上午乘中巴从福州出发，在福安下高速，改走省道。山间公路弯来绕去，愈行愈陡。车窗外雨雾迷蒙，层峦叠嶂，云遮雾锁。渐觉有寒意从脚底袭来，麻麻地咬脚。

我们下榻在龙溪边的柘荣宾馆。

寒风凛冽，冷雨还在淅淅沥沥地下着。午后稍歇，见采风行程安排下午游览东狮山，时间尚早，我便独自撑伞往宾馆门前的龙溪边溜达。溪岸的柳树还垂着青黄。清浅的溪水里，成群的七彩锦鲤在坝埂的流水处扎堆，这里那里，一圈圈生动着，像是被水流牵拽的锦簇花团。溪东岸不远，就是高耸入云的东狮山。

东狮山是闽东太姥山脉的顶峰，海拔 1479 米，因山顶逶迤的峰峦形似昂首朝天的卧狮而得名，20 世纪末被评为省级风景名胜区。东狮山可说是雄奇与媚秀兼具，方圆 25 平方千米的景区内，由泉、洞、谷、岩、峰、石等组成的“灵岩叠翠”“仙人锯板”“百丈朝暾”“龙井飞瀑”等三十六胜景，鬼斧神工，千姿百态，美不胜收。尤其是千年前在峰顶灵岩洞里修行的马仙姑行云布雨、惠泽农桑的传说流传甚广、深得民心，因此，东狮山向来是柘荣人心目中的神山。

一年前的小雪时节，我曾受邀参加柘荣作家协会代表大会。会后正逢雪后初霁，冬阳灿烂，一帮文友欢天喜地踏雪东狮山，我至今还记得在迎仙亭前五指插入仙掌泉，感受大山隐秘玄机的那份惊喜；记得走在松林小径，聆听枝头融雪如时光细语呢喃的那份纯净。

可眼前的东狮山，一片雨雾迷茫，神龙不见首尾，上山能看点啥呢？我心里有些纳闷。

下午3时许，一车人上得车来得知，此行往东狮山主要是前往瞻仰半年前在山顶青云观前落成的马仙姑石雕像。

中巴车过龙溪桥往东，在高大的山门前右拐驶向景区的山间公路。过了“V”字形的大拐弯后，前方山巅云雾深处就若隐若现一高耸的灰白色岩柱体，底部敦实浑圆渐收渐拢，微微前倾，远远望去，宛若一只巨大的拈花在指的佛手。同行主人告诉我们，那就是2011年4月26日落成的马仙石雕像。马仙圣像高达25米，由633块花岗岩组合而成；雕像自高18米，寓意马仙18岁修道成仙。石雕像由国家级著名雕塑家、厦门大学李维祀教授、吴荣华教授等精心设计。

我们在青云宫前的停车坪前冒雨下车，风狂雨斜中好不艰难地爬走几十米的斜坡，来到海拔1400米的宫前坪岗上。风愈大，人难以站稳脚跟，刚打开的伞瞬间被翻成伞花，一大伙人只能退避进一旁的思哲亭里。待同行们站稳脚跟，举头仰望东方，只见前方10米开外，一身简装、素雅清丽的马仙姑巨大身影正从漫天灰白的云雾中隐隐出现。她左手持伞平举，右手兰指低垂，有如刚从高天云端裙裾飘飘降落，又像是从隐身的峰顶灵岩洞缓步走来，美轮美奂，风姿卓然。酷爱户外摄影的登豪兄端着个相机，左右腾挪寻找角度，又唯恐镜头被雨雾淋湿。“神迹”就在这瞬间闪现：西天翻滚的云雾中露出半轮白亮的太阳，风雨渐息，大家纷纷拿出相机留影拍照。颇有影响的《中国地理》杂志不久前推出一期福建专辑，称福建是“造神驻神最多的地方”。我想，这和福建历史上远离政治文化中心，方言众多、族群割据有关，和山海交错、气候多变的地域有关，和这里的闽越先民以及历朝历代从远方迁徙来的客族更加渴望和平安宁的内心诉求有关。因此，风高浪险的莆田湄洲岛上，才有了慈航普度的妈祖娘娘；苦旱盼甘霖的山区柘荣小城，才有了润泽农桑的马仙女神；还有闽中福州的陈靖姑、闽南地区的保生大帝等。正所谓神的迹象存于人心，文由人化，神由境生，哪里有苦难困顿迷茫，哪里就有神的拯救引渡。神是民间的力量、民间的心声。

我对马仙神像雕塑设计者充满了敬意。眼前的马仙神雕充分体现了“神来自民间”的朴素理念，雕像没有我们通常司空见惯的凤冠霞帔，没有华贵的锦衣绣袍。马仙就像是我们时常见面的一个邻家小妹，就像是早起采茶带露归来的一位村姑；那柄随身携带的油纸伞，仿佛随时都可能为你撑开。一个素面朝天、不施粉黛的乡间女子，照样有超凡脱俗、摄人心魄的青春魅力。这就是大美不言、大音希声，是艺术家对生活、对民间的心领神会、匠心独运。这是我所见到过的最具亲和力、最亲切可人的一座女神雕像，这样的神让我敬重喜欢。

眼下，马仙姑就屹立在这高高的东狮山巅，挺拔秀美的身姿几乎与顶峰齐高。如今，她已不再需要云游四方，只要美目顾盼，就能遍览柘荣四乡八境，以及目力所及更远的地方。如今，她也可暂缓思乡之情，只要转头回望，就能见到浙江景宁、见到大海，回到生她、养她的故乡。

东狮山因马仙而神光普照，马仙因东狮山而声名远播：东狮山是有福的，柘荣人是有福的，我们采风团此行是有福的。

# 小荷已露尖尖角

◎ 李治莹

整合区域范围一切可资利用的旅游吸引物资源，打造全新旅游目的地典范……

——题记

似从远古就有一枚无形的、铺天盖地的蕉叶，扇呀扇呀，扇出了这方山有翠绿鹫峰山、海藏蔚蓝三都澳、天地造化之蕉城。1600多平方公里的大地上，青砖古镇明清街，畲风陵影上金贝，山峦叠翠，溪流布画；近300平方公里的海域之中，“良港三都举世无，水深港阔似天湖”，海波似琴，岛屿如珠。

位于中国海岸线和太平洋西岸中点的蕉城，江山如此多娇！

翻开厚重的历史，16世纪，倭患遍及浙、闽，闽东诸县城均遭浩劫，宁德城亦成废墟。有一位知县不屈重建，浴火重生之后，从高处俯瞰，所建石城状似蕉叶，于是“蕉城”之称，越过千年。上书飞草下点水的蕉城，草比山丰林郁，水喻水美鱼肥，上苍眷顾，依山傍海，峰青峦秀，水趣盎然，群山以苍翠，海洋以蔚蓝。群山、阔海、河川、岛屿、畲族文化、红色旅游、美丽乡村等七元素，构成了多彩蕉城。区委、区政府，着力优化区域内的旅游资源，形成产品丰富、空间有序、全景化、全覆盖的一个旅游大景区。

“全域旅游”在蕉城虽是“小荷才露尖尖角”，然而“早有蜻蜓立上头”。

## 山峰如此高峻

蕉城东南西北十几个乡镇，似乎大多在山里。在这方灵秀的土地上，峰峰岭岭知多少？山多必定景多，景多构成大美。面对绵延起伏的山岭，有智者如是说：蕉城有两大片“海”，一片即海洋，一片隐山中。山山岭岭在大山深处重重叠叠，酷似汪洋之中起起伏伏的波浪。

蕉城的远远近近藏匿了千山万岭。德国自然科学家莱布尼茨说，世界上没有两片完全相同的树叶。叶与叶都不一样，山与山又怎会相同？就说说大名鼎鼎的霍童山，山上山下别样景，山前山后大不同。山之西的支提山，有99峰耸立其间，那是怎样的一种巍巍然在上、幽幽然其中。山之北则有菩萨峰，也是峰峰拥峙、岭岭叠翠。“菩萨峰”之称，总让人心生一种好奇，串起多少神秘的联想。霍童山，山之众，连绵数公里；山之神，仙气飘逸在山里山外；山之秀，秀外而慧中。深邃幽远的大山里头，棵棵树、片片林、处处深坑、个个洞穴，都蕴含着脍炙人口的传说与故事。身在其中，必在故事之中；不在其中，也许会在纷繁叠出的故事中神游。

霍童山，令人神往的心中之山！

有着“门前三曲水，背后九条龙，左青狮，右白象，蛤蟆把水口”趣闻的洋中镇，距离蕉城城区仅25公里。然而，远在天边又近在眼前的展旗峰，赫赫千米之上。四周群山簇拥，峰顶挺拔峻峭，高耸入云。登顶远眺，群山跌宕，蜿蜒起伏；五月杜鹃红遍之时，一山更映一山红。日出登山，常有祥云呈瑞，总让人感到从天降。不是神话，却似有仙人赐景。晴天，初升的旭日红了东方，当夕阳西坠，晚霞又似多彩天帘披挂于天。雨日，祥云盘顶，薄雾轻绕，峰峦如黛，宛如云中仙境，真是风景这边独好。

展旗峰，“旗”在其中，而立于蕉城区西北边陲虎贝镇的第一高峰旗山，又是一面“旗”。只是此旗非彼旗，海拔 1497 米，飘得更高。朝朝夕夕，风展旗山如画。半山腰上，常有梦幻般缥缈的浓雾笼罩，形成白茫茫、无边无际的云海，此时的山峰岩石，有如蓬莱仙境中亭亭玉立的众仙女。云山雾海，云卷云舒，雾聚雾散，扑朔迷离。此时若伫立顶峰，放眼四望，远处层峦叠嶂、千峰竞秀，宛如顶天立地的山水盆景，大有下视天地小，乾坤在手中之感。倘若铺有严冬之雪，展现在人们面前的必是“山舞银蛇，原驰蜡象，欲与天公试比高”的壮观图景。

蕉城几多山，高耸而俊秀，山山相媲美。描述在纸上，必是一厚本山之大书；演化于荧屏，许是百集山岭风景的连续剧。

## 深广的“海湖”

有闽东沿海“出入门户，五邑咽喉”之称的三都澳，五个单岛，岛岛独特；五处滩涂，滩滩平缓；官井洋、复鼎洋，洋洋相望；14 个屿，屿屿大不同；17 座礁，礁礁有故事；一个城澳半岛，风光旖旎。三都澳方圆数百平方公里，澳内有太多形态各异、峰奇石怪的礁石岸坞。又因为地形口小腹大，海湾就特别奇异，714 平方公里的水域面积，出海口竟然只有唯一的东冲口。如此海湖，举世罕见，更以其独特的景致、秀美的风姿，为天南海北的旅人所迷恋。

早在唐朝，三都澳就得以开发，后来，戚继光曾在这里驱遣倭寇，郑成功又在此澳率师出击。光绪二十三年（1897），就把三都澳开放为对外通商口岸。近代曾有英国、美国、德国、俄罗斯、日本、荷兰、瑞典、西班牙、葡萄牙等国的数十家公司在三都澳设立公司、商行和钱庄；有数十个国家在此修建泊位、设立办事处或代表处。回望百年，被世人誉为“小上海”“小青岛”的三都澳，船帆如梭、商贾云集。

三都澳深水域之宽广、航道之优，享誉八方，且天然避风、不淤不冻、数十万吨的轮船入港如到家。其既是重要的出海口，又是诸多国际航线的必经水域。遥遥相望港澳城，水水荡出台湾岛，这颗黄金海岸线中段的耀眼明珠，闻名遐迩。诗人郭沫若曾赋诗赞美三都澳为“天湖”，既形似又神似地点出了三都澳，妙之精髓。

## 四海通衢的美丽乡村

思远能容、厚德扬善的蕉城是家，四海通衢、山海大美的蕉城是家，这座千年之城，曾有着多少难以磨灭的心灵记忆？城市文脉里，又留下多少百年沧桑的镜头？今日的新产业、新城市、新交通、新文化、新民生、新环境、海湾新城之亮，更新更美了大蕉城，使之成了八方旅游者五光十色的大家园。

借大江南北都在精心打造美丽乡村的东风，蕉城正大步前行。瀛洲仙境看洪口、洞天古镇见霍童、雁乐溪走赤溪、碧桂园在八都、八卦村是邑坂、绿友花卉往贵村……古朴的家风家教，溢出那幢幢木屋、山边小楼；窗明几净的人家，谈笑中的浓浓乡音……悬挂着一幅幅乡野农耕图的四乡八里，就像镶嵌在霍童溪畔的珍珠，走一地靓一村，一村比一村真善美。平旷田畴，九曲十阡陌，幽然其中；屋舍俨然，良田美池桑竹，鸡犬相闻。处处小桥、流水、人家的蕉城乡村，疑是人间桃花源。

昨日，建设村庄；今天，经营美丽。年年岁岁花相似，岁岁年年村不同：旧厝新屋，老村新貌，从灰头土脸到清丽脱俗；从田间地头一担谷、一筐薯，到今日花卉苗木、草药经济、生态农业在乡野田畴间星罗棋布；休闲观光、摄影写生、农宿避暑、寻根探史，在老老少少的新鲜兴致、别样需求中蓬勃兴起。随着“全国文明绿色小康村”“全国美丽宜居村庄示范”“省级园林式村庄”“省级特色景观旅游名村”等头衔加身，原本在大山里沉寂了千百年的小山村，成为各不相同的美丽乡村样本、乡村游胜地。

蕉城抢抓绿色发展机遇，以争创“省级生态区”为契机，整合乡村旅游资源，做足美丽文章。在霍童溪流域、宁古路沿线及沿海乡镇，慢客旅游型、宜居新村型、沿海休闲型、天山绿茶山地、自行车赛道等乡村景观带，正一天天诱惑着烦闷于车水马龙、厌倦于“水泥森林”的城里人，让游人在性情的陶冶中，灵感的源泉奔流不息，幸福指数节节攀升。

## 全域旅游，蕉城虚位以待

因地制宜，着力打造“佛国仙都”“海上天湖”“海域浮城”“百里画廊”等突显特色的主题品牌，景城、景镇、景村融为一体，多种元素的全域旅游，正在蕉城迅速崛起。

“福建十大美丽海岛”“中国百名海洋宝岛”之一的三都澳，做精做靓“海上渔排”“全国农业旅游示范点”“全国休闲渔业示范基地”品牌，把海洋旅游的文章越做越精粹。

霍童邑坂村以“生态+新村”的模式，把特色农民住宅小区、洞天本草园、高优绿茶园、白鹭栖息园、昆虫科普园、花果采摘园和游客服务中心，这“一区五园一中心”，建设得格外精致。生态休闲旅游在邑坂村风生水起。

洋中镇天湖村结合“五位一体”建设，高高飘起“美丽天湖”旗帜，编织鲤鱼溪绿色走廊，配套水上乐园、垂钓中心、农家乐、采摘园、露营地彩色旅游带，把天湖亲水旅游、怡然度假装点得有声有色。

霍童溪国际乡村旅游集聚区——以绿、养、慢、闲的生活化乡村体验为特色，以霍童溪生态自然环境为核心，结合周边乡村田园等自然人文景观，构建慢品、慢食、慢游、慢行、慢乐旅游产品体系，打造国际乡村慢生活体验新天地。

支提山禅道养生旅游区——以红色旅游为特色，“禅道养生”为基础，结合周边生态，打造集爱国主义教育、休闲度假、文化交流等为一体的旅游胜地。

三都澳国家级旅游度假区——以军地深度融合发展试验区、国家级旅游度假区为目标，结合“海丝”海防文化和渔家、军港风情等，打造国防教育基地，创建国家海岛地质公园和国家级旅游度假区。

西乡生态体验休闲区——依托天湖山良好生态环境、石后乡竹海森林度假资源，洋中原味小镇、梦里水乡水利风景区、天山绿茶品牌，通过“乡味再造”和“风味发现”两大工程，构建避暑养生、运动营地、徒步旅游、风味美食、创意文化等体验式旅游体系。

以山海城市综合体为核心，田园乡村联动为主轴，霍童溪国际乡村旅游集聚区、支提山禅道养生旅游区、三都澳国家级旅游度假区、西乡生态体验休闲区，这“一核一轴四大片区”旅游空间布局升级版，已呼之欲出。

从海之滨到山之腹，从乡之野到城之郊，一批批代表蕉城特色的旅游产品正在涌现，一展露便惊艳。点点成片，片片连线，全域一盘棋，谋划大旅游。步步推进的蕉城全域旅游战略，正如一列“开往春天的地铁”。

知名歌手阎维文在《有一个美丽的传说》中唱道：“有一个美丽的传说，精美的石头会唱歌……”游历蕉城后，也许会有一首新歌出世：“有一个美丽的蕉城，精美的山水会唱歌……”

# 云游仙山

◎ 潘德铭

古语说，山不在高，有仙则灵。以仙命名的山，应该有两种含意。其一，此类名山大多流传有佛道神仙的足迹而名扬天下。如泉州的九仙山，因传昔有道士九人居此修道成仙而得名。其二，山上虽无仙踪道迹，但因山高水长、风光绮丽，人游其间，赏心悦目，飘飘然恍如神仙而得名。位于屏南县城西北部，在与古田、建瓯交界的崇山峻岭之中突兀而立的仙山，就是以它令人神往的名字，而唤起了我身心云游的翅膀。

这是一个初夏的日子，车沿着盘山小道，往仙山的云海松涛盘旋而去。透过车窗，只见四周青山环抱、郁郁葱葱，仿佛还停留在春的季节里。陪我同行的是仙山山麓岭头村村支书老吴，一个土生土长的中年汉子。他对仙山了如指掌，堪称当地的“活地图”。接近山顶，下车行走，夹道迎接我的是翠绿的黄山松，还有鸟儿们清脆而又热情的招呼。

晴空下，仙山徐徐向我展示它那如梦如幻的自然魅力。

## 一

仙山，似乎被群山托举到空中，最高处海拔 1472 米，可谓不低。

伴着阵阵松涛，穿过一条林荫小道，一大片绿草茵茵，野花飘香的高山草甸铺展在我的眼前。那如同在蓝天下四处无遮挡地漫开的草原，面积之广，约有3万亩。这就是被当地人誉为“北方少有，南方仅有”的仙山牧场。满目芳草萋萋，虽无“风吹草低见牛羊”的情景，也让我领略了草原牧歌的情调。我突然想起，刚才经过的路边，有一排石头砌成的牛栏，里面空荡荡的，地面上已长满了高过膝盖的荒草。看来，这里过去确实有过“牛羊成群满山坡”的壮观场景。

听向导老吴介绍：这里原先就是一个大牧场，放养有许多水牛、黄牛、奶牛，以及从国外引进的体壮膘肥的种牛。每当日出雾散，牛羊出栏，三五成群，如同赴约，慢悠悠地前往草甸，开始了它们快乐的一天。跟在牛群后面的是一群群活蹦乱跳的成都麻羊。

我在成都拍摄电视风光纪录片《初探石象湖》时，曾见过当地两耳侧伸、四肢健壮的麻羊。这原本适合平原丘陵地带生长的麻羊，也能在仙山牧场安营扎寨，可见这里的杂草四季繁茂、多么丰嫩。在牧人悠长的吆喝声中，牛羊们尽情享用着绿油油的青草，呈现一派宁静而又祥和的草原牧场景象。

走进这一大片山地稀树缓坡，只见草地在阳光下呈现出浅绿、墨绿、金黄等多种颜色的靓丽。如一块巨大无边的草毯，五颜六色的野花一簇簇，或一片片点缀其间，胜过锦上添花。突然，我眼睛一亮，只见在一片芳草的簇拥下，一支黄花菜正绽开一支金黄色的花骨朵，喇叭一样冲着蔚蓝色的天空，似乎吹响了一曲初夏草甸的赞歌。我来早了，这原本盛开在秋天高山草甸的植物，提早在这里开放，仿佛是为我而来的。我的心底油然升起一股莫名的愉悦。

那么柔美多情的草甸，我不忍再踏进一步，怕惊扰了它甜美的梦境。我看见一只张着透明羽翼的蜻蜓正静静地栖息在芳草的叶尖，随着清风吹拂，上下摇曳。我担心它会滑落到草丛里，可它依然固执地留守着眼前的那一片绿色。我仿佛也羽化成了一只蜻蜓，不知在梦里，还是在梦外了。突然，一对幽蓝色的蝴蝶飘过我的眼前，相互追逐着，飞向野菊花盛开的前方。

午后的太阳悄然偏西，草甸半边的阳光逐渐被山坡遮挡，一半阴影，一半明亮，形成一种强烈的对比，让草甸充满了一种光影变化的动感。当清凉的山风吹过，草浪朝着一个方向起伏，密密麻麻，如同远方的朝圣者向大自然的造物主俯下谦恭的身子。此时，我才发现，宽阔平展的草甸右侧，几座小山坡，隆起了少妇丰乳般美妙的曲线，坡上挺立着几棵青翠的黄山松，就像几个饥渴了的宁馨儿，吮吸着大地母亲的乳汁。我被大自然的慷慨感动了。我也想走进大草甸中，去感受大自然怀抱的温馨。可是，不知道该从哪里起步。我突发奇想，如果能修一条木头栈道，伸进草甸的深处，那该多好呀。我可以置身于万绿丛中，往更深处漫溯，去感受仙山牧场芳草和泥土的氤氲气息。

风轻了，树静了。我侧耳倾听，依稀听到了大草甸的呼吸声。这声音来自碧草掩映下终年流淌不断的小溪。细看，那一朵朵浪漫的野花镶嵌在溪边，似乎正温婉地演绎着仙山“花溪”名副其实的美称。细听，那一阵阵淙淙悦耳的流水声，应该就是仙山草场那一条条宛如琴弦的溪流深情合奏的天籁之音。

我有一种久违了的冲动，渴望仰卧在柔软的草被上，仰望湛蓝的天空，欣赏动画般变幻莫测的流云，想象自己也变成一朵过往的白云，鸟瞰仙山草甸蔚然壮观的全景，并将其定格成永久的记忆。

## 二

一条山路环绕仙山牧场，像一根弯弯的扁担，一头挑着小坂，一头挑着大坂。

小坂草甸，野草菲菲，时见羽毛斑斓的山鸡大摇大摆地出没其间。坂边青松葱郁，灌木丛生。如果秋天来到这里，你沿途可以看到路边枝叶间星罗棋布的野草莓。都说“望梅止渴”，可这里的野草莓更能生津解渴。它个头比拇指大，鲜艳诱人，清甜可口。那一颗颗如红宝石一样的草莓，将唤起你许多孩提时代美好纯真的回忆。可眼下，我只看到野草莓巴掌一样撑开的叶子和长着毛茸茸小刺的枝杈。初夏时节，野草莓依然怀着忠贞的信念，汲取大自然的阳光雨露，酿造着，等到秋天来临的季节，才向大山奉献出最鲜艳、最丰硕的果实。

草甸间夹有半绿半黄的野草，此一片，彼一片，随着风的节奏飘然起舞。近看，那野草的上半端结满了金黄色的小草籽，经风一吹，纷纷扬扬，洒落在四周的泥土上，等待来年发芽生长。原来，草甸四季常青的奥秘就在这一粒粒草籽里。

坂边的坡上有十几棵被山火烧过的树木，焦黄一片，已无一丝复活的迹象。可它们的脚下，已被绿意盎然、生机勃发的野草重重包围。我想起唐朝诗人白居易的千古名句：“野火烧不尽，春风吹又生”，感叹谦卑的野草居然拥有如此顽强的生命力。难怪鲁迅先生那么喜欢野草，把自己唯一的一本散文诗集题名为《野草》。野草从不需要人类的照料与呵护，越是在人烟稀少的荒原，越是长得茂盛，即使被山火烧成灰烬，也甘愿为绿色生命的繁衍化作一片沃土。

大坂牧场，一马平川，是仙山主要的牧区。那里纵横交错的小溪被当地人叫作“坑”。山泉流水，清澈见底，里面自由自在地游弋着一种叫着“炕头婆”的小鱼。据说这种小鱼就是天然的水源检测器，只有在原生态的水质没有被污染的环境里才能生存。过去，没有通自来水的时候，当地人为了观察饮用水是否纯净，就在蓄水缸里放几只“炕头婆”鱼。看来，仙山牧场那甘冽清净的溪流，是老天爷专门为这些小鱼儿而设的。如果你是垂钓爱好者，可以不用鱼钩钓它，它也不会回避你，只要你用小脸盆一舀，就能舀出三五只。

穿过一片茂密阴凉的松林，只见地下堆积着潮湿的枯枝败叶。老吴的两个眼珠子四处梭巡着，像在寻找什么宝贝。疑惑间，老吴笑着告诉我：如果运气好，可以找到野山菌。野山菌是自然野生的食用真菌，一般长在人迹罕见的深山老林里，具有很高的营养价值。随着旅游的开发，自然环境发生变化，野山菌也越来越少了。老吴说，寻找野山菌要看地势和树林，野山菌多长在潮湿的树荫底下，是纯天然的，无法人工培育。

夏天如果夜宿仙山，一定可以听到棘胸蛙低沉而又洪亮的鸣叫声。棘胸蛙，又叫石鳞，素有“蛙中之王”的赞誉。它怕光畏声，喜欢晚上出洞，或栖息于山涧水潭，或嬉戏于溪沟水源。其后腿粗壮，弹跳力强，反应机敏，一有动静，就退回洞内，或潜入溪底。棘胸蛙此起彼伏的共鸣，是一支多么喧腾而又欢快的夏夜奏鸣曲。你或许会觉得整个蛙类世界的声音都汇聚到这里，共同抒发大自然生态的和谐之美。

老吴介绍，这里还有豺狗、穿山甲、野兔、麂、野山羊等走兽出没，是野生动物天然的乐园。

行走在山路上，老吴随手指点着路边的青草树根，说，这青草可做凉茶，那树根可做药膳。在他的眼里，仙山就是一个庞大的药材库。村里人有头疼脑热的小毛病，就到山里采草药，也能药到病除。老吴的独生女儿从小就喜欢跟他一起上山采草药，挖药材，认识了车前草、狐毛藤、仙鹤草等不少草药。父女俩还能自制药膳，如瓜子根炖猪脚、鱼腥草煲鳝鱼、山苍子煮小肠汤等。这些也是当地村民耳熟能详的药膳方子，甚至在仙山住宿地，乃至屏南的大酒店，游客都能品尝到这些滋补又美味的药膳。

去年高考，老吴的女儿毅然决然地报考了福建中医药大学。这大概也与女儿从小就耳濡目染仙山的草药有关吧。如愿以偿的女儿，成了老吴有生以来最大的骄傲。春风化雨，润物细无声，仙山也将无私奉献的精神，融入女儿那白衣天使的美丽梦想。

## 三

来到仙山，朝看日出，夕看流霞，是一个尽情放飞身心的好地方。无处不石，无石不松，无松不奇。那漫山遍野的松树，或立于危岩，俯瞰众峰，或没入云雾，时隐时现，都美如一幅幅奇幻生动的水墨画，令游客激情飞扬，由衷地发出一声赞叹：美哉，仙山松海。

古人对大山充满了一种近乎图腾的崇拜，总是发挥想象，将古代神话中的神仙罗汉，以及当地的民间传说，融入瑰丽的山水之中，赋予人文景观奇妙的神韵。仙山也不例外。它雄踞于闽东南火山岩带上，峰峦叠嶂，怪石嶙峋，具有险、雄、奇的特色自然景观。那裸露在山坡、草地上的岩石千奇百怪，让人遐想。或如人形神像，或如飞禽走兽，情景交融，仪态万千。

路边有一块细长的石头斜伸而出，酷似一个端庄慈祥的妇人怀抱婴儿。老吴说，这就是观音送子。有不生育者路过，心中默念，求观音菩萨保佑自己早添贵子。

卧仙石，状如醉卧仙山，酣睡千年，至今未醒的过路神仙。我不由得放慢脚步，想象在某一个星光璀璨、万籁俱静的深夜，他清醒了，挺身而起，惊诧世界已改变，茫然不知回家的路。

聚仙岩，坐落于一道高高的山梁上。只见七八块巨石散落在一大片茂密低矮的树林中，宛如八仙在赶赴王母娘娘蟠桃会的途中累了，在此小憩片刻。他们似乎也迷恋仙山美景，而忘记了赶路。那岩石上挺立着的一棵棵黄山松，如撑开的绿色凉伞，为他们遮挡住夏日炎阳炽热的暴晒。

李生岩，是仙山的最高峰。登高远望，但见四周峰回路转、绿意澎湃。极目所见的树木，大都是松树，高高低低，连成一片，松涛阵阵，气势磅礴，如奔涌的绿浪。

还有鹫峰岩、天马岩、将军岩、百丈岩、观湖岩等自然景观，都给仙山蒙上了一层悠远而又神秘的色彩。

这一路走来，我看到地上撒满了成熟的松果。那褐色的椭圆，小巧玲珑，边缘有尖锯齿，如一只只松开羽毛准备决斗的小火鸡。我随手捡起一粒鸡蛋大的松果，打量着，突然来了灵感：只要从松果中间穿上一根小铁线，就可以制作出一只有趣的小仙鹤。松鹤延年，这可是诸多民间画家作品的内容立意。眼下这满地的松果若能作成仙鹤工艺品，是否也是一个新的创意？

仙山的松树，给我两个极深的印象：一个是高大挺拔，多长在山坡上；一个是婀娜潇洒，多长在石缝间。

山坡的松树，笔直挺立，干粗力壮，昂扬向上，根根相连，枝枝相牵，组成一支庞大的松树集团军，彰显着一股团结拼搏的巨大力量。风吹不倒，雨侵不惧，在电闪雷鸣中塑造着松树坚不可摧的集体形象。

我更爱挺立于山尖石缝的松树，它在贫瘠坚硬的土地上顽强地生存着，往往疏离了松林，独自英勇地抗击着左右袭来的狂风骤雨。或许它长得不是很高大魁梧，但饱经岁月沧桑，遒劲峥嵘，造型奇特，千姿百态。睹松思人，或许有人会批评这是“个人英雄主义”。但是，当今，我们更需要无数敢立时代潮头，敢领时代新风的英雄崛起。没有个体，哪有群体？群体和个体是相辅相成的。

我抬头看到山头岩石上挺立着的一棵黄山松，上半端枝叶如盖，如张开的许多臂膀，迎接远方飘来的白云。那豪放的气势，多像一个傲立绝顶的领舞者。当山风吹来，它最先感受到风向更改。当雨雾袭来，它最先领略到气候的变化。它是松之家族勇敢的精灵，执着地守望着仙山的春夏秋冬。我为它百折不挠的精神所感动。仙山看松，扣住你心灵的，不仅仅是松树的姿态，更多的是精神的感悟。

## 四

仙山无语，草木有情。如今，仙山松海景区与龙井古桥景区，整合成天星山国家级森林公园，是屏南继白水洋、鸳鸯溪之后，又一个闻名海内外的旅游胜地。

我来到仙山牧场右侧的小山坡上，只见一座镌刻有锤子镰刀的石碑，矗立在青松翠柏之间。盛开的野菊花簇拥在石碑脚下，似乎和我一样默读着碑文：“中共闽赣省委为粉碎国民党围剿，于一九三六年春成立闽东北特委、军分区，命饶守坤为司令员，特委书记王助兼政委，左丰美为政治部主任，下辖建松政浦屏古瓯等县，特委军分区驻仙山，领导方圆数百里人口近百万的闽东北革命根据地军民，胜利地坚持了三年游击战争。”

原来，这是屏南县委、县政府于 1984 年 7 月在这里设立的闽东北特委、军分区驻地纪念碑。昔日的仙山草甸、松林小径，都曾留下了这些红军游击队员的战斗足迹。

1937 年冬天，国共两党第二次合作，仙山红军整编为国民革命军陆军第四军第三支队第五团。在江西省石塘街集训后，他们北上抗日，为中华民族的独立和解放浴血奋战。半个世纪后，当年的饶守坤，还是司令员，不过已是济南军区的司令员。他始终没有忘记屏南老区人民，还有昔日并肩作战、生死与共的战友。

1986 年 9 月 7 日，饶守坤在老战友左丰美的陪同下，重游仙山。他还清楚地记得通往大坂的一条羊肠小道，就是当年战友送粮食、送子弹、送伤员的小路。他动情地回忆了三年游击斗争的艰难岁月，并在当年游击队遗留下的住房前合影留念。

在余晖中，我回望纪念碑四周傲立的松树，耳边依稀回荡着京剧《沙家浜》里的一个唱段：“要学那泰山顶上一青松，挺然屹立傲苍穹。八千里风暴吹不倒，九千个雷霆也难轰。烈日喷炎晒不死，严寒冰雪郁郁葱葱。那青松逢灾受难，经磨历劫，伤痕累累，瘢迹重重，更显得枝如铁，干如铜，蓬勃旺盛，倔强峥嵘……”这不也是仙山松树崇高品格的礼赞吗？

云雾缥缈，从山谷间升腾起来，在松林间渐渐弥漫开来，似乎又给黄昏的仙山蒙上了一层朦胧而又神秘的面纱。

踏着苍茫的暮色下山，我恋恋不舍地离开了仙山牧场。我多么羡慕自由飞翔的白云，每天都能飞临仙山，亲近苍翠挺拔的松树，遨游芳草连天的牧场。或许看出了我的心思，分手时，老吴紧握着我的手，说：欢迎再来，最好是春天，那时，你还可以看到红艳艳的杜鹃花。

我的心又飞向了来年春光明媚、春花烂漫的仙山……

# 岩石上的花朵

◎小　山

你准是见过灌木上的花，也见过草上的花、树上的花、菜蔬叶子上的花。

你见过星星上面开的花吗？我想，你没见过。

那么，你也没见过岩石上开出的花，对吧？

可我告诉你，这回我见到这奇异的花了！它确实开放在岩石上，透明的花瓣仿佛梦一般绽开，比高山雪莲还美，和星星开花一样神秘，像某种预言似的充满召唤的力量……只要你静静地在它身边坐一会儿，再坐一会儿，当你的心能和它沟通时，你的心就会开始发生崭新的变化，你的生命瞬时能领会什么叫灵性苏醒——

这朵很小、很小的透明花，就开在寿宁的南山顶上，你去看看吧。

我把这种旅行叫做机缘巧合。碰上了，就全心全意地珍惜。而且要诚心诚意地努力。不能半途而废。也不能三心二意。从福州出发登程时，有一首歌便进入我心中："不要问我从哪里来，我的故乡在远方……"

我心中有橄榄树，才来到这东海之滨的福建。几百年前，也有个人因为梦想，跋山涉水进入福建境内——而且是福建边缘的寿宁小城。他从富庶之地苏州来的，到这个群山之间的贫乏偏僻小县任知县。他是写过著名的“三言”的冯梦龙。在寿宁，他实现了安邦益民的仕途梦，给文学史增添了具有现实主义价值的一笔。仅仅因为这个人，我就觉得应该不惜脚力，来寿宁看看他驻足4年的地方。我喜爱那些不但会写诗著文，也能身体力行为民众服务的诗人作家。只是会写几行诗、几篇文章的文人，在我看来并没什么了不起，虽然不能说百无一用，但我确实更佩服能为希腊自由捐躯的诗人拜伦、为法国正义事业参加巷战的作家维克多·雨果，他们的果敢举动提升了自己的文学意义。说到底，文人首先是人，在存亡危难之时，选择了做人的义举，才昭示出“在奥斯维辛写诗”那种苦难中的文学脊梁。

但是，寿宁已经不是明朝那个寿宁。今天的中国，即使在戈壁荒滩或者极地高原上，一座县城也能崛起一排排时尚的高楼大厦。招商引资带动发展的各路招数，使得无论哪里的县城都有些“千人一面”的似曾相识。一方土地的独有个性哪里去了？铲平一个个山头，劈开一座座青山，铸出钢铁水泥的半个新城也许是容易的，而保存与维护一个县城源远流长的文化气脉，是非常需要良苦用心的。我总是不懂为了旅游秀，许多人在再造古迹、新造庙宇，重建“古”文化和“古”民居一条街，为什么不能把普通民生代代相传的自然城郭用心整理，来展示出它古老的魅力与繁衍的美丽？我这话不是虚妄，据我所知，大家涌出国门纷纷奔赴意大利、瑞士、英国参观，难道不是为了看到百年前的建筑原生态吗？西方人并不热衷于除旧布新，而让我们兴趣盎然的也不是什么速成的城雕和摩天大楼。是莱茵河畔的老教堂，是塞纳河畔的老铁塔、圣母院，吸引我们前去。在西方国家，对古老教堂天际线的保护意识，使得他们坚拒商业诱惑。那里的一处处旧民居、古城堡还在发挥使用功能，不过是修修补补的结果——他们不肯以旧换新。天哪，什么时候能停止欲望膨胀的开发，不再制造新的建筑垃圾和速朽之物？什么时候会觉悟到物质所需不必很多，要更在乎心灵价值的守望？

于是，我不禁问：何者为“寿”？怎样可以“宁”？在密集簇拥商业店铺的窄巷里，我一边购买寿宁特产黄独（被称为“江南一绝”，却廉价到令我咋舌），一边在脑海里翻涌那种所谓不着边际的念头，实在是我盼望这个皇帝赐名的高山县城，真的能一代代延续着安康宁静，成为别具一格有古老遗存的特色小城，让许多人心向往之。

在寿宁县的第三天下午，我被引领到了南山风景区。

小车疾驰，出寿宁城关 19 公里，到达南阳镇境内。车窗外是一座座茶山闪过，还有山间深藏的一座座原始部落般的村庄。鸡犬相闻，竹林掩映，村路在草丛中延伸，南瓜藤和御豆藤缠绕着篱笆，黑瓦白墙的矮房子安卧，几缕袅袅上升的炊烟随风而动……山野的气息扑面而来。

不久，我就伫立在南山顶的山门前了。只见唐伯虎的诗句题写在门柱两旁，陶渊明的古意被今人引用在门楣上。不言而喻，我会有一个山中诗情画意的午后了。

下车后，开始登山。南山顶海拔 1200 多米，比起我曾经爬过的黄山光明顶，显然不算高。然而，登高不是目的，领略一路的景色才是惬意的收获。寿宁的南山顶虽然名不见经传，却并不缺乏我们所能知道的山势磅礴、怪石嶙峋、洞穴迷离、庙宇矗立。天然的、人工的数十景点可以让游人留步观望，但我对这些司空见惯的景物有点儿心不在焉。我觉得十分有趣的，则是看云雾缭绕于峡谷与山巅，而且，我攀缘多高，云雾便升腾而上多高，好像这些云雾故意尾随人的脚步，轻盈地忽而来去，游走如龙，增添了山上的空旷感，也使人心胸阔达起来。沿着先人凿出的古道拾级而上，羊肠小径旁边是密集的树木，居然还有野果挂在树枝上，可以随便采食，又平添了一种登山的乐趣。

我是在细雨中登山的。寂静的山上，微雨如梦，只有虫鸣天籁在耳畔，再就是雨滴敲打树叶的声音了，曼妙无比。到达“三省十八县观景台”时，我停下脚步，在山顶远眺——在这里，闽浙交界的高山上，我真的希望我能看见远方的外省和外省的朋友。重重山峦由深绿到浅灰，次第呈现山色之美，我为之心动，顿时默默地为亲朋祈祷平安！这一刻，女诗人伊路的《快乐》，恰恰可以写照我此时此地的心绪，不妨引用：

雨丝西斜
我知道南边有一些风
到处都是淅沥的声响
我知道到处都有扬起的面庞
花叶抖动藤蔓飘摇
我知道大地此刻有无数的快乐
因为一阵春雨一袭南风
来自我们目力无法到达的地方

现在，我要说说陪同我登山的王邦兴先生了。本来是任务性质的陪同采风工作，可一路同行后，我对王先生与南山顶的关系越发产生肃然起敬的感受。

王先生是官员。但他更愿意坦承自己是位骨科医生，专业行医大半辈子，看重的是治病救人。他对农民们患病就医难，多有感慨，也曾为农民手术治疗，不求任何回报。退休的年龄到了，谁也没想到，他居然退身到南山中，做起一个山民来。他喜爱东方的观音文化，主动在南山腰的观音阁里付出诸多精力。他说，前半生用心于对病人骨肉疗伤，后半生他希望改善痛苦者的灵魂。这种宏图大愿，尽管实现起来不容易，王先生却以慢条斯理的个性，预备自己的耐心和爱心。他童年生长在南山脚下，读书上学要翻越南山的道道山冈和沟坎，知道山中生活的艰难。退休后，他准备好报答这片山岭的养育之恩，一会儿栽树，一会儿修路、修桥，他把晚年余热奉献给南山的角角落落。他熟知南山上的每一种草木、每一块奇石，可以对来客如数家珍般说道南山上有什么。走在石阶古道上，他的步伐比年轻人稳健，可想而知他走过了多少这崎岖山路。他常常吃住在山上，自己在山下播种马铃薯和其他蔬菜。我想，陶渊明有“少无适俗韵，性本爱丘山。误落尘网中，一去三十年。羁鸟恋旧林，池鱼思故渊。开荒南野际，守拙归园田”的感悟，王先生也深谙其中味吧。

正是王先生曲径通幽左拐右攀地引路，我才可能在南山顶发现一个自然奇观——在高高的南山顶的岩石上，竟然有一眼泉水汩汩流淌……

曾听过这样的话，山有多高水有多高。然而，我从未在高山顶上看见泉水从平整整的岩石涌出。这和在沙漠里看见喷泉一样令人欣喜。清澈的泉水，遏制不住地在岩石上花朵盛开般地涌出，我的心中莫名地感动了！什么叫石头开花？这就是了。难道还有比泉水如同花蕾绽开在岩石上更美丽的花朵吗？透明的泉花自然地开放，像星光一样纯净，如同高空云卷一样圣洁——这大自然里的庄严奇葩，如果不是我们的脚步远离尘埃，又怎么可能在飞鸟栖息的地方发现呢？

王先生像珍爱宝贝一样，把藏于岩石上的这眼泉流用石头圈起来，泉涌就汇成了一泓清泉，净瓶里的甘露似的。这一泓清泉成为高山之巅的“圣水”，谁来喝一口，谁就会洗浴心灵。

哦，无论我们走了多么苍茫的路途，无论我们心灵上受到怎样的蒙尘，一股清澈的泉流足以使我们歇息下来，也足以使我们洁净了自己！

或者说，冥冥之中的长路，一定有冥冥之中的涌泉在等待我们。道光年间知县何如谨在南山顶天池旁岩石上留下这样的诗句：“……钟声唤醒游仙梦，蛩语催成感事诗。独倚危峰数星斗，苍茫天意竟谁知？”

我出发时并没有预料到，会在寿宁的南山顶遇见这眼甘泉，就像我没有预料到自己的人生来到福建，确实是又有了另一重幸福的景观。

我深深地弯腰，掬水而饮，泉水沁入肺腑，心灵也为之一振。

我看见了这岩石上的花朵啊！就像我看到了星空中的神明！

也是在南山顶上，彪炳史册的文豪知县冯梦龙，以塑像的形式屹立在山崖上。他今天还在高瞻远瞩地看着寿宁发展。尽管风雨剥蚀塑像，但一代文人大家的风骨未变，一任县令的眷眷初心未改。他留给寿宁山水的精神遗产太丰厚了，就像书法家朱以撒先生题写在南山上的墨宝——“梦龙遗风”所显示的：即使物质上的诸多楼宇可以频繁更替，可冯梦龙为官一方的勤勉之道却会精神恒久。他那爱民为民的清正之风，已然浸润在一代代寿宁人的血脉中。

“不要问我从哪里来，我的故乡在远方……”

文学家冯梦龙的“橄榄树”，在寿宁。他的精神风范也是岩石上的花朵。

何者为“寿”？能造福人间，精神高贵传承百代，乃仁者寿。

怎样可以“宁”？以心怀天下平安为良知，勇于施舍甘泉为民众，圣心如清风明月，便能宁。

这样一想，寿宁的南山，不同于其他地方的所有南山，我觉得该称其为“寿山”了。

# 嵛山岛：瓷器一样的时光

◎ 刘翠婵

看到嵛山岛天湖和草场的刹那，我想到了一个词：羽化成仙。所有的草都是羽毛，成千上万的绿色羽毛在风中舞动，辽阔地绵展到远方。夏日向晚的阳光，在草甸上铺满晶莹的珠子，风牵着珠子晶莹地跳动，从山顶到山脚，从此岸到彼岸，最后晶莹地停在了旅人的眼波之上，又或许就停在山脚下的天湖之中，湖水因此终年澄澈剔透。瞬间，沉重的变得轻盈，忧伤的变得快乐，此岸和彼岸没有了界限，似乎一切亲近它的心灵，在这一刻都有了无限幸福的可能。风也牵着我，颤颤地走向坡底，走向湖畔。

如果此时阳光也让我成为一颗珠子，我一定要坠落在它绿草如茵、碧波荡漾的纯净胸膛上。透蓝的天，纯白的云，碧绿的草，柔软的风，在这里握手、相拥、耳语、嬉戏、狂欢。云影浮在草上，天光落在湖里，风忽而在山腰上漫游，惹起草浪连连，汹涌着，追逐着，奔向山的尽头。忽而又起了性子，拼命放肆地追赶天上的云朵。撒野的风，变得强劲，云一路狂奔，眨眼间就躲到山的背后。山的背后是什么？是天涯，是海角，还是神仙的居所？是天涯，是海角，也是神仙的居所。站在云的这一方山脊上眺望，心潮开始起伏，这是怎样的一个地方啊，往前是苍茫的大海，日将落，蚁舟点点，正在归航。薄雾从海上升起，小岛隐约。夕阳被一层淡淡的灰笼住，缓缓的，那灰从海上飘过来，漫过来，漫上心头，心便也生出几分苍茫。而往后却是漫山的青草，遍野的绿，纤尘不染，在天湖四周随山势蜿蜒倾泻，酽酽地流向湖心。碧草在柔波里荡漾，玫红或明黄的余辉在柔波里荡漾，天湖和草场微醺中有了缱绻之意，天湖醉了，也碎了，只留下一波波酡红的心事，随风潜入湖底，或泛向幽蓝的天际。左手苍茫，右手柔美，在远离大陆的海岛上，我不期然遇到了一段瓷器一样的时光，易碎，但光洁诱人。

暮色降临，又有一段好时光降临。

一牙新月悄悄上了中天，纤细，孱弱，让人心疼。月居然离我那么近，就在我怀中似的。我抱住了，就像抱住一个初生的婴儿，安祥而甜美。夜，斜倚在嵛山岛最高的山梁上。三两星星，恍若晚风中湛蓝的音符，凝悬在天幕间，对视久了，眼里就起了湿湿的凉意。入夜，流连在耳际的，竟不是大海的涛声，而是天湖里此起彼伏的蛙声。我细细听着，听出了无边的宁静，也听出了无边的自在和热闹。夜渐深，月影黯了，星光隐了，心绪宁了，时光在这里搁浅了。

还是蛙声，叫醒了沉睡中的天湖和草场，叫醒了一夜不忍离去的时光。天空打开了，朝霞在天际铺陈，云朵成了天上的浪花，翻卷出各种形态，天湖和草场也在霞光中着上新装。捧一把洁净的湖水洗脸，看到湖中的自己，和云影霞光一起潋滟。这湖水会流向何方？带着我的影子，湖水会流向远方吗？也许它早已沉沦于万千碧草的柔情之中，早已没有了远方，所以除了停留，还是停留，亘古如斯。

只是我不能停留，我必须离开。归途中看到了飞翔，一群人在飞翔。他们背着滑翔伞一次次在草甸上奔跑、腾空、飞起，他们飞在青草的气息之上，飞在辽远的海风之上，飞在纯粹的时光之上，周身充满仙人的气度。我飞不起来，只能仰望，只能想象，只能告别。那一刻，心中响起了簌簌的惆怅声，关于这里的一切，从此成了前尘。

# 一只鱼的宁德海

◎ 郑承东

每年 4 至 6 月，春江水暖。在中国漫长的黄金海岸线上，北到长江出海口，南至琼州海峡，有一支庞大的鱼类族群大军从深海越冬场洄游几百公里，定向游回温暖的家园——沿岸河口进行生殖洄游，产卵索饵生长。

这支鱼，学名大黄鱼，又称黄花鱼、黄瓜鱼、黄鱼、石首。因为其通体金黄、唇红齿白，被赋予富贵吉祥的东方美学色彩，中国人又美誉其为“国鱼”。

大黄鱼一生能产卵多次，怀卵 6.1 万粒—38.3 万粒。庞大的鱼群在生殖季节发出“咯咯”“呜呜”的求偶声，终日不断。鱼群密集时发出的声音更如水沸或松涛声。

滋养生命的喜悦与欢腾溢于洋面，生命的大狂欢年年上演，那些生殖洄游产卵地是大黄鱼生生不息的伊甸园——

在中国黄金海岸线中段，福建省东北部的宁德市三都澳内，有出海口与台湾海峡相连。这片神奇的出海口，洋在其中，三面环山，空中鸟瞰，深陷似井， 故名“官井洋” 。

官井洋，底质为泥沙、石，水温、盐度适宜。洋内年流量 100 亿立方米，风平浪静，潮流畅通而湍急，浮游生物多，饵料充足，为大黄鱼产卵提供了得天独厚的综合生态环境，是中国唯一的大黄鱼内湾性产卵场，人称“国鱼伊甸园”。

由于大黄鱼在不同的地理分布上表现出一系列不同的形态与生态特征，我国沿海的大黄鱼可明显分为三个地理种群。自北而南有——

岱衢族——分布在黄海南部至东海中部（福建嵛山以北）；

闽粤东族——分布在福建嵛山以南至珠江口以东；

硇洲族——分布在珠江口以西至琼州海峡。

官井洋大黄鱼便是闽粤东族的代表性鱼群。

大黄鱼属亚热带海域中下层集群的洄游性鱼类，通常生活在我国60米等深线以内沿岸浅海的中下层。

每年12月至第二年2月，大黄鱼在闽江口外40—60米等线附近的泥或泥沙底质的海域底层栖息越冬。

到5至6月中旬，天气转暖，逢农历三十至初三和十五至十八大潮汐期间，台湾暖流和南海等外洋水加强，并向近岸推移。官井洋海水表面水温达到18—22℃，表层盐度达到27.5%—29%，大黄鱼群就从闽江口外底层起浮，从近岸洄游进入官井洋产卵场产卵。

每一次的洄游便是回家，是一次再造生命的旅程，更是宁德人一场翘首期盼的丰收盛宴。

此时，正是江南楝子与槐树花开的季节，东海热闹的鱼汛捕捞大戏也开始上演。毗邻东海的宁德人自然享用了这个美好时令的快意时光。

“苦楝子，花嫁娘……楝子花开石首（大黄鱼）来。”“花开槐豆盈山阿，今年鱼比去年多。”宁德籍南宋诗人与清代秀才的佳句都将大黄鱼上市与美好花事相联系，写尽了那个年代的人等到大黄鱼上市，如遇见迎春花开般的喜悦之情。

传统的捕大黄鱼的木船为一对，民间称为“瓜对”。

清道光年间，一位宁德秀才的一首《官井洋石首歌》，更是为我们留下了那个时代官井洋上的捕鱼盛景——“官井之水涌沧波，黄花逐浪纷飞梭。网师得鱼健吹螺，船头集市相肩摩。”

据《吴地记》载：前505年，中国东海已有捕捞大黄鱼活动。明《闽中海错疏》记载了宁波沿海大黄鱼的渔期。

最迟到明朝，宁德便开始征收鱼课，可见那时已大规模在官井洋捕捞大黄鱼。

民国二十四年（1935），官井洋产大黄鱼3500吨。

民国三十一年（1942），《宁德县渔业调查资料》记载：“鱼汛期间，所捕黄鱼五六万担。”

到了20世纪六七十年代，捕捞旺季，四面八方、千船万人依然汇聚于官井洋。从海面上收购新鲜大黄鱼的数百艘小船云集于三都澳沿岸的大小码头，赶鲜即刻卸鱼。一个个健壮的挑夫立马将鲜澄澄的大黄鱼挑往溪坂山寨，千家万户。

大黄鱼起网时是银灰色的，3个小时之后，就魔幻般变成黄灿灿的，醉人眼，馋人嘴。为了赶鲜，那些鱼贩们，常常会透夜走街串巷，将一条条的大黄鱼挂在熟悉人家的门搭锁上。隔日，这户人家自然会将钱送到鱼贩手上。

端午前后大黄鱼的丰收季节，也让宁德人的人情文化镀上了一层金灿灿的色彩。

黄花鱼，是宁德郎的爱情信物。端午时节，已定终身的女方家一定会收到2尾合计6斤重的黄花鱼，象征着爱情婚姻六六大顺，长长久久。收到黄花鱼，嫁出黄花女，表达了宁德人特有的婚姻文化。

大黄鱼丰收的季节，宁德的千家万户到处都飘溢着嘴馋的鱼香。宁德人传统的美食文化也在此时散发出璀璨的光芒。清煮、清炖、红烧、油煎、油炸、生炒、盐渍，道道佳肴膏腴鲜美，饕餮之徒醉卧春筵。而加工而成的糟鱼、鱼鲞更是别有风味。

短短1个月的黄瓜汛，沿岸码头，灯火通明，通宵达旦，空气闻着的都是黄瓜鱼的鱼香，看到的都是忙碌的身影，迎着的都是一张张喜悦的笑脸。

这就是宁德人每年一季的饕餮盛宴——黄瓜䲞。

我国捕捞大黄鱼产量以浙江最高，福建次之，广东第三。浙江舟山、福建闽东官井洋、广东南澳渔场捕捞大黄鱼最为著名。20世纪70年代以前，我国东海区的大黄鱼年捕捞量在10万吨左右，最高年份（1974）达20万吨，居我国海洋四大主捕对象之首。

海上天湖，天赐国鱼。

“官井洋，半年粮”的歌谣金灿灿的传唱了千百年。

然而，大黄鱼自身的生理特征与人类的自以为是，在20世纪50年代、70年代，终于让大黄鱼遭遇了两场大浩劫，而濒临灭绝。

大黄鱼属于鲈形目石首鱼科黄鱼属，古籍里称石首鱼。它们头骨里有两粒白色小石子，叫鱼脑石，其实是耳石，起平衡和听觉作用。也正是鱼脑石，给它们带来了灭顶之灾。

1954年3月，两位来自汕头的技术员被聘请到福建东山县、诏安县传授敲罟围捕技术。次年，福建省水产局将敲罟渔法作为“一种近海的先进作业”在全省推广，并将该技术传到了温州、宁波。

敲罟作业是广东潮汕地区发明的一种利用声学原理的传统捕捞法。围捕大黄鱼时，几十条船围成圈，一起敲竹板，让石首鱼头骨中的两枚耳石产生共振，大鱼小鱼一起昏死，一网打尽。

这种敲罟鱼法造成了大黄鱼资源的首度枯竭。

50年代末，国家严令禁止了敲罟鱼法。

人类只为了一次的收获，被破坏的大黄鱼自然资源却花了10年时间才得以恢复。

然而，70年代初的两次越冬场大围捕，再一次将刚刚恢复元气的大黄鱼推向了濒临灭绝的深渊。

最致命的一击发生于1974年初春。浙江省组织了近2000对机帆船前往大黄鱼的主要越冬场——大沙外浅海中央渔场围捕，创造了我国渔业史上大黄鱼产量的最高纪录，却也导致大黄鱼的沿岸产卵群体受到严重破坏。之后，舟山等产卵场鱼汛不见，这一支大黄鱼种群几近灭绝。

1978年，海峡两岸关系缓和。1979 年冬到 1980 年春的鱼汛期，大批大围网机帆船涌入原先不敢驶入的禁区——闽江口外越冬场，网产上万担，汛获 50000 多吨大黄鱼。经历了这次歼灭性的围剿，官井洋产卵场次年即形不成鱼汛。这一支大黄鱼种群也几近灭绝。

一时间，野生大黄鱼的市场价格一跃上升至每公斤数千元，成为“珍稀”佳肴。

楝子花开，石首不来。

人类对大自然资源的过度占有，终于让大黄鱼挽歌在官井洋上空悲怆回荡。

让大黄鱼重返伊甸园。

让“官井洋，半年粮”的歌谣再一次金灿灿的唱起。

这成了闽东人的光荣与梦想。

1985 年福建省在我国唯一的大黄鱼内湾性产卵场——官井洋设立了“官井洋大黄鱼繁殖保护区”，同时组织水产科技人员利用尚存的野生大黄鱼资源开展了大黄鱼人工育苗与养殖技术研究。

刘家富，祖辈们靠在海上抗风斗浪捕鱼捉虾为生。

1985 年春季，他带领团队，顶着风浪，“游弋”于官井洋，抢在大黄鱼产卵群体完全消失之前，寻觅大黄鱼临产亲鱼进行人工授精育苗初试，并保活驯养其野生鱼，以构建人工繁殖的基础亲鱼群体。

随着养殖技术的成熟，单产不断提高，巨大的市场需求与高额利润驱使，社会上各种资金大量涌入，大黄鱼养殖业得以迅猛发展，一座中国最大的大黄鱼网箱养殖基地——在三都澳迅速崛起。

一只鱼打造了百亿产业链，30 多万产业大军铸就了“黄鱼军团”“官井洋，半年粮”的歌谣再一次在三都澳金灿灿的唱起。

蕉城人用自己勤劳的双手，奇迹般在蔚蓝的港湾重建起大黄鱼的伊甸园。

“大黄鱼人工养殖技术研究与产业化”成果逐浪潮头，居同类研究的国际领先水平。

以大黄鱼等多种类为代表的中国第四次海水养殖浪潮正从三都澳官井洋，向广东、浙江、江苏、山东等省辐射。

由于刘家富在大黄鱼研发中的突出贡献，被业界称为“大黄鱼之父”。

2008年，蕉城被农业部中国渔业协会授予“中国大黄鱼之乡”的称号。

当中国最大的大黄鱼网箱养殖基地在三都澳青山崛起的时候，与之毗邻的官井洋却依然鱼可罗雀、鱼汛不再。

大黄鱼增殖放流被认为是恢复官井洋大黄鱼天然种群的有效途径。20 多来，尤其是从 1997 年起，通过采捕、保活、驯养多批野生大黄鱼，扩繁了多批原种子一代进行官井洋海区增殖放流，扩大大黄鱼的自然种群。

2012 年 10 月，官井洋大黄鱼原种场成为福建省第一个国家级原种场。

在蔚蓝的官井洋伊甸园涟漪下，大黄鱼自然种群悄然繁衍。

人类的最大梦想就是重返伊甸园，在一个化外之地找到与大自然和谐永生的源泉。

大黄鱼重返伊甸园，让滋养生命的喜悦再一次欢腾于洋面，让生命的大狂欢再一次年年经此，让每一次的洄游再一次成为回家——

让官井洋再一次成为大黄鱼生生不息的伊甸园 。

# 竹江秋色正斑斓

◎ 阮兆菁

云淡风轻时，登上霞浦巍峨的葛洪山巅，俯瞰美丽的竹江岛，正可谓“岛如卧虎中流柱，至今胜迹在江隈”。

朗朗丽日里，我们站在小马村的堤岸上，一眼就能望穿对岸的竹江岛。迎着微微的海风，沿着省级文物保护单位——汐路桥一路慢行，路桥两旁牧渔耕海的景致迷晃双眼。这条连接着竹江小岛和小马陆地的汐路桥，像是一条金色纽带，质朴本色和自然美之外，更昭示出一方水土一方人的智慧。全长3651米的汐路桥，又名达路桥，是国内目前发现最长的古代海埕石路桥。据《霞浦县志》记载：汐路桥于清乾隆年间，由竹江乡绅郑绣轩倡建。至嘉庆十六年（1811），族人郑启昂受人指点，耗巨资修建3年而成。后屡被潮水冲垮。其子郑琼森继承“祖业”，不遗余力进行3次整修才得以畅通。桥为东西走向，建在滩涂之上，随着潮汐变化，涨潮没于海中，退潮方能行走，故称“汐路桥”，也被游人誉为“滩涂之路”。其宛如一条腾海苍龙，静卧于茫茫的滩涂之上。汐路桥历经百年沧桑，耐受台风暴雨的侵袭岿然不动，已经成为中国海洋文化的一面旗帜，颇具科研价值。

当地乡绅郑启昂父子，依靠原始方法，凭借人工力量，在一片滩涂烂泥之中，掷下巨资铺筑了一条全国绝无仅有的古代石板路桥——

竹江汐路桥。这一亮眼工程，让一方百姓得了实惠。郑氏后辈义务清扫汐路桥已经传为美谈。为了让行人在汐路桥上行走方便，竹江村村委会近年来雇用3个人轮流清扫汐路桥。汐路桥申报全国重点文物保护单位，正在紧锣密鼓进行中，有望年底如愿。

竹江村，作为一个小岛，历代有不少文人墨客在此驻足揽胜，留下许多脍炙人口的诗句，宋代理学家朱熹因避“伪学”事件，流寓霞浦，曾游览竹江岛，并赋其曰：“一虎峙江中。”时任政和训导张光璧有五言古风《竹江纪实》：“……此村本孤屿，岿然峙江渚。山势类几横，列屋颇容与。东枕葛岫高，奇峰海门御。潮退现石桥，延袤几里许。潮平藉小艇，往来渡无阻。里人张郑陈，三姓同托处。前朝卯发科，近午荐乡举。济济多文人，英年列黉序。贫农免外籴，殷家有积贮。地无片田园，谁识辨禾黍？不耕偏粒食，何必采山茹！敢将乐土夸，谋生颇得所。渔村水作田，恰合古诗语……”诗歌生动地描绘了竹江村的地灵人杰及其富庶景象。

穿街走巷，淡淡的海腥味扑面而来，“竹江郑氏竹蛎养殖技艺”深深植入我们的脑海。它是中国海蛎养殖史上一次重大的革新。竹江郑氏第九世、明嘉靖辛卯举人、江西都昌县知县（诰赠奉直大夫）郑洪图功不可没。“一身正气堪世范，两袖清风恤舆情”——便是对他由衷的赞美。竹江郑氏竹蛎养殖技艺已被宁德市收入宁德市非物质文化遗产名录，竹江村的后生们目前正在积极将其申报国家级非物质文化遗产项目。

关于竹江郑氏竹蛎养殖技艺还有个美丽的传说呢。明成化年间，岛上居民用深海牡蛎壳放置滩涂之上，期待来年长出海蛎。海蛎鲜美常遭鱼蟹吞食，人们便用石头四周堆砌护之。不过数日，石头被风浪推倒，难以保持产量。郑氏先民尝试着以竹竿为篱笆将海蛎围住，竹竿摇曳，鱼惊不入。不料翌年竹竿长满海蛎。竹竿扦插养殖海蛎技艺由此诞生了。“中国海蛎养殖历史的活化石”从此扬名。郑洪图将此技艺翔实总结记载，名曰《蛎蜅考》，流传后世，造福人类。

我们欣喜地看到，随着海蛎养殖业蓬勃壮大，竹江村伴生了妈祖走水、清明海蛎祭祖、竹江海蛎宴等地域传统民俗文化。晌午时分，在竹江村农家乐，我们品尝着海蛎煎、海蛎枣、海蛎豆腐汤、红糟海蛎和油炸海蛎，品尝着新鲜的鲶肉，让味蕾滋长着记忆，让美食占据着生活，真有一种特别的甜香。

为求海产丰盈，人畜平安，每年农历三月廿五、廿六，竹江村前澳、后湾两境的村民分别举办妈祖走水活动。那种场面简直撼动心灵——待潮水半涨时，16 名壮汉抬着端坐妈祖神像的神舆沿街巡行。前面导以神锣、令旗、龙伞、高灯、衔牌、香亭，伴以鼓乐队、神铳手，后随信众香客、围观民众，可谓人头攒动、摩肩接踵。行至竹江西门境沙嘴头（洋尾头）时，只听三声铳响，16 名壮汉甩开众人，口喊号子，抬着神舆疾走如飞，向海边浅水处奔去，溅起层层浪花，煞是壮观。海上跑得起劲，岸上的群众喊得也卖力。轿手们在海水中跑了 100 多米便停了下来，将神舆抬高又放下，反复蘸水 12 次（旧俗为 36 次），谓之“安澜”，意寓波澜汹涌，借神力以安之。12 次，预兆下一年月月风平浪静。平安蘸水仪式结束后，大家又抬着轿子原路返回。紧接着便轮到第二队出发，如此循环往复，祈祷平安，祝福丰收。妈祖走水民俗活动，在竹江当地传承已有 600 年历史。真是：一年繁华景，尽在三月天。

竹江岛上现存古迹还有天后宫、锣鼓井、颂德碑等。我们来到锣鼓井，亲耳听见了锣井、鼓井发出的悦耳声响，也听到了村民们细说着锣鼓井的悠悠往事。传说竹江岛一郑姓人家的屋旁，两口并排的水井很是神奇，明清时所掘，“天方地圆”设计，井深达 13 米。这两口井每逢下雨，便会发出“哐”“咚”“哐”“咚”的锣、鼓的声响。“锣鼓井”就这样被叫开了，一直延续至今。当“古村落”“古文化”“精品民俗”“最佳摄影地”成为热搜词汇时，竹江村也不甘寂寞，跻身“生态休闲岛屿特色村庄”行列，并获“短线节庆类中国自驾游路线第一名”。石桥晚归、虎头远眺、大门帆影、榕坪消暑、秋江蟹舍、沆尾橹声、蛎市估船、渔村神会、夏夜渔灯、崎壑饮泉等“竹江十景”也热忱等待着你、我、他携手打造，共同描绘。返程途中，走在汐路桥上，初秋的太阳透过云层洒下万道金光，辛勤劳作的渔民们从我们身边擦肩而过，发出了“今年又是好年景”的心灵呼唤，眉宇间充满着自豪：“中国海带之乡”“中国传统古村落”实至名归！

# 走入《诗经》里的河流

◎ 哈 雷

如果要让我选出一条福建最纯净的河流，我一定指认霍童溪——它不仅仅承载着我对水的美好的记忆，更重要的是它和我的童年生活有着生命的联结——我曾住在它的上游一个叫“咸村”的地方。我从记事的时候开始，就听老人们说这里的河水是流往仙境，它的名字叫“霍童溪”。

“众多的河流都让我试着长大，只有你，使我走回了童年……”许多年前我写过一首题为《霍童溪》的诗。霍童溪，我把它当作诗写的原乡，是让我的精神远游，又召唤我灵魂回家的地方。

霍童溪畔散落的村庄，其名字都飘荡着诗意和仙气：云淡、溪池、邑坂、贵村、铜镜、九仙、扶摇、云气、外表、风吹罗带……其流域有九曲十八弯二十七滩美景，绵延百里的山水画廊，依然保留农耕时期的纯净、清明、悠然、缓慢的调性。到了霍童溪，仿佛一下子从岸上的三千繁华落进了一叶桨声里，从喧嚣的凡尘滑入世外桃源中，心像洗过一样清凉透亮。正如诗人大梦客所言，霍童溪流动的都是《诗经》的潺潺乐章。

# 溪池村

未进八都镇溪池村，先来到近年来修筑的亲水步栈道。阵阵微风送来了乡村田野间特有的清爽，翠竹临水，迎风摇曳，白鹭在沙洲和芦苇间翻飞嬉闹，一幅江南水乡的恬淡画面舒展开来。450米的防洪堤紧挨着木栈道沿着小溪流环绕而去——霍童溪曲折回流，流动纡徐，溪水墨绿，有一种不动声色迟缓，在这里呈现出S状环村绕行汇入八都溪。从虎头山俯瞰，村落呈黑白太极图形。我们漫步在木栈道上，望着眼前的绵绵青山、悠悠绿水，斑驳的树影清晰如画地倒映在水中，微风徐来，涟漪轻荡。如果此时一人也好，两人也罢，能驾一叶轻舟荡漾到对岸去，那是一件多么惬意的事。而那隔岸的花木，因朝南的缘故更是繁茂。3月，所有的花树都已开始了绽放的程序，小草摇曳，凤尾竹拔节长高，高大茂密的树木纠结着无端的葛藤肆意生长。3月，霍童溪所有的生命都在向前延伸，那些生长的声音生动起来，从自己的身体内部散开来，让我们倾听到春天的交响。

要说此刻最为抢眼的是桃花，粉色的花朵将河滩燃烧得一片娇艳。鹅卵石铺在宽阔的河滩上，清澈水流的波纹闪耀着光斑，白鹭洲苍茫的草木在微风中低诉着原始的荒凉和久远的故事。这一刻，我的心也被放逐在这自然的祥和宁静之中。在靠近村庄的河岸上，休闲小木屋并排而立，期待着游人在此停歇落脚，和霍童溪一起享受晨昏变幻的美景。这座纯净美丽的溪池村却处处暗藏用心和惊喜，土鸡、土鸭、香鱼、螃蟹各类农家美食备受城市游客的喜爱。

我是第一次来到溪池村，一条小路曲径通幽，两旁小树傲然挺立。沿路而下，村口一块石头上醒目地刻着“溪池村”，一米阳光透过丛林，苍翠入眼。尤其是那5棵400年的老榕树，是溪池村最张扬舒展的树木。它巨大和扩张的浓荫几乎笼罩整个村埕，甚至还在不断向地面输送着气根，像是独霸一方的帝王，在它的下面没有什么树可以生长。公园因其被命名为“榕树公园”。公园内有假山、花园草坪、竹林步道、休闲桌椅、体育健身器材、篮球场等设施，占地面积15亩。公园四周栽植有毛竹。园中有一人造圆形水池，池中央设有喷泉。一年四季，水线纤纤，水花朵朵，潺潺流水声，款款竹林风。公园中的小路一律用溪坂的鹅卵石铺设而成，横无序，竖成行，纵横相通，别有韵味。每天清晨黄昏，公园里都有早起的人，做运动。农闲之时，溪池村民纷纷来到属于自己的公园内，尽情享受新农村建设带来的幸福生活；节假日期间，许多外地游客，都会前往公园，驻足观赏，摄影留念。透过竹林，园里看着园外，园外望着园里，或是在运动的，或是在散步的，或是在聊天的，构成了一幅美丽和谐的新农村建设图景。

夕阳西下，游人们开始在鹅卵石的河滩上亲自生火，策划一场烧烤大餐，无忧无虑地感受田园生活，尽享乡村野趣。3月的溪池村，色彩渐次地斑斓起来，春天的风将它催得更绿，而水边的芦苇开始朦胧起来，连成一片苍茫。

我十分羡慕溪池村这千来号村民居住在这样的环境中，它芳草，鉴清流，观鱼鸟，种果蔬，养鹅鸭，不被凡俗浸染，过着逍遥自在的田园生活。

## 邑坂村

朋友说，你最好选择一个初秋的时刻到邑坂，这时的邑坂色彩最为斑斓。

原来，在邑坂村西南有一片20公顷的原始森林，森林内古木参天，浓荫匝地，鸟雀汇集，黄绿随时。其中，有形态各异、造型独特的各种树木，如胶似漆相互拥抱的“情人树”、榕包楠、姐妹枫、蛟龙附风、怒梅争春、金角驮树等，构成了这里的奇异风光；有各种的珍稀树种，如竹柏、龙爪樟、八角桂花、灵芝等。这里还是百草园实验基地，各种中草药在林间竞相生长、恣意繁茂。而榕树、樟树是这片原始林的长者，最大树龄达1400多年，最高的达40多米，周长最大者需七八人环抱。这村子边上还有一片充满着原始气息的森林。走进森林，顺着铺满细石的小路慢慢步行，数着各种各样的奇珍异树，享受着大自然赐予的新鲜空气，仿佛置身于天然氧吧之中。走出森林后，又是另外一番惊喜——凉亭、别墅、公园、潺潺流动的溪水、欢快奔跑的松鼠、自由翱翔的白鹭……此刻只想闭上眼睛，在微风中静静感受着大自然的魅力。

最惬意的是静听蝉鸣，蝉声无歇，这些短暂的生命在密林间生生死死，总是在朽烂的潮湿土层里钻出新歌："听我把春水叫寒，看我把绿叶催黄，谁到秋下一心愁，烟波林野意幽幽……"坐在本草园喝上一杯绿茶，听着秋蝉的鸣叫，心里流淌着费玉清的歌声，似乎闲下来的心变得更加清淡和琐屑。

边上就是霍童溪，溪水流经到这里开始湍急，河床收紧了腹部，洁净的水流拂过滩石溅起清冽的水花，迸发出哗哗的声响。

邑坂村人称"八卦村"，至今村里依然保留着先祖构建的九宫八卦建筑布局，格局似一扇形八卦，以靠山脚处的中心水池为核心，通过五条弄口向外呈扇形辐射，由大大小小的27条弄口连接而成。中心水池，被认为是八卦村的"阴阳池"，其道理是在传统阴阳八卦学说中可抑制火烧山，故又称"防火池"。组成八卦格局的村中巷道纵横交错，看似有规律，但如若不是常年生活在村中，一旦进入其中，很可能就被困住，而这，也是八卦村的神奇之一。

更令人惊叹的是，传说流经邑坂的霍童溪水会顺八卦形流动，水流进村，绕村一圈后又倒流回去。因这种八卦阵建筑布局具有浓厚的地方特色和旅游观光价值。

全村还有 300 多座民居，可追溯至明清的古宅有百来座。许多古宅的门楼还遗留有明清建筑的风格特点，墙体为厚度达 44 厘米的六合墙，侧门还留有走马道。大多的民居还保留旧时房屋的构造特点，合理的土梁结构支撑着这些古宅历经百年风雨。巷道两侧多为土木结构的古民居，摸着这些老房子斑驳的墙体，仿佛穿梭古村百年时光。在青砖黛瓦的老宅边，村民或蹒跚于巷中，或倚坐于门槛。随意走入其中一宅院，庭院满眼皆绿，人有点茫然。经过层层的岔道后，人容易迷失在巷道之中，不辨来路也不知去路，奥妙无穷，不得不赞叹古人的建筑上的智慧。

## 贵村

初次到贵村，是乘着乌篷船过溪的。

第一次被霍童溪打动，也是在这过溪的船上。摆渡的是一位大嫂，竹篙一探，船轻盈地滑向对岸，人在船上，便有了悠然的心境。水汽氤氲弥散，空气中有淡淡的植物香徐徐袭来，它的素雅、隐约，也许最适宜中年人此时闲散的心气。

贵村是安静的，一个幽深潮润的村庄，仿佛时光在这里停息了很久很久。树是独立不动的，缆石的乌篷船静靠在青石岸边，巨大的水车也是那么缓慢地转动。水车边上通往溪流的石板路一个农妇在洗衣服，还是拿着木杵轻轻地敲击着。偶有披着蓑衣的老农牵着水牛路过村道，水牛哞哞的叫声打破了村庄的宁静，水牛喷出的鼻息弥散着生涩的青草的味道——这是一个素面朝天的古老村落！

虽说素面朝天，不经雕琢，但质朴自然，简单不失精细。如道上每一块鹅卵石和青石相间的铺设，每一簇从屋角里探出来的青绿的野草，每一枝垂落在溪面的树枝，好似经过画家画笔描绘的清新之至的溪山春意图。

南方多水华滋。水，是这个贵村的韵之所在。贵村沿霍童溪分布，而贵村古渡口年代久远，建于元朝末年，由大小均匀的鹅卵石铺砌而成。历经几百年的雨水侵蚀，古渡口的鹅卵石表面整洁光滑，河上的船只依然来往频繁。游客和村民们乘着乌篷船往来于两岸，今天的古渡口已不见当年那样往来频繁，显得有点落寞寂寥。

从渡口上岸，便能看到文昌阁。贵村文昌阁建于明万历元年(1573)，楼高有二层，其工艺古朴典雅，阁内有众多壁画，代表着霍童溪流域源远流长的耕读文化。它与周边的码头、古厝、湖光山色融为一体，愈显其静谧雅致。

贵村似乎有点遗世独立，它也应该适宜丛树生长的乐园。不同的树种都在这里共同承接着雨露，在贵村依其天性生长着，笔直、秀逸、卷曲、孤傲，有的甚至丑陋，但都是一些古老的树种，如杉树、松树、柏树、银桦等，郁郁苍苍，都任不同层次的绿意盎然生发。尤其是村头那棵高大的榕树，不知多少年了，依旧舒展开虬劲的冠盖，边上那株香樟树和它同样古老。它们紧紧站在一起，不知何时起它们根紧握在地下，叶相触在云里，每一阵风过都相互致意，但没有谁能听得懂它们的言语。它们历经沧桑，相互扶持，像静静守护着贵村的安宁的卫士。

到贵村，最值得看的还是古民居。古时候，贵村的建筑布局有“七墩、八穴、三朝北”之说，指的是东南西北布局规则的 7 个土墩、8个自然形成的湖、3 条逆霍童溪方向的小溪。

这里保存着好多幢清末的贡元老厝。

俗话说得好，古民居里“门道”多。我走进一座黄氏老宅。这是典型的闽东古建筑，占地七八百平方米，以天井为中心布局，梁托、门窗等木雕饰品俯仰皆是，精美绝伦。据黄氏后人黄其昌介绍，200 多年前，他的祖先从相邻的赤溪镇搬迁到此，做了茶叶生意，发家后就建了这座大院。现在，黄氏人丁兴旺，这座祖宅由 100 多人共有。

老宅的院门像是一个牌坊，与土墙相连，用于防土匪。进门走过院子，来到房子的大门。门内一堵风水屏，屏上还有一扇对开的门。这扇门只有在尊贵客人到来或遇到婚嫁喜事才会开。

贵村古民居是连片的街区，一进入，会有种回到明清时期的感觉。街上土墙、砖墙并列。街区内有众多青砖黛瓦、飞檐翘角、马头墙高高耸立的深宅大院。而大宅院的对门，往往是门庭简朴、土墙低矮的民宅。大家都相处和谐。明清时期，住在这里的人家便已经不十分讲究门当户对了。

## 云气村

见过许多的摩崖石刻、勒石碑记，但从没听说有人在河滩的鹅卵石上写诗的。

恕我孤陋寡闻，在宁德工作了 3 年多，竟然不知道离城区几十公里的地方就有这样的一条河滩，河滩上就躺着许多的“石头诗”。

2008 年的深秋，我在友人的指引下，沿着霍童溪畔的小路，穿过醉意微醺的枫林，走过刻着“云气渡口”的石碑，一大片芦苇丛在暮色中透出金黄的光泽，直逼你的眼，还有那一簇簇喊不出名字的蓬草索性用它的艳红释放狂野的热情。只是无论它们再如何招摇，你的目光最终还是会忍不住被那些躺在河床上睁着眼，仰望苍穹的形色各异的石块所牵绊。

“石头诗”大大小小躺在乌猪滩上，一睡就过了半个多世纪。

这里的山水清纯秀美，与霍童溪畔的其他村庄的风物相近，景色相宜。这里的村貌民风古朴旷雅，你也能在溪畔的其他村落寻到踪影。只是，这里的乌猪滩却是独一无二的，它静沐着天地间的朝露暮雨，常年清流漫浣抚慰，才这般吟唱出久远甘甜的歌谣。

这之前我在朋友的博客上找到了“石头诗”的照片，画面的石头上清晰刻着这样一首题为《乌水踩舟，留别吴君春庭》的诗歌："久雨如病醒，逢晴忽眼明。沙平双岸白，风迅一帆轻。垂老无他好，所思多远行。汪伦劳送别，潭水有深情。"诗中巧借李白的诗句表达对故土故人的别离之情，却以其静默的姿态，打潮了无数渡口边离人的心。

乌猪滩上的"石头诗"与云气村的青山绿水、白鹭孤舟和枫叶霜天构成了人文与自然相协调的美景，"石头诗"形成了霍童溪流域文化中很独特的景观。

据说乌猪滩的得名缘于唐时，一位来自支提山大童峰的仙人将一群石猪留在了此处。远远望去，那些光滑硕大的青石，还真像是在溪滩上闲憩的黑皮猪呢。抚摩光滑的石面和石上字迹清晰的诗句，禁不住心生疑问：诗题中的吴春庭又是何许人？这些诗为什么会刻在这溪滩上？

据云气村《吴氏族谱》的资料，上述诗的作者均是光绪二十一年（1895）进士、后任民国总统府顾问的霍童人黄树荣。吴春庭则是他的好友、云气村乡绅吴炳游的二儿子。吴炳游经营香料、糖业致富，为人慷慨，热心公益，与黄树荣交谊深厚。后来由于时局纷乱，两人失去联系。直到民国六年（1917）9月，黄奔丧回故里，重访吴家，方知吴炳游已经谢世，不胜感慨。这期间，在吴春庭的款留、陪同下，黄徜徉于云气的水光山色，写下了"沿溪古木影毵毵，乌桕丹枫间两三。壮不若人老将至，物尤如此我何堪？鲈莼返棹秋风兴，鸡黍留宾夜雨谈。如诉道州征赋重，年来民力尽东南"等多首情景交融、感悟深刻的诗作。6年后，黄树荣逝世，为表达对黄的追思之情，吴春庭将黄请人在游云气时所写诗歌，镌刻在了溪滩的卵石上。

后来，曾任江西东乡知县的霍童人郑宗霖和时任福清县长的福安人陈文翰结伴同游乌石滩，又各写下五言绝句三首，吴春庭也把它们刻在了溪石上。郑诗有一首"廿七年前事，吾师纪胜游。乌桕丹枫语，谁继旧风流"，从中可以看出他应是黄树荣的门下弟子，其于云气寻胜缅怀先师，时间当在民国三十三年，即 1944 年。

原来这溪滩上的“石头诗”，还藏着半个世纪前一段美好的朋友之情与师生之谊。溪水浣洗的不仅有石头之上的有字之诗，还有文字背后的无形之诗。

## 外表村

外表村，并非徒有虚表。在鹫峰山脉、丹霞地貌的闽东山水中，它独领奇秀之姿、俊美之态，有着“闽东小桂林”的美誉。

它位于霍童镇区西北部 6.7 千米，霍童溪东北面。清康熙《宁德支提寺图志》载：“霍童溪，源有三，一自咸村，一自瀛州，二流至百步合一。自小石岭至凤凰桥汇而为一。”外表村算是霍童溪的源头，两溪在此汇合，溪水浩渺，村在溪边，故名“外渺”，后改为“外表”。青山绿水是它华美的外表，霍童溪水是魂魄，溪水淙淙映照着青翠山峦的倩影。

2016年早春时节，采风团一行带着闲散愉悦的心境，出发前往外表村踏青。一进入村里，一片茶园不由分说就扑入你眼帘。茶园茂密，吐出的绿芽却是青翠的，一片铺开去，鲜嫩嫩的，与霍童溪与远山连成一片碧绿的画轴。戴着斗笠、背着竹篓的采茶女缀在其中，倒映在水中。这种清晰的绿已经离我很久了。久居城市，机器和粉尘代替了犁耙、斗笠、蓑衣、竹担……城市在广袤的空间驱除原始的气息，让荒蛮远遁，让铁青和灰色掩埋了翠绿。我的少年时期就是在霍童溪的源头之一的草野茶园间度过的，奔跑无休，也曾惊起无数的鸥鹭与粉蝶。茶最好的释义就是“人在草木间”，在草木中行走，地广而人稀，触目的就是地上一片没完没了的绿，天上无边无际的蓝，让人可以看到太阳的金线和月宫里那棵桂树。现在都市人喜欢喝茶，也许更多的时候不是在喝那道物理意义上的茶，喝的却是乡愁吧！

外表村古迹众多，村旁有清中期祀陈靖姑宫、300多年历史的跑马亭（超然亭）、清代“百二间”民宅，以及同时期林姓、谢姓古民屋，明清时期瑞云寺和尹公祠。村后有一石砌城门、明代石拱桥，名“登云桥”，传为古时举子上京应试必经之道。

我们走进了绿树葱茏的小小庭院，有粉色的蔷薇花爬满墙壁，绿色的藤萝铺天盖地而来，整个世界都是绿的。近处有古老的水井，井里流动着潺潺溪流。闻见花香，走近一看，是梨花的味道。真是应了清照的诗词：“小院闲窗春色深，重帘未卷影沈沈。倚楼无语理瑶琴，远岫出山催薄暮。细风吹雨弄轻阴，梨花欲谢恐难禁。”

建于清光绪年间（1875—1908）的林姓百间大厝占地面积达900多平方米，门楼大额枋多为石构，雕刻有人物花卉，保存完好，建筑精美。谢家大宅始建于清代。两座大宅建筑规模样式一致，均有80多个房间。族人尚武，祖传少林鹤桩拳由河南嵩山少林寺武僧士（释）源大师传入。外表村后山里武术较为著名，出过清末民初著名武术家林云溪（1695—1786），现村中保存有当年的石锁、石担等练武器具。

外表泛排是外表的点睛之笔。泛排溪中，清流见底，白鹭伴飞，远山近林，美景叠映。蕉城的女作家在她的文字中体验漂流的快乐：

溪道的开阔已然彰显出了霍童溪的气度，又恰逢是雨量充沛的时节，水满船高，盈润之美充溢游人心胸……你只消闲坐着，举目四顾，看青山碧水，聆鸟鸣竹喧。风起时，凉爽沁人。偶尔有几处浅滩，竹筏首尾各有一撑篙者，他们稍稍一使力，就轻而易举地渡了过去。在这样的光景下，你就有了更多的闲情逸致体验山水情怀。显然，霍童溪沿岸的山并不以高峻取胜，而是蜿蜒旖旎、线条柔美流畅，又变幻生姿，比一般的山峰更多出几分婉转秀气，倒是与这里的水相映成趣呢。

返回时，我走到那条古老的桥头，远远看见霍童溪上竹筏缓缓而来，犹如在画中，耳边传来女孩的笑声，阵阵银铃般，几位外表村中少女穿着美丽衣裙，手摇扇子，一路走来，满地花香。她们明亮的眸子流淌着幸福，一方山水养育的外表女孩竟如此水嫩纯洁。

诗一般流淌的霍童溪，埋藏着我对林野山泽、墨韵水幻所有的暗恋，在《霍童溪》一诗的末了，我写下了这句："所有的河流都让我变得复杂，霍童溪，你却让我简单……"

# 寿宁看山

◎ 张久升

“地僻人难至，山高云易生。”今天的寿宁，大路通天，“难至”已不再，但“山高”依然，闽东最高峰山羊尖便在寿宁境内，但脚力不及。去今二度去寿宁，行程匆匆，亦走过三两座山，遇见即是缘，回来后难忘的也有它们。故记之。

## 锣鼓山的锣鼓

锣鼓山是一座神山。

也许是被友人多次反复地谈起锣鼓山在他心目中的地位，在未临寿宁之前，对锣鼓山就充满了期待，想象着这是一座怎样的山，会让一个人，一方人，把它作为他们心中的圣殿。而当我走过之后，锣鼓山的长空浩风、蝶飞蜓舞，它的静谧与神秘，它的入世随俗与遗世独立，已成为我的神祇。

为了赶赴山上的风光，我们坐车到锣鼓山的半山腰。山有无数条路，但走得人多的，也就只有一条路。我们循着乡人铺砌的石阶而上。时值夏末，草木未黄，秋声未起，一山芦苇还未翩然起舞，锣鼓山的景致还没有到它最富有个性的时候。但当我们走上山顶，刹那的热闹与自在狂野让我顿时疑入仙界——山顶，立着一块石碑，上书“玉封镇山大王”。围着这块普通的石碑，各色蝴蝶翩跹，长着长尾翅的蜻蜓飞舞，它们个个都是日常所见的放大版，翼如纸，穿似梭，细听振翅有声。如果这里百花盛开，自是招蜂惹蝶，可锣鼓山，草木不见葳蕤，更没有百花争艳，何来如许轻盈精灵？它们环绕在石碑四周，自在地飞翔，像是为欢迎我们而快乐地起舞，轻轻地合唱，又似乎全然不管不顾，时不时闯进我们的镜头，刹那成为我们影像里“战斗机”的背景，诡谲而妙趣横生。那一刻，我想我是进入了仙界。只有草木，只有云霓，只有飞翔的精灵，至于山里住着的神仙，也许正在香烟袅袅的大王碑下，只是我的凡眼看不到罢了。

环顾四周，莽莽苍苍，脚下海拔 1130 多米的锣鼓山一峰独秀，群峰逶迤，三山半落青天外，村落、城池、湖溪在一重、二重、三重山之间散落，远处的远处，寿宁、福安、柘荣、周宁“四县三十八乡”尽收眼底。想象着，亘古以来，凤阳偏安一隅，山环水隔，地僻人难至，村民唯此可登高远眺，对山外的渴望，对未来的憧憬，对冥冥安排的祈祷，自上心头。而此际长风浩荡，旷广无垠，梦想霍霍生风，我似乎明白了友人对一座山的衷情，明白了凤阳人誉之为神山的缘由。于是，那些散落在山上的神态各异的石头，都被命名为与神仙在此聚会有关的石桌、石凳、石棋盘。而那传说中的石锣、石鼓，一年之后我已忘却了它们的形状，但它们浑厚的声音，却总在我想起的时候，响起。

每个人心中都有一座山，需要时时去缅怀，面对，翻越。

## 仙岩顶的尖叫

如果不是千朵、万朵、亿朵、亿亿朵杜鹃花的尖叫，仙岩顶不会引得人们赶数十里、百里山路迢迢去奔赴。

这是闽浙边界的一座山，为寿宁县所有，也为浙江省庆元县所有。双峰并峙，一峰高 1626 米，一峰高 1525 米，这是地理百科上的数字。落实到我们的行程中，就必须从寿宁取道庆元江根乡，从一个叫箬竹坑的村，一路向上。单看这样的村名，就可知山村的僻远了。大巴车在数个让人心惊的回头弯后，到了半山开阔处，只见早有从闽浙各地而来的大车小车，大家都为来此赴一场杜鹃花开的盛事。大家下车的位置，实际才是杜鹃山的山脚，一石岭贯上，其上才见嫣嫣红红、点点簇簇。

人间四月芳菲尽，岭上杜鹃始盛开。当杜鹃花还是粉红透紫，娇养在人家的花盆或城市道旁花带之中的时候，我愿以“杜鹃花”这名字相称。但倘像这样漫山遍野地在山风中展开猎猎的旗帜，它的准确称呼应该是“映山红”。是的，此刻，虽已五月，甫一下车，两山之间狂野的风足以令人瑟瑟发抖，但映山红却毫无瑟缩的模样，一阵风来，它们挨紧身躯，相互支撑，花叶在飘抖，但绝不离枝头。风过后，它们又舒展身躯，昂然挺立，相互致意、点头，仿佛在传递一种力量。

红，是火焰的颜色。此时，这片火焰在山脚是星星之火，在山腰是团团火火，到山顶，便燃烧成熊熊大火了。在山脚，它们是小声的低吟；在山腰，它们手拉手此起彼伏地进行小组唱；登临山顶，它们早已汇成了嘹亮高亢又雄浑的大合唱了。

记忆里，那么单薄的花瓣，是童年里的酸酸甜甜，是贫瘠的山野里兀自开出的一道亮色。而今，它们汇聚在一起，集体绽放，迎风高歌。没有蜂，没有蝶，穿梭在其间的，是老的、少的，男的、女的，是手机的自拍、他拍，是长短的镜头，是嚓嚓作响的快门。人们站在花丛中， 感受着它的美，仿佛自身也都美好起来。

我想，一场花事之后，仙岩顶会归于沉寂，然后，等待来年的春风化雨，又是一场红火的邀约。而那山野里的纵情歌唱，会在收藏春天的记忆深处回响。

## 龙虎山的清香

取龙盘虎踞之形，叫龙虎山的地方很多，但寿宁武曲的龙虎山，不见龙虎之气，氤氲着的是茶叶的清香。

据说这个龙虎山最初不叫龙虎山，而叫后鼎壑，从这样的土名，亦可见这里也是寿宁万千僻远的一个山旮旯。但青山有幸，1957 年的春季，年轻的茶人张天福来到这里，从此点化山头。1958 年，后鼎壑更名为龙虎山，或者，他就是这里的龙虎?

在龙虎山“五七茶场”20 世纪五六十年代的建筑里，静静地陈列着茶叶风选机、烙笼、发酵箩、品茶用的小天平，还有马灯、喇叭……这些久远的物件，叫得出名的和叫不出名的，还原出了茶人寂寞却也红火的岁月。在这里，他成功研制出了中国第一台手推揉茶机，从此结束了中国茶农千百年来手脚揉茶的历史，不仅提高了功效，也提升了茶叶的品质。这里还保存着他 1975 年制的绿茶、白茶、红茶和乌龙茶的茶样，它们依旧芳颜不改。

另一个叫龟岭岔的山头，前些年，102 岁高龄的张天福老人走上这里，掬起一抔红壤，环顾四周，群山延绵，云气祥绕，想起 40 多年前在寿宁与茶相伴的日日夜夜。山下的小村庄正好也是“张”姓人家，老人郑重地说，就是这里了。于是，龟岭岔从此有了一张新名片——张天福生态茶场。从这里产出的茶，走得很远很远……

也许，寿宁这片山水成就了张天福，而他，也成就了“全国重点产茶县”寿宁。

“半县香菇半县茶”，曾是寿宁的特色，如今伐木种菇在这个植被丰厚的小县里早已销声匿迹，而“生态新寿宁”建设里，自始至终，茶，是不可或缺的主角。

县在翠微处，龙虎山的清香，悠远又绵长。

# 渔村纪事

◎ 王振秋

站在游轮甲板上远眺，只见海水和天空融为一体，分不清是水还是天。波光粼粼的海水折射着波光，似母亲的手，轻轻抚摩着我，让我感受到深沉而博大的母爱，对海的喜爱也油然而生……

就是脚下这片蔚蓝大海，这些年随着养殖业的快速发展，给沿海渔民的生活带来富足。但是，养殖业的盲目扩大也带来了无序无质养殖等问题，海面满眼尽是渔排漂浮、白色泡沫浮球和花花绿绿的坛坛罐罐，不仅占用了航道、锚地、码头，还让人们正常的工作和生活受到干扰。加之渔排主人将生产生活垃圾污水直排海里，对海洋生态环境和自然景观造成严重的损害。

无序的海上养殖，曾一度困扰着福安大大小小的养殖专业村，仅下白石镇北斗都村、宁海村海域养殖渔排就多达 5 万多箱、藻类养殖约 4.6 万亩。由于过度养殖和粗放管理，导致鱼病频发、水产品质差价低。而有些村民倚仗家族势力，违规多占海域，并将海域租给村民或外地养殖户牟取私利，以致群众怨声不断、海域纠纷不断，为社会安定埋下隐患。

为打赢海上养殖综合整治攻坚战，提升海洋环境质量，福安海洋渔业部门进行福安市水域滩涂养殖规划，明确可养区、限养区、禁养区范围，组织专业队伍，每周轮流值班，并抽调海渔、林业、安监、市场监管、公安等部门人员组成执法队伍，指定区域清理非法养殖和定置网捕捞，对占用航道等的非法养殖，实行常态化清理整治，确保各类船只正常通航。他们率先在宁德市完成禁养区的彻底清退工作，共清退渔排网箱 3823 箱、养殖区内空置渔排网箱 8880 箱。至 6 月底，全市共完成渔排升级改造 30779 口、深水抗风浪网箱 116 口，验收渔排 30779 口、深水抗风浪网箱 116 口，藻类养殖完成升级改造 45622 亩、验收 45622 亩，两项任务均圆满完成，同时发放养殖业主渔排升级改造补助金 16134.225 万元。

通过综合整治,这片海域呈现出一派生机：下白石镇宁海村、北斗都村海域，建设了 1.1 万亩渔排示范区；下白石镇东岐村、福屿村、渔江村海域，建设了 1 万亩渔排贝类示范区；下白石镇蕌尾村海域建设 1.7 万亩藻类示范区等。福安市坚持以示范建设带动规范用海，加快了建设海洋生态文明和经济强市的步伐。

我们来到海宁村，漫步在整洁干净的大街小巷，蓝天下红黄蓝白相间的瓦房耀眼夺目，房屋墙体涂上了 3D 彩绘，给人误入童话世界的感觉。

在与渔民的交谈中，养殖户陈绍衍说：“我总共做了 6 个大网箱，投资 360 万，我自己出一半，政府补助一半。改用大网箱养黄瓜鱼，鱼病少、好吃、价也高。”养殖户石贤松说：“渔业设施保险政府补贴一半，个人出一半。有保险，我们养鱼就放心多了。”

夕阳西下，当我们走出掩映在绿叶花丛之中的宁海渔村时，看见屋顶升起袅袅炊烟，在天空中编织成缕缕金色雾幔，海水轻轻拍打着岸线，渔舟穿梭往返，渔人脸上挂满灿烂的笑容。

渔村、小舟、炊烟和蔚蓝的大海勾勒出一幅如诗如幻的水墨画！

# 一组春天的海

◎ 郑飞雪

## 早春

立春一到，雨渐渐变细。绵绵细雨针尖似的，从天空飘洒而下，寒冷也变得尖酸，往骨缝肢节处钻。如果长时间枯坐，手脚一动不动，冷得扎针似的疼，寒意直逼骨头，带着酸麻。一把老骨头能不能抵住岁月深处的冷，一副身子骨究竟能挨多少个春秋，只有江南的春天知道。在江南，冷春是岁月的一杆秤，飘忽东飘忽西的冷雨，似秤杆上滑来滑去的秤砣，一个人站在春雨里，生命蕴含多少能量，人生剩余多少气场，被冷风冷雨飘飘泼泼，斤两抖露无遗。

梅花从大寒时节，打着骨朵儿，从斜逸的枝杆冒出来，一粒粒，花衣紧包住蕾，透不出色彩，辨不清哪株是红梅，哪株是白梅。骨朵儿迎着料峭寒风，铁骨铮铮的气概，使人觉得老树上的寒梅，真不愧叫铁梅。她是女子中的铁娘，旦角中的武旦，策马扬鞭，经得起滚爬摔打。到了立春，熬过霜冬的梅骨朵，纷纷扬扬绽放，精致的花瓣，吐出幽香，把内心深处的节制和煎熬，释然解放。梅的香，丝丝缕缕，伴随袅袅寒气，从鼻噏探入心底，五脏六腑被濯洗一番，散发出淡淡香，整个人轻灵起来。陶醉在香气扑鼻的梅丛间，朵朵梅花，煞是好看。粉的，如一首轻歌，绵绵情思飘荡向远方；白的，忠贞热烈，开出内心的极致灿烂；红的，大胆妖娆，似青春烈焰，止不住靠前，去感受生命炽热的挑逗。也有早开的桃花，混在其间，辨不清哪是桃花，哪是梅花？攀下枝，细瞧，枝丫探出翡翠色的芽，是桃树叶。不在乡间成长的孩子，弄不懂梅树结的果是梅子？杏子？还是桃子？梅子、杏子、桃子没成熟的时候，挂在枝头上都是青绿色的，一个样。等到成熟，摘下来，尝尝，才辨明果实。城里的孩子把梅花、桃花、樱花，全混了。

雨拽着雾，雾赶着雨。轻蒙蒙的雨从山头落下，一漾一漾，似薄薄的轻纱。撩开灰蒙蒙的雾，又见雨儿一丝一丝。茶山裹在雨雾里，似襁褓中的婴儿。婴儿的梦是甜的，她在充满乳香的梦中，时睡时醒。

葛洪山的茶园脚下，有一片浅浅的海，葛洪茶在一阵云，一阵雨，一阵雾，一阵阳光，一阵海风的轻拂中，似酣睡的婴儿蹬开手脚，探出最初的叶芽。万物没醒，它先醒了。碧绿色的芽，一星点，一星点，从茶枝上小心翼翼采下，用棉纸轻轻托着，制成初春时节最金贵的“元宵茶”。元宵茶被称为“中国第一早茶”，农历一年中第一个圆月之前开采。因地理、节气原因，产量稀少，价格堪比黄金。她拥有初春的第一抹绿，嫩绿中带浅浅金黄。金黄里有阳光、土地的温情，绿意中有雨雾的灵气、云朵的飘逸、海风的旷远。春茶最适宜春水泡。山涧的泉水从岩壁滴嗒、滴嗒落下，用竹笕接过来。涧水经过竹笕一道道流淌，一道道过滤，接到桶里，水质甘甜、清洌，没有流经自来水管的气息。烧开一壶水，冲泡开元宵绿，茶米被水唤醒了，一枚枚直立起来，旋转着，悠悠舒张开，婴孩般吐出奶香的气息。这气息，亲昵面颊，亲切唇齿，亲润舌喉，岁月的清寒烟消云散。茶汤澄碧，透着金黄，口齿生香。元宵茶，不适合佐茶点，一口甜，一口咸，都会辜负初春的情意。如初恋，甜蜜或忧愁，唯有心思单纯，才能体味最真的情意。有人顾名思义，元宵茶是元宵节吃茶，或者吃元宵配茶。在家乡，春雾迷蒙的天气里，及时喝几泡元宵茶，并不容易。偶尔喝上朋友馈赠的元宵茶，算是春天里的幸福。春茶，弥漫着早春的气息，温情脉脉地留恋在心底。

穿过雨雾去海边，海并没有什么看头。漫天漫地的烟雨，把海和天笼罩得灰蒙蒙。雨歇了，雾散了，薄薄的阳光从云层里透出来，看见春气朦胧的海，竟也萌动着绿。海里长草呀，那是绿藻。海里的藻类分红藻、绿藻、褐藻。红藻如紫菜，多在秋季采收。远远地看紫菜，是黑色的。紫菜一丝一丝漂在水里，呈淡淡紫红。褐藻如海带，深冬时节养殖在深海区。晾干的海带才显褐色。新鲜的海带漂浮水里，海水一片碧汪汪的绿。浅海区透光，适合绿藻。春天，正是绿藻繁衍期。潮水一波波涌来，岸边横七竖八的竹篙，挂满石莼。石莼又称海青菜，青绿的颜色真像田园蔬菜上海青，绿叶比上海青更清亮，绿莹莹的，透着光。它们从竹篙的缝隙处冒出来，一条条往下垂，滴滴答答渗着水，像极了海带苗。伸手采下一瓣瓣海青菜，渔民们会告诫你，不能吃。海边的渔民不屑于野生的海藻，喂猪，猪也不吃。但有些海藻研制成营养品，标为天价。绿油油的海藻漂浮水里，仅仅是春天的海草，春天的一分子。等到阳春回暖，这些绿藻涌进海水，落进鱼虾肚里。

早春，还没开始花红柳绿。迎着冷风去寻春，总会惊诧于一抹不经意的绿，邂逅在脚步匆匆的行程里。

## 红树林

去鹅湾的时候，海已经退潮，滩涂完全裸露出来。灰蒙蒙的滩涂，灰蒙蒙的雾，灰蒙蒙的天，海天混沌一片。

一片苍翠，从蒙蒙的雨雾里淡出来，成为灰色幕布里的主角。滩涂上的红树林连绵成片，绿影婆娑，东一片，西一片，飘荡在海雾中，宛如随水漂荡的绿衣裳，一双纤弱的手来不及捞上岸。绿树之上轻烟袅袅、水雾迷濛，绿树之下水路蜿蜒、波光潋滟。一条条白亮亮的水色，蛇影似的，穿梭进树丛里，缓缓游移着，海雾、树影，也轻轻摇曳起来。海，因为雾显得更迷茫；天，因为云烟显得淡远。苍苍茫茫的云雾里，浮动着水汪汪的绿。绿，剖开浑厚的海土和轻逸的云天。海天之间，悄悄吐露春天的秘密。

红树林不是红的，这扫落了多年来我对海边红树林的向往。绿色树冠，灰褐色枝干。浅灰、深灰、泥灰，那是滩涂的泥水，经浪潮一遍遍拍打，裹上树根、树干，如奔突的兔子罩一件外套，看不清皮毛的原色。红树林不能像灵活的兔子东奔西窜，自然被泥浆紧紧黏住，泥水渗进树皮，透进枝干。原本褐色的树枝，灰得土头土脑，看不清树的肌理。陆地上的树木，哪一棵树皮没有清晰的纹理？红树林日日夜夜站在水里，辛勤濯洗。洗清，又浑浊，如古老的西西弗神话，周而复始，始终无法抵达高处。没有人见证一棵树完整的洁净。剥开树皮，刮开枝干，可以看见红色的树心。这树心，正是红树林不改的初心，汹涌的潮水哪能轻易改变赤子之心？

红树林，舶来的名称很洋气。鹅湾村民不时兴这个叫法。自家滩涂长的树木，取个洋名，令他们羞臊，也觉得生疏。看滩涂上，一整片浩浩荡荡的矮森林，蜿蜒起伏，仿佛渔家女儿簇拥在一起，交头接耳、窃窃私语，或东追西跑，一路笑逐颜开。渔民们满心欢喜地称这些防风防潮的树为海榕树。多么温馨地道的名字，海的味道，海风中飘荡出咸咸的气息，如海滩上的贻贝、凤螺般饱满，带着海潮淋漓的脾气和鲜明的个性。榕树在乡间随处可见，村头，田野，岸边。一株活过百年或千年的古榕树，虬根盘错，枝繁叶茂，顶天立地，为村庄遮阴避日，阻挡风潮。它是众树之王，召引着村庄风水，被村民们敬为树神。屹立村东口，或村西口的古榕，往往是一个宗族迁徙的历史象征。幼年的榕树，可能因为先祖迁居时，随手插下的一根枝，在风雨里长成族落的标志。古榕树的气根，一丝丝从枝丫间垂挂下来，飘荡空中，如德高望重的老人美髯飘拂；有的垂落地面，植进泥土，成为树的另一些根。垂直的气根，如箜篌的弦，风吹过，弹奏出王者风范。

海榕树，是迁移海里的榕树家族吧？和岸上榕树有相似的个性，随遇而安，自身能剥离种子。海风吹过，树叶片片凋零。零落的叶片，受风浪轻轻拍击，随波逐流，种子存活的机率，极渺茫。每一种倔强的生物，总能从非同寻常的环境，寻求安身立命的方式。犹如海上漂泊的连家船民，世世代代以船为家，船行哪里，家就漂泊哪里。连家船民漂泊海上，繁衍一代代子孙。海榕树的种子随波漂泊，寻找栖息地，一旦陷落进海土，开始生根萌芽，抽发新枝。海榕树，树种稀少而珍贵。更弥足珍贵的，是落泥生根的品质。

滩涂上，搁浅着一只船，像有人刚刚离船上岸，又像在等待涨潮远航。我也想，等待潮汛涨满时分，撑开小船，到海上森林间兜兜转转。如可爱的弹涂鱼，亲亲湿润的树干，闻闻翠叶的清香。如顽皮的小潮蟹，在树的根脉留连，在根茎的洞眼里爬进爬出，从根处看海，透过细密的林叶看天。如八爪鱼，以拟态的姿势，懒洋洋地趴在泥里，描述春天的理想。草木虫鱼，都是大自然的物种，用有情的目光观察小生命，生物会呈现绮丽的风景。人生的足迹，远比树木高远，比草茎绵长，但一个人生命的尺度，不知不觉中被草木虫鱼丈量到底。人活过一株树吗？人倒了，树还没倒。人繁衍过一片草吗？人枯了，草木经春风吹又生。草木虫鱼的情怀，未必逊色于人生境界。

海榕树的根怎样牢牢抓住海泥，共生共存呢？这问题，令人困惑不解。海榕树不像岸上榕树身躯伟岸，体态豪迈。它躯杆娇小，树冠玲珑。从单株挺立的海榕树外观判断，分布泥层的根系纵向不入深层，横向履盖面不大，怎能风吹不倒、浪摧不垮呢？掩藏海泥中的根系，如一条隐形的线索，以纵深形式层层推进，还是多方位、多角度铺叙开？有位老人讲述过，40 年前的一场强台风。风暴起时，汹涌的浪潮涌向村庄，人们纷纷撤离，战友们却手拉手迎向浪头，从海湾找回那年代比生命更可贵的物件。手挽手，在我听来，是多么豪迈壮大的力场，齐心凝聚的力量，减弱阻力，迎战潮流。海榕树以手挽手、心连心的协力，在漫长的浅滩展开低沉的叙述，如一部鸿篇巨著，枝叶连枝叶，根系连根系，无声的细节，铺叙成一道壮阔的风景。

有漂泊者，在海上漂流多天，迷失了方向。蓦然，他看见飘飘荡荡的红树林，跳下船，狂奔而去。红树林，是茫茫海域的天际线。红树林的方向，就是家园的方向。穿越红树林，抵达朝思暮念的家园。鹅湾的滩涂上，葱葱郁郁的红树林迎向风潮，如保家卫国的排头兵，静静瞭望远方。红树林背后，家园静谧、和谐、安宁。

红树林最美的季节，不在春天。夏季，碧海蓝天。涨潮时分，红树林深拥水里，露出浅浅的树冠，东一朵，西一朵，蘑菇云似的，漂浮水面。渔家女儿身穿彩裳，泛舟水面，穿行其间，如水云间的飘飘仙子，又像海的女儿游出水面。追光的摄影师，沿着海岸捕捉画面，镜头咔咔咔咔响个不停。寂寞的红树林，不再是寂寞的风景。

沙沙、沙沙，风唱给岸上榕树的歌，沙沙沙响。哗啦、哗啦，海浪唱给海榕树的歌，哗啦啦响。红树林在水中颤动着多情的叶子，哗啦啦，哗啦啦……

## 大米草

大米草绵延水上，一簇簇，一片片，如街市上的人群蜿蜒着、簇拥着、流动着。我目遇这大面积的草滩时，内心无比孤独，隔着水汪汪的距离，始终无法靠近它们，仿佛自已是局外人，又像是异乡的孤客。热闹，是它们的；浩大，也是它们的。感伤或繁华，无从解读。一个人的彷徨，深锁着内心的寂寞。

相对于海岸，大米草不也是匆匆过客？即使脚步偬偬，也碾不上滚滚红尘，无法抵达岸边。它们在水中，保持自由的操守和信仰。成片成片的大米草逐水生长，与海岸隔着浅浅的距离，如一段光阴，此时与彼时，缄默着往事。

大米草飘摇水面，给人临水自照、遗世孤立的感觉。那亭亭的草茎、纤秀的草尖，让人联想起鹤的舞影。孤傲的鹤停立水间，一副孤绝、漠然的表情。鹤群扇动羽翼，临空飞舞，空中传来飒飒声响，宛如大米草在风中唰啦啦的歌唱。那声音能带动人，在水上飞翔。水光中的草，此起彼伏，似一缕缕魂，轻盈跳跃着、舞蹈着，永不歇息的样子。大米草安静时，一定进入大海沉沉的梦乡。海睡了，发出蓝幽幽的光，静静的草，是波光中的梦。

我无端地把大米草和梁祝化蝶联想起来，缘于年少时的一幅画。小时拥有一张瓷器贴花纸，薄如蝉翼，精美极了，图案是罗密欧挽着蓬蓬裙的朱丽叶。懵懂年龄尚未开始阅读世界经典，看见成双成对的身影，就愿意联想舞台上梁山伯和祝英台的身影，哪怕他们多么不适合欧式着装。为保存好这张贴花膜，我把它夹进崭新的笔记本里，在本子上描绘月光、草丛、流水等背景。佳人在水一方，佳人从水中来，化蝶的仙子在水草丛中翩翩起舞。一位少年珍藏着精美的贴花纸，其实深藏着关于爱情的美丽神话。直到后来遇见了海，看见海上缥缈的大米草，记忆中的爱情图景立刻因水草重现。那蓝盈盈的月光，蓝幽幽的水波，青茵茵的水草，似轻歌缥缈。一朵朵水的魂，缠绵着，飘舞着，以草的姿态，温婉起伏。那是爱情最美的源地。

立春时节，风寒料峭。我穿过呼呼呼的冷风，沿着海岸跑，追逐夕光中的大米草。寒风的阻力越大，穿越冷风，越能感受大米草在水中生长的内在节奏。大米草穿越泥泞、超越海水，以怎样的速度奔跑呢？大米草酷爱奔跑，不是吗？一年四季从没有终止过奔跑。凤山脚下一片广袤无垠的海滩，大米草东一片、西一片。海水漫上来时，远远望去，一小撮一小撮大米草，漂浮水面，落叶似的，东漂西荡。几年后站在凤山顶上，看见东西两边的大米草，茂密地汇合在一起，连绵成片，挡住了海潮去路。潮水妄图闯进大米草滩涂，却不再漫漶无边。浪涛以澎湃的力，试图覆盖大米草，大米草低低伏下腰身，又挺直。千万次屈服，千万次挺直腰杆，不依不饶，不亢不卑。纤细的一株草，草和草心连心，草族精神让汹涌的潮水筋疲力尽，瘫倒在海滩上。野生的大米草，是海滩上最倔强的草族，台风刮不走，潮水冲不散。一根纤草拉着另一根纤草，手挽手，唰啦啦站立成一大片。草排列成块状、絮状、带状的队伍，紧紧咬住滩土，防护着海口，捍卫着渔村。它们犹如一道道绿色的天然堤坝，让狂妄的海浪心灰意懒、知难而退。

草们生长泥泞间，心性谦卑，容易让人漠视。当潮汛上涨，大米草们百折不挠，减弱潮力，草根精神让人肃然起敬。那些摇曳船橹、迎浪搏击的渔汉子们，光裸的脚板走过海滩，深一脚，浅一脚，和大米草根脉相连，有相同的个性。

夕光中的大米草，草色绚烂。我在凤山脚下，追逐着大米草，从东岸跑到西岸，再从西岸跑到东岸，奔跑的脚步有多远，大米草的行程就有多远。夕阳给枯黄的草，罩上一层亮色，向阳的草色金黄，逆光的草色褐黄，深深浅浅的草铺展在海滩上，如满天霞彩落满滩涂，给寒冷的初春平添几分暖意。穿过冷风，穿进斜阳，忽然，觉得它们不是草，是鲜亮的油彩凝固在画板上，等待回春的手揭开雾的幕布，让画板上的故事走出来；或者，等待哪支神笔，再添一笔一画，改变一个背景的初衷。

我沿着海岸往东跑，西边的草成群结队，碾着我的脚步。我沿着海岸跑向西，东边的草摇旗呐喊，追赶着我。跟草嬉戏，是件快乐的事，跑着跑着，就把人世的烦恼置之度外。奔跑在路途上，有时被草们拥戴为王，有时被草们树立为敌。我面向草滩时，拥有草的王国，指挥着千军万马。我背向草民时，被草们冷冷地抛弃夕阳拖着长长的影子，我在风中顾影自怜。我与草并肩，跑前头的草当草头王，率领后边的草，草的队伍雄赳赳气昂昂向前挺进。我激情昂扬，踌躇满志，脚步在飞，路在飞，云在飞，青山在飞，草在飞，水鸟在飞，流水哗啦啦奔流……世界和我，奔跑着，向前奔跑。白云远去，青山远去，树林远去，海岸远去，屋舍远去……崭新的我，嫩芽似的，从体内冒出来，闪着草的光芒，迎风，向上生长。我看见，我长成海滩上的一株草，随风起舞。草色远近，草色深浅，是生命性情中的原色。

我时常被妖媚的大米草迷惑着，辨不清方向。晨起看日出，大海还没醒，大米草裸露在晨雾之中，与远山相连，浩浩荡荡。大清早哪来的一大片草原，怎么从来没见过呢？遇见苍苍茫茫的草，心胸开阔起来，就想策马扬鞭，把四个车轮子驰骋到草原上。朋友提醒：小心陷入沼泽地。这才如梦初醒：这是海水退潮后的大米草。滩涂上的大米草连接陆地，如海市蜃楼般出现假象。日落归来，赶上海水涨潮，汹汹潮水没过央央草滩。在乡间小路看海，海雾迷离，烟波浩渺，远山若隐若现。茫茫草原忽然不见了，于是又开始怀疑来时的路，是不是走岔路了？家乡海域广阔，滩涂绵延，恍惚之中，会像迷途的孩子，找不清归家的路。

等到春气渐暖，天地清明，大米草渐渐返青。春天的海，海面风平浪静，绿茵茵的大米草浮动水面，像齐整整的秧苗插满水田，博大深远，在春天里孕育生机。玲珑的海笋，清明时节开始上市，撩开春风，露出冰肌玉骨。海笋，其实是大米草的根茎。下海的女人从海滩里拔上来，一垛垛堆在岸边，拔足了，拔累了，上岸。妇孺老幼围在屋檐下剥海笋，聊春天里有趣的事。她们把一根草掂在手里，利索地从草根掐到尾尖，洁白的根茎显露出来，玉质般清润，一节一节，宛如山间竹笋，中空外直。唯有清正虚直的生物，在风雨中才有不屈不挠的精神。咬一口笋骨，脆脆、嫩嫩，甜润中带点咸。咸，是盐分洁净的味道。盐的气味，是大米草根茎的底气。骨骼里渗进盐，一株草能长成与风浪抗衡的气度，这是海边生物的共性。沿海人嗓门粗大，走路时脚下生风，因为生命在风浪里渗进盐。

我尝试下滩涂拔大米草。阳光下的滩涂弥散着咸涩的气息，躬身在草滩里，如一只牛，或一只羊，被荒乱的草遮蔽过大半个身子。隐身草丛中，像草蟹、草虾、草鱼一般渺小。视野之下，纤纤草株不可藐视，人用多大的力气收拾草，草也会用多大力气反击你。有些草，稍用力拉，就轻易被拉扯出泥土；有些草，很“皮”，铆足气力，也拼不过它。顽固的草牢牢吸附在海土里，被伙伴们紧紧按住，纹丝不动。手劲稍松，被草往后一放，整个人坐落草滩里，压倒一片草，小草从泥滩里吱溜吱溜笑出声来。这才明白纤纤弱草，为什么风吹不走，浪冲不散。滩地里的海草，没有观赏植物那么柔弱。草根牢固，舒展清秀的风姿。任何生命展现繁华，都有扎实的功底。在草滩里与草较劲，我的臂力、脚力、毅力显得多么孱弱。寻常日子里，把山河风光当目标追逐，携着风，携着雨，跑过山一程、水一程，但生命缺少盐浸润的个性，漫漫远路且对风月歌吟，不足以独立潮头，迎击风浪。

做一个坚强的人，学一株草那样成长。

## 白鹭归来

薄雾迷蒙中，我走向河岸，仿佛打开一扇门，去迎见光。

这个清晨，我内心虔诚，脚步轻缓，目光柔和，仿佛自己是一朵兰，由内而外的香，去接近心中的圣典。

那白色的影子闪过来，闪着洁净的光，迷蒙的水岸明净、亮堂起来。它纤秀的翅膀在水面飞，时高时低，划出一道道优美的弧。晨光在弧线里摇晃，飘忽。它伶仃的细脚颜色明黄，像穿一双时尚的小舞鞋。在舞鞋的映衬下，满身雪白的羽翼更加雪白，如一朵盛开的雪莲，在水面漂。它如雪般降临，使这个清晨的空气静谧、芬芳。

我在遇见它的时刻，灵魂出窍，不由自主地迈开双脚，沿着水岸和它一起跑。河岸高于河面，我的身影高过它的姿影。它张开双翅飞翔，我伸展双臂飞跑，追随的动作有点痴，有点傻，也有点狂，但它并不在意一个热衷的追随者。它飞翔时，双腿笔直，缩着脖子，独孤的样子，与世无争。身姿轻盈似一只剪，划开迷蒙的雾岚。忽然，它往下俯冲，身体贴着水面，低低掠过，像风吹落一张纸，轻轻覆盖过水面。我被甩得远远。

我被抛下了，它又高高飞起。

我跟随它，来到坝口。坝口不远处是浅海，浅海之外是远海，深海。不知道它从哪里来，像是远海漂来的精灵。因为海口，使我相信公园的河水脉脉往东流淌。寻常，公园河道的水面平静，看不出水波流动。阵风吹过，荡起层层涟漪。鱼鳞般的波纹，似乎往东，又似乎往西。久久凝视河面，竟分不清哪边河东，哪边河西。但海口，一定是水流的去向。它循水而飞，水流的方向，吸引它神秘的行踪，吸引那双滑翔的翅膀。

它停立在坝口，身影娉婷，似一位高洁的雅士。是否怀抱素琴，常来这里寻觅知音？山水即知音。洁净的水，穿过它的羽翼，绕过它的长脚，潺潺流淌。它单脚停立，身影浮动在水光之上，看起来更像与世隔绝的高蹈者。水自天外来，它来自天外。水是流淌的歌，从红尘飘向天外。它是波光上的云影，让红尘的花朵有出世的愿望。

坝口上的水泥墩，栖息着它众多的伙伴，邀约好似的，排列整齐。洁白的身影，似一个个钢琴的白键，均匀分布在坝口。风纤弱的手指，轻轻抚摩这些纯白的音键，水美妙的声音叮叮咚咚作响。水流经坝头往下冲，声势浩瀚，变成一曲壮观的乐章，响彻云霄。水声如涛，在一场浩大的音乐洗礼中，它们似乎遗忘了，远方或归途。它们伫立水上，静若处子。

我在水边守望，它们是水上莲朵，召引我靠近，接受一次精神洗礼。

20多年前，山河通往海口的路段，尚未建成公园。那时河水丰盈，两岸绿草如茵。鼠曲草、婆婆纳、蒲公英、半支莲……红白紫黄的野花星星点点，迎风招展。白鹭在水边，特别醒目，宛如一朵朵硕大的莲。年轻的我，喜欢独自来到河边，邂逅一群天外客。它们人至不惊，在水间徜徉，起舞，鸣唱。我在草滩采花，戏水，哼唱走调的歌儿。白鹭飞去又来，走走停停，仿佛在水面走秀。昼夜吟唱的河流，两岸水草花香，是这群精灵的家园。

多年后，河道拓宽，草滩没了，一群鹭鸶不知去向，我的青春也一去不复返。

我一次次走过公园的河道，寻找它们的踪影，像信守盟约的恋人，等待另一半归来。

河岸边的翠竹，一年比一年蓬勃，一年比一年茂密。翠竹青青的气息，飘过河道，从隔岸远远传来。我跨过桥墩，钻进荒乱的小竹林，寻找它们的踪迹。往年，白鹭最爱栖息在这些竹枝上，扑棱翅膀，从空中划一道弧，双脚一搭，素雪般轻轻落在竹梢。纤秀的身影在竹梢上荡来荡去，欲落不落的样子。有时尖长的喙嘴，埋进羽翼里，一动不动，让人误以为那团雪快要融化了，可是时间长了，它并不漱漱飘落。有时，一整群白鹭飞向竹林，倏的一声，落满竹梢，仿佛昨夜降临一场白雪，点缀林间。翠竹在白雪映衬下，显得更挺拔、清秀。我猜测，竹林间可能有它们修筑的巢穴，那里有它们留恋的气息。偶尔，三两只白鹭远远飞来，栖落在那丛竹林，似乎在寻找旧时的梦。我曾蹑手蹑脚地躬身探进竹林里，生怕惊扰了竹林间的梦。当我站在林里，透过挺秀的竹杆看到的，惟有潺潺流水，哗哗的水声不绝于耳。

它们喜欢水，喜欢聆听流水的歌唱，喜欢翠竹的气息。我发现这秘密时，有些欣喜。这秘密，成为我守候它们归来的理由。

枯水季节，公园清理河道。河道疏浚后，春天雨季，河水开始泛盈。

它们飞来了，穿过春天，循水飞翔。

海口坝头，成了众多白鹭秘密聚集的场所。目遇这情景，恍若20年前的梦，悄悄抵达这个清晨。晨风中，我仿佛窥见昙花悄然绽放的秘密，机遇难逢，又极其短暂。我放轻步子，再放细步子，小心翼翼，去追逐眼前的梦。

我从河的左岸绕过桥，悄悄绕到右岸。靠近时，右边坝口的白鹭，忽而惊飞而起，哗啦啦飞往左岸。我又从右岸绕过桥，再悄悄绕到左岸，它们又哗啦啦惊飞而起，落在右岸。我忽左忽右往返跑，一群受惊的白鹭，忽南忽北飘飞着，似云雾弥漫水面，又似烟花散落岸边。空中传来它们嘎嘎的叫声，那叫声荡漾开水波，牵引某种力，莫名与我对抗着。我累得满头大汗，万分沮丧，任凭步子怎样轻慢，用心多么虔诚，这群天使始终拒绝外人靠近。鹭目多么细小，注视于水面，高大的桥墩挡住我躲藏的身影，我悄悄靠近时，没发出一丁点声响，这些精灵怎么捕捉背后的信息呢？它们在岸边一动不动，目不斜视，却能把讯息一个接一个传递，瞬时，鹭群腾空而起。

我尝试着像它们那样，目视前方，努力不回头，也没能看清身后的影子。鹭目像无声的雷达，能环顾周遭三百六十度的范畴？白鹭轻灵，时时保持警惕，它轻盈站立，随时准备起飞。我忽然对这精灵般的水鸟心生怜悯，这四处惊飞的鹭鸟，因过当防护，反而失去生存的乐趣。假如它们糊涂、迟钝，也许能闲适安居。我也困惑自己，干吗非要靠近它们呢？爱它们，不能远远观望吗？云朵、星星、日月，距离我们天遥地远，观望千万年，相守千万年。没有人骚扰这些美丽的水鸟，它们该多么自由自在呢。

我不再年轻，已很久没有高歌过，面对这群回归的生灵，喉咙间涌动着歌声，想放飞出来。但我抑住了歌喉，不想惊扰它们。这个清晨，天空中白鹭飞过，仿佛远去的青春，重新归来。晨光中，鹭鸶翩翩飞翔，水草轻轻飘摇，生命多情而富有诗意。

我迎见晨光中的仙子，水声潺潺，从梦里流淌到梦外。

# 翠　微

◎诗　音

群山叠翠。

鹫峰山系洞宫山脉绵亘，丘陵、低山，中山高山、一层层，一重重，逶迤起伏。千米山峰，连绵不断。天地苍茫，山外是山，山山之外，依旧是山。山脉东麓，有城寿宁，冯梦龙说：县在翠微处。

翠微，是山，是山色，也是树色、水色，青绿缥缈，似在有无之间。“翠微”，让我无端想到“翡翠”，一种绿色、蓝绿色，或白色中带绿色斑纹，有着温润光泽的玉石。那天，在寿宁犀溪大峡谷玻璃天桥上，我想到了“翠微”一词，在我的意象里，它既有枝叶葳蕤的葱郁，也有玉石的温润澄莹。

那是夏日的午间，上山时还是朗朗丽日热情似火，临到天桥，只隔几步，天空忽地洒下一阵雨来。到了桥上，雨又倏忽收了。雨珠还未滴尽，太阳已煌煌而出了。云来雨去，仿佛翻手覆手。桥面上犹有雨珠，如玉石凝露，泛动着七彩。

站在高高的天桥上，人一下子敞亮起来，轻盈起来，内心的翅膀呼啦展开。清新甘美的空气，辽阔无碍的天地，仿佛都在呼唤你凌空飞翔。四周山峰，远远近近，高高低低，层出不穷地绿，雄浑壮阔地绿，那么纯净，那么鲜润，那种汪汪碧翠，要怎样的好水，才滋润涵养得出来呢？青山多妩媚。真是妩媚啊！形也妩媚，色也妩媚，看也看不够。那是磅礴浩荡的英雄气中透出来的妩媚，是盈盈如水的妩媚叠映出来的飒爽英姿，是沉稳，是雄奇，是壮丽。

天桥如玉带，遥遥系在两峰之间。我不知山名，不问山名，也浑然忘了问与不问。我把自己完全托付给了青山和玉带。我相信青山玉带也托住了我，托住了我的灵魂，我的欢乐，我的忧伤，我的脆弱，我的委屈，我的青葱明丽和颓败衰老，我所有的好和不好。“我见青山多妩媚，料青山见我应如是。”我知道，前面还有“甚矣吾衰矣”，还有“怅平生，交游零落，只今余几”，还有“白发空垂三千丈，一笑人间万事”。我能细微体察到辛子当时的心境和感受。妩媚在样在貌，又不在样不在貌。这样的妩媚，是会心一笑，是欣喜，是欣慰，是可以以命相托的彼此欣赏，和彻底信任。李白独坐敬亭山，也是相看两不厌。我的眼眶有些湿润，心灵却感受到无比的自由和欢欣。

之前，同游者中有一女孩恐高，还没上天桥就开始担忧害怕。上了天桥，我感觉她紧张到肌肉都有些发紧。她紧紧抓住我的手臂，紧闭双眼，不敢挪步。我试图化解她的恐惧。我说，你要相信，桥是牢固的，你是安全的，就不会害怕了。两侧还有护栏呢，你也不会掉下去的。但她就是怕，紧张慌乱地放倒伞面，遮挡面前的透明玻璃，鸵鸟似的，好像不看，危险就不存在了。其实，假如真有危险，你已人在天桥，再怎么闭眼，也是危险有份、奇景无缘。玻璃桥面的目的，就是为了让人以飞鸟的视角，在高空俯瞰下方的山峰、岩石、树冠、河流，在想象里弥补现实中没有翅膀，无法飞翔的缺憾。要是还能看到白云在身子底下飘过，那就更美了。我不恐高，我无法感受到她的感受，但我理解。恐高症是不讲道理的，那种恐惧是莫名的，没来由的，与信念、品格、坚强之类都无关，不是几句话就能消除的。世上有些事你难以想象，你没身陷其境，你没亲历过，你不会了解，你也不会懂的，你就没有权利言词。恐高，或许唯有强迫自己独自在桥上来回走几趟，才可能不恐。人生在世，许多事情都是这样，只能孤独地去面对，没有人能永远帮到你。但说说容易，对恐高者而言，恐怕连试试也是性命攸关的难。除非身后有更大的凶险在催迫，在追杀，惊魂摄魄中逼上梁山。都说，每个人的生命里，都会有他自己的泥泞和挣扎，那么，谁也保不准不会有自己的“恐高症”。你若不恐，只因未到悬崖处。天地有明，山河有灵。人，其实也应该有所敬重，有所敬畏，有所为，有所不为。只能说，这次不恐高，你是幸运的。

低头看桥面，青郁郁时如溪流，白茫茫时铺霜露，日光照射，云影投映，又似烟雾浮动。玉带延伸到尽头，因透视错觉，一块块相连的玻璃砖，仿佛一级级玉阶，缓缓升往三角琉璃塔顶尖。两边的白色铁艺护栏，同样的视错觉，延伸到尽头，相交在同一个点上，虚了眼看，仿佛是琉璃金字塔的另两面，又仿佛顶端那个点射出三道扇形白光。人在桥上，仿佛悬浮在光里，真是奇妙。

我想透过桥面看桥下景致，却似雾里看花，朦朦胧胧，看不分明。愈看不分明，愈是魅惑。我站起又蹲下，指尖抚过光滑的玻璃面，天光云影淡薄地浮在上面，白茫茫，欲透不透，似透非透。桥下树影子描出的灰蓝，飘渺隐约，如浮萍，如水草，竟是飘花翡翠了。飘花在里，翠在外，花色各异，并随我的移动，变幻，流漾。无意之中，我将手中的雨伞往前伸举，发现脚下随即浮出一朵玉莲花，伞形，八瓣，翠色深郁，盛开在一片云絮浮白又隐隐泛蓝泛绿的玉石上，是传说中的“玉生莲”了。又仿佛开了一扇莲花窗，窗内桥面如薄冰消融，现出丛丛树冠，挤挤挨挨。一片片树叶，如针尖，如芝麻，如瓜子，叶线清晰如工笔细描。叶叶重绿叠翠，浓淡深浅，却又能分辨出不同的树种和叶形。似乎穿过窗洞，就可以凌虚御风，飞翔在一片浓翠深绿上。但我更愿意将其看作一朵飘翠玉莲。我往前走，莲花往前飘，我一步一步往前走，莲花一朵一朵往前飘，我不断不断地走，莲花开了落，落了开，朵朵承接住我的脚尖。何来此福啊，我竟凌波微步，步步生莲。多么好啊，我欣喜若狂，为之着迷。不知什么时候，桥上只剩了我一人，一桥清风明月，一桥琉璃澄澈，唯我独步，唯我独赏，多么奢侈啊。可又多么蹙促，天桥 360 米，太短了，我轻移莲步，舍不得走完。我流连又流连，徘徊又徘徊。我要举杯邀明月，起舞弄清影。我歌月徘徊，我舞影零落。月在赶来的路上，而山在水在，白日也体贴，化作银白的月影，映在桥边，散发茸茸的银白光芒。

人间世上，但愿一路都是这样青山绿水，苍苍翠微。

# 金山银山

# 富春溪流韵

◎ 许怀中

福安市是我去过的闽东的一个县份。早在20世纪70年代，在厦门大学中文系任教时，我便和系主任一道去联系学生实习的事，初次领略到它的风景秀丽。改革开放以来，又数度重访，或开会，或采风，或参观，对福安的自然和人文景观的感受不断加深。今春和一批作家去福安采风，富春溪的流韵，流进心河，交汇出今昔画面的叠印。记得24年前的暮春，在雨中行车到福安，冒雨观看了正在施工的革命纪念馆。县城的富春公园，风景佳丽，一大片粗壮的绿竹，绿荫向四面低垂，这是“中国绿竹之乡”福安一小角的缩写。竹丛和老樟老榕错落有致，鹅卵石铺成的小径，深幽幽地伸入其中，一湾明净的流水，犹如玉带绕腰间。当时，我惊叹城中竟有如此美不胜收的风景线！

此次来采风，得知福安县名的由来，还有一段佳话：宋淳祐五年(1245)，乡人殿中御史郑寀献诗理宗：“韩阳风景世间无，堪与王维作画图。四顾罗山朝虎井，一条带水绕龟湖。形如丹凤飞衔印，势似苍龙卧吐珠。此处不堪为县治，更于何处拜皇都。”理宗阅后，御批：“敷赐五福，以安一县。”福安因而得名。历史上由皇帝赐的县名，并不多见。郑诗中描摹福安的秀丽如画、世上无双的风景，打动了皇心。“一条带水绕龟湖”，莫非就是富春溪的流韵！

福安之美，确是名不虚传。这里依山傍海，山海相连，拥有国家级旅游区、省级风景名胜区和地质公园、国家级重点文物保护单位和省级文物保护单位、国家级和省级历史文化名村、省级自然保护区，又有红色文化、畲族文化、茶文化等，旅游资源如此丰富，获“全省十大空中最美家园”之美称，并非偶然。

从福鼎到福安的当天下午，参观秦溪洋工业区远东电机集团途中，见路旁的小树，挂着一串串红花，当地人叫千层红，像小灯笼垂挂而下，构成一道风景线。沿着高速公路，又来到丛贸造船厂，这个公司新建成投产的10万吨级干船坞，已列全国第七位，居全省首位。福安市的船舶修造业是它的传统产业，早在唐代就开始兴建，民国初期盛极一时，20世纪80年代以来，更是快速发展，逐步形成规模，现船舶行业有84家企业。我迎风站立码头，眺望白马港，水深浪平。富春溪流入的赛江，沿岸基岩固实，宜于建筑船坞、船台。福安的海岸线，全长100多公里，江深海阔，风光壮美，可供旅游观赏，可谓富春溪流韵之一。

“中国茶叶之乡”福安，早在唐代，就“比屋皆饮”，宋代“斗茶”盛行，清代咸丰、同治年间，“坦洋工夫”红茶脱颖而出。1915年，坦洋工夫获得巴拿马太平洋万国博览会金质奖章，在世界打响了名牌。中华人民共和国成立之后，福安茶业从红茶发展到绿茶、花茶、乌龙茶，推广茶叶生产制作的科技，全国茶叶现场会多次在福安召开。福安茶业的繁荣发展，不能不提到设在福安的福建省农科院茶叶研究所。我们驱车到已有74年历史的老所访问，创始人之一便是百岁的茶泰斗张天福教授。雨中走过一段斜坡路，参观了试验茶园，有800多种茶叶。一片绿色海洋般的茶叶大观园，散发出茶的芬芳。

从茶科所到坦洋村，坦洋溪靠码头，水运方便，村内保留下古民居、武举人住宅、古茶行、炮楼、廊桥、天后宫、施氏和胡氏祠堂等清代建筑，系历史文化名村。因村形如长块木板，又称“板洋”。来到坦洋廊桥，楹联上写：“武帝桥跨两县界，坦洋十景一屏障。”放眼山水，景色宜人。“村前清流如练，村后桂树飘香。隔岸松杉苍翠，远近茶园碧绿。”此处有锣鼓争鸣、龟蛇遥望、云桂飘香、清溪飞凤、玉笔尖峰、骏马飞天、天台洞府、蒙井清泉、石门弄月、鲤鱼朝天等“坦洋十景”。这个山清水秀的村庄，拥有独具特色的历史文化背景，集茶文化、古建筑与自然景观于一体，是富春溪流韵的又一个亮点。

福鼎的历史文化名村，还有独具人文品格的廉村。这是唐代左补阙兼太子侍讲、福建第一个进士薛令之的故里。这里曾出过 23 名进士，又被誉为“进士村”。薛令之与著名诗人贺知章并侍东宫，因李林甫与太子不睦，东宫官员受冷落，薛令之托病辞官回故里，隐居于灵谷草堂。唐肃宗即位时，令之已逝。肃宗叹其清廉，赐村名为“廉村”，其水为“廉水”，其岭为“廉岭”，突出了一个“廉”字，在福建省乡村史上独树一格，现为“省级廉政教育基地”。20 世纪 80 年代末，我来福安参加蓝田暴动 60 周年纪念大会，会后曾来此参观。它处于穆阳溪中游西岸，浓荫掩映，古榕拂水。我在散文《闽东秋意浓如许》中写道：“这廉村是唐开闽进士薛令之的故里。这片古老土地上，书写着一个大字：‘廉’字。”古文物、古祠堂、古官道、古城墙、古字画，给我留下很深的印象，它似是一个古文化的仓库，也是旅游胜地。

薛令之的精神，影响了福安一代又一代的仕人，“多以抗直辞归”。我曾流连在廉溪之旁、千年古榕古樟之下，思绪万千，由薛令之，联想到宋宣和进士陈最的一身正气、胆识过人，还有南宋爱国诗人谢翱，这个类似文天祥的历史人物，便是“薛风”的流韵。柏柱洋老区，是宋会稽尉郑虎臣的故里。其父郑埙，宋理宗时任越州同知，遭贾似道陷害，流放至死。郑虎臣受株连，被充军边疆，后遇赦放归。德祐元年（1275）郑虎臣任会稽县尉，在押解大奸臣贾似道经漳州木棉庵时，将贾诛杀。他疾恶如仇、勇于锄奸的精神，为后人所称道。1995年率省文联采风团到郑虎臣祠堂，见其门口书“精忠报国”，匾上题“丹心任重”，都表达了后人对郑虎臣的敬仰。把“福安三贤”的故里连缀起来，也是富春溪流韵之独特的风景线。

畲族文化亦是富春溪的独特流韵。闽东是畲族人口聚居最多的地方，有不少畲村至今保留清末民初的建筑风格，周边竹林、茶山、梯田、果园错落有致，是旅游胜地。畲族独特的传统文化，是不可多得的人文景观资源。畲族人民在长期的历史发展进程中，创造了富有本民族特色的历史文化，如畲族语言，畲族服饰，畲族歌谣、故事、音乐、舞蹈等文艺活动，畲族工艺美术、医药、体育（包括武术）、建筑等，丰富多彩。其中如畲族传统婚礼，是一项极具民族特色的民俗文化活动，是研究畲族民俗文化的“活标本”，是中华民族优秀的传统民俗遗存之一。畲族的祭祀巫舞，最能体现畲族原始舞蹈形态和畲族原始音乐，体现出一种积极向上、勇于抗争的精神风貌。畲族拳熔畲族传统拳法和少林武功于一炉，具有独特风格和地域魅力。畲族民歌更是中国传统文化中的奇葩。畲族的饮茶习俗，体现少数民族的茶文化风韵。如果你来到福安的穆云畲族乡溪塔村游览，还可饱赏群众在溪西面用铁丝拉线搭架种植葡萄形成的绵延4公里的“刺葡萄沟”，它被誉为“中国葡萄第三沟”。溪塔村民风古朴、畲族文化积淀深厚，被列为闽东的旅游点，可从中感受新农村建设的新风貌。

福安晓阳镇和穆云乡境内的白云山风景名胜区，是省级风景区。它由5个景区组成：白云山景区、九龙洞景区、龙亭峡景区、金钟山景区和黄兰峡谷景区。白云山群峰耸峙，雄伟挺拔，山腰时常云雾笼罩、景色朦胧；晴日即拥翠护绿、气象万千，是福安旅游的名片，也是富春溪流韵的高潮。

还有一条旅游线是柏柱洋红色景区。它在中国革命史上演绎过一场惊心动魄、可歌可泣的红色史剧。这里是闽东革命中心，中共闽东特委、闽东苏维埃政府所在地。著名革命家陶铸、邓子恢、叶飞、曾志、马立峰等曾在这一带领导革命武装斗争，为中国革命作出突出贡献。当地现存有中共闽东特委、闽东苏维埃政府、共青团、妇女联合会、闽东红带总会等旧址。如今提倡红色旅游，柏柱洋风景这边独好。

富春溪流韵，纵横交错，多姿多态，流光溢彩，风味无穷。富春溪纵贯市区，蜿蜒至赛江汇合入海，她是福安人民的母亲河，福安人民像爱护母亲一样保护着她，两岸林带依然古树参天、绿竹成荫。还有一些小岛点缀溪间，有“水上花园”之称的钓鱼岛，叶飞同志 1943 年在此留诗：“扁舟飞跃趁晴空，斜抹溪天夕阳红。夜渡浅沙惊宿鸟，晓行柳岸雪花骢。”

# 美玉福地话嵛山

◎ 林思翔

长期在闽东工作，又在地区分管过海岛的建设工作，因此，大部分闽东海岛我都去过。应该说这些海岛都很美丽，但从旅游角度看，最具特色的当属福鼎的福瑶列岛。

福瑶列岛是由嵛山岛为主体的 11 个岛屿和若干礁石组成的，总面积 25.14 平方公里，乃宁德市最大的群岛。这些青绿的岛屿如翡翠洒落在东海边上，似美玉一样漂浮在碧波中。因了这“美玉福地”，故称“福瑶”。由于列岛中仅嵛山岛有人居住，且面积最大，“屹立深水外洋，纵横四十里，形势险要，地土肥美”，故习惯上又称嵛山岛为福瑶列岛。嵛山岛，盂状海岛，集中了福瑶列岛之美，浓缩了山、湖、草、海之特色。据传明代开国皇帝朱元璋曾到岛上游历，为岛上风光所陶醉，称之为“东海仙境”。2005 年嵛山岛被《中国国家地理》列为“中国最美十大海岛”之第八位，成了一处令人神往的旅游胜地。

不久前，我又上了一回嵛山岛。因为前几次上岛要么在秋季，要么遇上雨雾天，看不清，这次特地挑了个晴朗的夏日。嵛山镇镇长柳波告诉我，嵛山岛四季都好看，但夏天景色更迷人。果不其然，当我们从岛上山顶往下看时，全岛从上到下全是绿的。亮绿的草色，犹如瀑布下泻，从山巅直抵谷底。无树木遮掩，无异株混杂，无道路阻隔，满目青翠，一览无余。绿是那样的鲜，草是那样的纯，空气是那样的甜润，这些一起向我们奔袭过来，滋养着我们的眼球和心肺，令我们备加精神。面对这绿油油的宽阔草坡，专家惊呼："地处东南，却有西北高山草甸的风光"，赞誉其为"岛国天山"。其实，草是最普通的东西，随处都有，星星点点的草，散丛杂乱的草，谁也不会多看一眼；躲在树底下的草，与树争营养，成了杂草，更令人不齿，顺手一拔了之。可在嵛山岛的山坡，绿草像地毯一样铺天盖地，直连到海，构成一道令人惊叹的风景线。这就应了那句经常听到的话："世上本没有垃圾，只有放错了位置的财富。"野草放在嵛山岛就是财富。

如果说草甸是嵛山岛的漂亮衣裳的话，那么，湖泊则是嵛山岛清丽的眼睛。海岛因处在大海包围之中，最缺的是淡水，许多海岛因缺水影响人的生存，成了无人岛。可嵛山岛却藏有三个天然的湖泊，其中较大的两个，一曰"大天湖"，一曰"小天湖"，一个在山顶，一个在谷底，一上一下如同一双明眸熠熠生辉。静静的湖泊，清清的湖水，倒映着青山、绿草、蓝天、白云，水上一道景，水面一幅画，随着山下海浪的起伏，这两幅画似乎也在轻轻晃动。夕阳西下时，我们在湖畔小酌，把酒临风，宠辱皆忘，似有一种飘飘欲仙的感觉。难怪专家在评语中写道："身是海岛，更有天湖清澈如镜。"嵛山岛海拔 541 米，如此高度的岛，山地下仍泉涌不断，确实是个谜。于是，有人认为这可能是太姥山的水从海底潜流过来，故太姥山缺水，而嵛山岛多泉。这无疑又给嵛山岛蒙上一层神秘的色彩。

嵛山岛的白天美丽，夜晚也别有一番情韵。为了感受嵛山的夜色，我们特地在山顶独楼过夜。小楼虽简陋，但居高临湖，离大自然最近。暮色降临，岛上山峰朦朦胧胧，只有满天星斗眨巴着眼睛。在孤岛上看天，天显得特别大、特别圆，小岛就像海天之间一根天线似的。天苍苍，海茫茫，看天无涯，看海无边，看星星数也数不完。不像在城里仰望，只能从高楼缝中看到天之一角，天被看扁了，星星也只能数上几个。当天全黑时，小楼周围蛙声阵阵，此起彼伏，延绵不断，如同海浪汹涌，一浪高过一浪。这久违的清脆蛙声，唤起了我对儿时农村生活的美好回忆。记得在童年时，这蛙声是催耕催种的号角，也是早稻即将收成的丰收捷报。“稻花香里说丰年，听取蛙声一片。”蛙声对于农家子弟来说，常常会激起心头的快慰，点燃对未来生活的希望。嵛山岛的蛙声让我重温了儿时的感觉，这感觉真好。小楼不远处就是海边，轻轻的海风挟着平和的涛声在耳际微微作响，这依旧的涛声，让人品读出世道的“不依旧”。曾经海盗横行、鸡犬不宁的嵛山岛，如今夜晚宁静，涛声柔和，百姓安居，一派太平盛世。这涛声，这静夜，令人有太多的感慨！

海岛看日出，别有情趣。于是，我们起了个早，拂晓就到临海的山头上等待。不一会儿，但见东方发白，泛红，倏地太阳从雾霭中钻了出来，圆圆的，红红的，如同红心鸡蛋的蛋黄一般。接着升高，变大，多了光亮，添了光芒，显得耀眼了。而后逐渐升高，照亮大地。因为那天有雾，所以我们没能看到太阳从海平面上升起的那一刻的情景，有点遗憾，但还是大体领略了海上初升太阳的风采。在晨曦初照那一刻，我们发现嵛山岛的海湾也很美。嵛山的山体派生出许多支脉，如触角一样延伸到海，这些支脉如神龟下海，如海狮出游，如猛虎下山，形态各异，栩栩如生。而支脉所拱卫的海湾也样式不同，有渔港，有沙湾，有礁滩，它们静卧在晨曦下，金辉闪射，各显其美。特别是渔港，蓝色的海面上轻舟荡漾，靠山的村落里楼房层叠，一派自然、祥和、宁静的景象，活脱脱的一幅《渔乡吟早图》。

嵛山岛不仅美丽，而且地理位置重要。“鼎海道北接温台，南联省会。江浙闽粤舟楫必经，东西南洋往来必历。然而大小嵛山三洋四省之咽喉乎。”由于其为海峡交通的要冲，因此，历史上嵛山岛为匪盗出没之地，几度风雨，几度沧桑，经历了漫长的艰难岁月。据史料记载，早在北宋初期，就有人迁居嵛山岛开发。明嘉靖年间，倭患猖獗，在爱国将领俞大猷和戚继光的率领下，福建沿海军民戮力同心，进行反侵略斗争，取得辉煌成果，嵛山海面也捷报频传，嵛山岛成为成卒屯兵之边防哨所。清康乾盛世，福建沿海人民陆续前往嵛山开荒捕鱼。嘉庆年间，因政治日趋黑暗，嵛山岛爆发了以蔡牵为首的海上渔民起义，随后政府为防叛逆复发，严禁进岛开发。鸦片战争前夕，福州和闽南地区人民成群结队登岛谋生。清末民初，当局设“嵛山垦殖局”，开垦荒山，羁押犯人，藉靖海氛。抗日战争爆发后，日舰横行海疆，沿海盗匪蜂起，群众流离失所。孤悬海上的嵛山岛早为外人所觊觎。抗战胜利后，日本战犯岩田幸雄更名改姓，来到嵛山岛，对岛民施以小恩小惠，蒙蔽群众，企图用随身携带的黄金搞开发，还打算搞潮汐发电，后因行踪败露被捕。岩田幸雄对嵛山岛奇异风光久久难以忘怀，晚年他在回忆录中写道：“那是使我一见钟情的地方，是一处美丽的岛屿啊！直到现在，虽已 40 多年过去啦，至今还常梦见它那美丽的身姿。”

斗转星移，俱往矣！如今，阴霾扫除，盛世太平，嵛山岛风姿绰约，展现出“东海翡翠”之亮丽本色。岛上那些坑道碉堡都成了历史遗迹。这方“岛国天山”，正按旅游发展规划，实施生态保护，进行设施建设，让“东海仙境”焕发出新的光彩。

# 新桃花源记

◎季　仲

东晋大诗人陶潜的文学遗产中，最具代表性的经典当数《桃花源记》。那个美丽的世外桃源，令多少人倾心向往；短短五百余言华章丽句，让多少学子陶醉吟诵。时至今日，尚有多少人怀着景仰之情，把一个山庄、一处景区，牵强附会地说成陶渊明笔下的桃花源。

但是，千百年来人们的种种努力都徒劳无功，一直找不到真正的桃花源。因为那是陶渊明创造的一个远离纷争、与世隔绝的乌托邦。然而，今年春末，我却在一次文学采风活动中，走进一个类似桃花源的真实世界——福安市穆云畲族乡虎头村。

虎头村在福安西南腹地，与福建海拔最高的周宁县紧相毗邻。一出城关，我们的车子便在一条山间公路上蜿蜒而去。与公路形影相随的，有清溪一脉。下游曰“穆阳溪”，可直达闽东重要商埠赛岐港；上游名“秀溪”，发源于白云山深处。且行且看，这一带林木蓊郁，翠竹森森，水是眼波横，山是眉峰聚。我们祖先为这一溪流命名，一个“秀”字用得真好。遥想当年，公路尚未开通，山径盘旋，寻幽探胜，要去一趟虎头村，也会像晋代武陵渔人那样“缘溪行，忘路之远近”吧。

行车不及 1 小时，便见西北方向出现一座不算太高的峰峦，造型酷似张嘴耸耳的虎首，那就是虎头山了。山下有一片狭长的盘地，沿着秀溪舒缓展开。正如《桃花源记》描绘的："土地平旷，屋舍俨然，有良田美池桑竹之属。"虎头村200多户，全是畲族人家。早些年他们居住木屋茅舍，而今都换成红砖青楼，星星点点地撒在虎头山麓。田畴之上，美池之间，秀溪之畔，栽种着密密麻麻的水蜜桃。据介绍，全村桃林多达2000多亩10万余株。那真是一座气势磅礴的大桃园！当下桃花初谢，却枝繁叶茂。被春风吹绿被春雨染绿的桃林，千树尽着翡翠衣，万枝雕成碧玉妆，在4月骄阳下闪耀着妩媚的光泽。一株紧挨一株，一片连着一片，一条十里长河似的山谷盘地，就成了一片绿色的海。霎时，我的目光也染上柔和的绿，看天天蓝，看地地绿。吐纳之际，吸入身体的风也有一股青草的芳香，真是醺醺欲醉、飘飘欲仙了。

接待我们的村干部也是一位种桃能手，他为我们的姗姗来迟稍感遗憾。他说："你们早半个月来就好了。嘿，清明前后，我们畲乡桃花盛开，那真是花的海洋！"

畲乡人充满自豪的话语，轻轻一拨，把我引到一个想象的世界。是呵，要是能赶上桃花盛开的季节，这里肯定是花的山谷、花的海洋。那层层叠叠一望无际的粉红色的桃花林中，还有蜂的低吟、蝶的蹁跹、鸟的鸣唱，是一个多么幽静且又喧闹的世界。他又说到畲乡的传统节日"三月三"。那正是桃花盛开的季节，小伙子与姑娘们都穿上畲族盛装，漫步秀溪畔，同登虎头山，亮开嗓子，尽情盘歌。他们歌唱爱情，歌唱生活。人面桃花相辉映，欢声笑语满村寨，那又是一个多么欢乐的海洋！

我们祖国有56个兄弟民族，每个民族都有属于自己的传统节日。但是像畲族这样用满谷满坡的桃花来装点传统节日，来欢迎八方来客的，大约是难得一见的吧。于是，每到桃花盛开的日子，穆云畲乡便吸引着全国旅游者的目光。花事最盛的十来天，来虎头村踏青看花的游客每天数以千计。有乘公交车来的，有开私家车来的，有上海人，有杭州人，有厦门人，有福州人……每一座山，每一道坡，都挤满了人。那些日子，这里不止是花的海洋，还是人的海洋、车的海洋。

另一个喧闹的节日，要数桃子丰收的日子。夏至过后，挂满枝头的累累仙桃，像少女的脸庞，日见丰盈，日见鲜艳，又让山谷的风，将甜蜜的芳香吹向四面八方，于是把水果市场搅动得顾客如潮。十里沿河公路上，泊满了大大小小的轿车、货车、摩托车。夹着皮包、背着挎包的批发商们，走过廊桥，穿过田塍，钻进每一片桃林，看桃，尝桃，议价，交易。穆云畲乡的水蜜桃，经过一代又一代桃农的选优培植，又得益于这一带深山峡谷土壤气候的特别眷爱，一个个都粉中透红，饱满水灵，清香可口，咬一口满嘴流蜜。批发商们哪还用得着挑挑捡捡，只管抢着付钱吧。桃农们便将大把大把票子装进鼓鼓囊囊的腰包。

大家都知道，熟了的桃子是色香诱人、一见垂涎的。这偏远的十里桃林，既不设樊篱，又没有标记，在硕果累累的季节，会不会有人摘错了别人家的桃子；或者，有那过往君子，一踮脚，一抬手，发生像齐天大圣偷食王母娘娘的仙桃那样的事儿，也许是在所难免吧？畲乡村干部开心地笑了，说他们畲乡民风淳朴，60 年来，全村从未出过打架斗殴、偷鸡摸狗的事，也没有一个山哈踏进各级法院的门槛。再说，畲家人热情大方，乐善好施，如有外乡人长途跋涉，路过桃林，累了、渴了，谁都会摘几颗鲜桃请远方客人一饱口福，却从不防范有人偷摘自家的桃子。

我们在村街上走了一圈，见村子里空空荡荡，看不到一个闲人。孩子们上学，成年人下地，许多家庭都唱“空城计”。可是，家家户户都开窗敞门，毫不设防，屋里的彩电、冰箱，院里的摩托和晾在竹竿上的衣物，一览无遗，唾手可取。这种清幽与安宁，如果尚不足以说明虎头村已经达到“夜不闭户，路不拾遗”的理想境地，至少也能佐证村干部所言毫无夸矜之处。于是，我又想起桃花源民风古朴，见到陌生的渔人进入源来，“便要还家，设酒杀鸡作食。村中闻有此人，咸来问讯……余人各复延至其家，皆出酒食”。

今日的虎头村，可是陶渊明笔下的桃花源？今日的畲乡山哈，可是“避秦时乱”先世遗民的后裔？当然，如是遐想，毫无根据，只是说明我对伟大诗人那篇美文热爱之深，对世外桃源向往之切。

临别时，我问起虎头村栽种水蜜桃的历史。畲乡村干部说，已有80多年，是澳大利亚传教士传来的西洋优良品种。我讶然有惑：栽桃是收益很高的种植业，怎么听说早先的畲乡还是十分穷困？畲乡人便长叹一声，说那都是上头干部穷折腾的，早先他们哪里会让桃农好好地栽桃卖桃呀？村干部竟有些愤愤然了，说起“大跃进”年代，上面派来的工作组强迫山哈砍了桃树大炼钢铁，又刨了树根改种水稻，大放“卫星”。闹来闹去，饭都吃不饱呀，还想栽桃致富吗？

穷乡僻壤的虎头村，成为繁花似锦的新桃园，也就是近20年的事吧。用畲乡桃农的话说，对于四季农事，政府不折腾少干预，又给出惠民利国的好政策，就是最好的管理，就是农民的福分。如今，村里成立了“虎头村水蜜桃协会”，经常普及种桃知识，年年举办“桃王”大赛，家家户户均已掌握从选种育苗至除草治虫和摘桃保鲜等一整套种植技术。桃林是他们的摇钱树，桃园是他们的聚宝盆。“大跃进”年代一度食不果腹的畲乡虎头村，如今已经跻身于福安市较为富裕的自然村。

阳春三月，桃花盛开，请各方游客都来福安畲乡走一走吧！如果你是一个诗人，一定会在千亩桃林中激发许多奇妙的灵感；如果你是一位画家，一定能创作出许多美如仙境的图画；如果你是一名经济学家，一定会从这里得到启迪，明白“无为而治”“休生养息”“藏富于民”这些古训的微言大义……这里的淙淙流泉，能涤净你辛苦劳累的一身烟尘，让你获得短暂的憩息；这里的鸟语花香，能够荡尽你充斥双耳的城市喧嚣，让你的心灵顿时放松平静；十里桃林的花团锦簇，更能像火焰一样燃起你生活的激情，增强你生活的信心，鞭策你前行的脚步。

我也仅仅是畲乡桃园一名匆匆过客，草草写下匆匆的印象，不揣譾，聊充《新桃花源记》。

# 古今传奇富达村

◎ 唐 颐

富达村有着许多的传奇与光圈：

它是一头白牛寻找到的村庄；

它是朱熹笔下的世外桃源；

它是闽东最大的畲族村、“闽东畲族文化重点村”；

它是“全国造林绿化千佳村”；

它是“福建最美乡村”入围者、“宁德十大最美乡村”之一；

它是“省级园林式村”、芙蓉李专业村……

## 一

古田县平湖镇富达村，肇基于唐乾符三年（876）。富达村肇基与福州雪峰寺有着很深的渊源。雪峰寺名闻遐迩，是诸方祖庭。说起雪峰建寺，富达村的先祖蓝文卿是第一功臣。蓝文卿，字汝弼，原为雪峰太平庄一带望族。《古田县志》称其：“豪迈富家资，有子八人。”唐咸通十一年（870），义存法师到雪峰开山创寺，蓝文卿倾其所有，将自己与长子蓝应潮所居房屋500间、良田7000余亩、牛300多头等，悉数捐献，充作寺产。乾符二年，闽王上疏蓝文卿事，唐僖宗封义存法师为真觉大师，蓝文卿为威武军节度使。乾符三年，蓝文卿再施田庄房产给寺院，以至资财施尽。然后，他决定留寺参禅礼佛。他有八子，二郎走漳浦，三郎往江西，四郎下汀州，五郎随父出家雪峰寺为僧，六郎留守闽清堂里，七郎早夭，八郎北上浙江丽水。传说，一天，义存法师指着一只白牛对大郎蓝应潮说：“长者自有福地，第乘之，视以憩处。”于是，蓝应潮骑上白牛、带着家眷出发。那只神奇的白牛一路向西，跋山涉水走了百余里，到一处高山平原之地，便停下蹄步，不再前行。蓝应潮见此山清水秀，遂带领家人除地筑室，辟茅为田，重兴家业。他秉持“耕者富、读者达”之祖训，为新居取名“富达”。

蓝文卿及长子应潮去世后被雪峰寺尊为伽蓝神，塑像供奉。明朝宰相叶向高在重修雪峰寺疏中称道：“长老视世界如梦幻泡影，尽施累巨万之田宅，赤身以去，历八百载，子孙之聚族古田者，与雪峰相始终。”1000多年来，雪峰寺与富达村世代结缘，薪火相传，延至如今。每年富达村都组织蓝氏子弟前往雪峰寺祭祖，寺院也热情款待，住持必亲自迎送。寺院安放蓝公塑像的蓝公堂，历代几经修缮，至今仍宏大堂皇，蓝公墓也保存完好。

## 二

古田县又称玉田，自古有“玉田八景”之说。富达村属八景之一，名曰“蓝洞归云”。宋代古田县令李堪诗赞：“洞门不闭日空虚，云去云来何定居。看到虚中生白处，恰如混沌未分初。”南宋大理学家朱熹晚年流寓古田时，曾慕名到此游览，有感写下了《蓝洞记》。无论是“蓝洞归云”还是《蓝洞记》中提及的“洞”，并不是洞穴，而是有如道家所言的“洞天”，似一世外桃源。朱熹在这篇400多字的散文中，以村庄为“洞天”中心，东西南北依次描绘，不仅状写了

“富达八景”：岑巅远眺、南寨曝雪、月滩夜钓、竹坞迷楼、龟林弈暑、曲涧飞凫、石亭醉日、铜谷飞云，还概括了“富达十大名胜”：金鸡岩、天汉岩、台鼎峰、三台岗、半月乾、七星台、饮鹤泉、石牛丘、丹穴、碧山。一个村庄，竟有“八景十名胜”之说，世之罕见。

游人到富达，必去探望那头石牛。传说，白牛驮着蓝大郎来到富达后，成了功臣，终日养尊处优，却又不甘寂寞，经常夜间前往邻村偷吃麦子。它担心天亮被人发现，就求助于金鸡山上石鸡帮助放哨，请石鸡天快亮时高声啼叫，提醒自己赶紧回家。有一天，金鸡山上雷鸣电闪，一声巨响，石鸡被击碎，从此不会啼鸣。石牛只好摸黑提前回家，到村前不小心一脚踩空，陷入烂泥田里，再也爬不起来，变成了大石牛。如今，“石牛丘”旁石板上仍留着深深的牛脚印，石牛静静地卧在一汪绿水中，牛背上刻有诗文，字迹模糊不清。传说，一旦有人将诗文全部读出，石牛就会复活。

朱熹笔下的富达村，便是他心中的桃花源，这里四季分明，风光常新。春风吹拂，桃红李白；夏季清凉，翠竹万竿；秋高气爽，遍野金黄；冬雪皑皑，银装素裹。而矗立村口的那株千年古樟，粗壮高大，沧桑苍劲，默默不语，守望着古老的村庄。

## 三

古老村庄传承着悠久历史，土木砖石建筑承载着厚重文化。走在古街上，走进古厝里，触摸牌坊石柱，默诵楹联诗句，观赏民俗活动，宛如踏入一条可回首千年的“时空隧道”。

蓝氏祠堂始建于宋大中祥符五年（1012），经历千年历史风霜，历朝历代均有修缮，至今仍是村中最显赫的建筑，屹立在村中央。富达村人口 2600 多人，是闽东最大的畲族村，以蓝姓为主，所以，蓝氏祠堂有着浓厚的畲族风情。祠堂两侧的壁画，描绘着畲族始祖龙麒的英雄业绩，用连环画形式表现高辛当朝、龙麒出世、拆榜征番、归朝奉献、招为驸马、讨姓受封……畲族渊源和发展的传奇故事，是畲族文化的宝贵遗产。富达村世代耕读，文风鼎盛，科第蝉联，官宦辈出，子孙兴旺发达：宋明清以降，不乏贡生、进士，同知、县令，民国期间，也有三人任本县和外县县长、警察厅署员；新中国成立后，村里走出12名博士、22名硕士、200多名本科生、300名大中专生，担任处级领导有15名、科级领导有40余名。这些在祠堂里均可找到佐证。

蓝公府比蓝氏祠堂晚建26年，是专门供奉蓝文卿夫妇及其大儿子蓝应潮的，宋代建筑风格，古朴厚重。府内至今保存有明清时期留下的匾额等文物。清乾隆年间进士孙璇（富达人）手迹楹联颇有名气，上联是“溯石牛开创鸿基异迹奇勋派衍至今千余载”，下联为“拓星苔薰蒸秀气显名达利绪传于后万斯年”。

每年农历正月初四至十五，村里都举行盛大的迎祖祭祖活动，即“蓝公节”。这是富达村一年中最热闹、最隆重的日子。村里的大街小巷显车水马龙状。村民们抬着蓝文卿和蓝应溯塑像巡游，一路锣鼓大作，号角喧天，鞭炮齐鸣，并上演神戏，直到正月十五将塑像抬回蓝公府，活动才结束。蓝公节祭祖仪俗如今已被列入“市级非物质遗产”名录。每年的农历九月十五，则是祭奠祖宗墓的日子，村民倾村而出，浩浩荡荡，祭扫好本地祖宗墓后，还派出代表，彩车旌旗地前往雪峰寺祭奠始祖。每年的“三月三”歌会则是畲族共同的传统节日，对歌盘诗，以歌传言，以诗抒情，无人不歌，无事不诗。整座村庄歌声嘹亮，诗意盎然。

村东头有2座石牌坊，都是节孝坊。一座建于清道光元年(1821)，为表彰蓝氏贞女张倩姑而立；另一座建于清光绪十二年(1886)，为表彰蓝氏贞女李娥姑而立。四柱三门的架构，古朴凝重的造型，精致的石件，龙凤浮雕围绕着“圣旨”字样，给人以肃穆清高的感受。难怪当年朝廷规定，遇到龙凤牌坊，文官落轿，武将下马，一律步行低头穿过牌坊。这可是古田境内保存最好的2座石牌坊啊！当你虔诚低头穿行而过，自然为几百年前两位守节的女性致哀，当你触摸到冰凉石柱，不禁为它们能逃脱“文革”时的厄运而庆幸，但更多的是向当年机智勇敢保护牌坊的村民们致敬。

村里还留存有许多明清时期的古厝、古街。古厝翘角高高的风火墙，四堂归水的天井，精湛的屋项泥塑，精巧的回廊造型，精细的雀替木雕……虽然，青苔已爬满瓦顶，门楼窗棂大都支离破碎，古街面鹅卵石也不那么平整，但祖先留下的文化遗产，仍散发着浓浓的韵味。

## 四

富达村立地条件好，森林葱茏，溪水清澈，土地肥沃，有良田3300多亩，山地1万多亩。除传统的粮经作物和林木生产外，近年来，勤劳智慧的村民因地制宜，大力发展特色农业，种植栽培了水果、茭白、茶叶和食用菌，走出一条多种经营的特色之路。

春天的富达村，有一道亮丽的风景线，那是3000亩芙蓉李树开满洁白的花朵，漫山遍野，忽如一夜雪花来，千树万树白茫茫，这里成为了远近闻名的赏花佳境。春华秋实，当硕果压弯枝头时，又成了芙蓉李专业村。富达芙蓉李个大、色艳、风味独特，单果平均重100克以上，最大的达245克，颇受广州、深圳等地消费者的青睐。每到采摘季节，外地客商纷至沓来。为此，村里还专门建了一个4000平方米的水果专业市场。村民仅芙蓉李一项收入，年人均达5400元，加上其他收入，年人均收入超过了1万元。

富达地灵人杰，英才辈出。这里走出的子弟心系故里，回报故里，以故里为荣。毕业于清华大学的蓝春，与妻子杨英创建了北京英才房地产开发公司，并担任厦门英才学校校长。他们本着“良心建屋，爱心办学，回报社会”宗旨，热心参与“春蕾计划”等慈善活动，为社会捐款2000多万元。他们还为故里的蓝氏祠堂、蓝公府修缮等公益事业慷慨解囊几十万元。2008年，他们又为家乡公路建设捐款150万元。他们的报国之志、爱乡之心、恋土之情，在家乡传为美谈。

蓝有然是我国改革开放后派出的首批留学生之一，在美国获得计算机博士学位，任教密苏里大学，培养了50多名研究生，其中70%是祖国派出的。他关心家乡的公益事业，多次捐款修路办学。他勤奋钻研、淡泊名利、爱国爱乡的风范，成为家乡学子的楷模。

蓝惠琴是富达走出的女法官。她毕业于中南民族学院法律系，在基层法院一干就是20多年。她用法官的良知和辛勤诠释着社会的公平和正义，先后获得“福建省三八红旗手”“全省优秀法官”“全省巾帼建功标兵”“福建省十佳法官”等荣誉称号，2012年又荣膺“全国模范法官”这一法院系统的最高荣誉。

畲族歌手蓝华娟是富达飞出的百灵鸟。她在全国、全省的歌手赛事中屡屡获奖。她咏唱的畲歌，丰富多彩，爽朗质朴，生活气息浓厚，陶醉了家乡的山，陶醉了家乡的水，也陶醉了家乡的父老乡亲。

富达新人辈出，人杰地灵，一定还将谱写新的传奇！

# 野性湿地

◎ 沉　洲

记得《走进屏南》这本书定选题时，我兴奋地逮到了“天湖顶高山湿地”。兴奋的起因是我对青藏高原十分迷恋，曾经在 5 年里 4 次西进，而“高山”“天湖”“湿地”这些地理书籍里常见的词汇，恰恰是组成青藏高原司空见惯的部件。我多嘴多舌补充交代：这回我要劳其筋骨，选个艰苦点的题材。这马上引来众人讪笑，去过那里的同行都说，现在路已经修到了山顶，你这是最轻松、最单纯的选题。

热衷的核心是探索自然奥秘的兴趣，艰苦与轻松属于题外话，借此机会能零距离接触被公认为地球重要生命支持系统之一的湿地地貌，也许还能梳理清楚它的前世今生，毕竟高山自然湿地在东南沿海地区不常见到。

那天下午，我们驱车从屏南县城南行到与古田县接壤的甘棠乡，换了辆底盘高的“皮卡”，走村道一路向东爬高，在天湖山山腰的新田村接上村里的文书老李，其后沿着近些年来开辟的崎岖便道颠到山间一块开阔洼地。这处叫天湖顶的地方海拔已经升到 1240 米，专业讲算是中山。福建人嘴里的高山，只是对山地的一种泛称。我们从北边进入，西向隆起的是天湖山海拔 1413 米的主峰。举目尽是针阔叶混交林，初夏的艳阳下，草木蓊郁葱茏，一派绿意盎然，难觅一块巉岩和裸土的山体。那一道舒缓而温柔的山脊线，便是大山闲适自得的心电图，泄露了它无拘无束而且富足的心态。

老李轻车熟路地朝西边拐去，从野草丛里往下蹚。眼前是 2 米来高的喜湿植物水竹林，密匝匝地无以插足，很快，我的运动鞋进水了。湿地生机勃发，水竹疯长，涓涓山泉水汇集形成湖面，湿地难以进入。老李领着我们反方向绕回，不久便看到一道小水坝，蓄积起近千平方米的湖面，能看到水底包裹着黄泥的枯枝像珊瑚一般。貌似清澈的水体，罩着一层赭黄色，后来知道，全属水底黑褐泥炭土使然。不远处的水面，两棵枯死的水松虬枝乱舞，挣扎出水面，岁月已经把柔嫩的部分彻底磨蚀，余下的像金属一样亮着光斑。对面湖边，水竹们立在水里，密集的细枝碎叶砌起一堵绿墙。老李告诉我们，往常这里有很多水鸭和睡莲。也许季节不对，除了水面一群捕食飞虫、盘旋不停的雨燕，我们没看到其他水禽飞鸟以及艳丽的莲花。

上山便道和停车场的雏形，还有眼前这座拦水坝，都是近些年为了开发旅游陆续添置起来的设施，开发不知何故被一次次半途而废。

我暗暗为湿地庆幸，依凭看到的情形，要保护性开发天湖山，如果不投入一大笔难见回报的银子，修成正果的可能性极小。回想 2 年前在澳大利亚南部塔斯马尼亚岛的世界自然遗产地摇篮山发现，景区土路基本是单行窄道，为了保护环境，原有旧路尽量不破土拓宽。路边桩子上标有号码，司机不时朝对讲机通报车的位置，再通过调度避开两车窄道交汇。所花的人力物力比拓宽景区道路多多了。在冰川苔藓地貌景点，政府投入巨资凌空架起木桥，既便于观赏又避免了游客侵入殃及这种史前植物。

我们沿着湖边森林行进，黄土小径时常浸泡在坡上流淌下来的山泉水里，当地村民在上面垫上杂木棍，湿滑且易滚动。老李告诉我们，20 世纪 50 年代，当地人砍树种食用菌，这里基本成了秃山。到了 60 年代，飞机播种马尾松，杉树和阔叶树也逐渐形成次生林。老李小时候就经常跟父亲到这里种树。也许因为湿地周边土壤肥沃、空气湿润的缘故，四五十年的时间里，马尾松和杉树都茁壮成电线杆粗，一棵棵挺拔得好似桅杆，迎着太阳冲高而去。置身空旷的林子下，遇着枝叶遮天蔽日时，我们就像身陷湖底，常常把下午 2 点误当成黄昏。树木舒朗时，阳光被筛成斑块贴在众人身上，营造出一种梦幻的氛围。光线再明晃晃照上树兜，就见石绿色的苔藓恣意蔓延。遍地尽是橘红色的落叶，踩上去发出酥脆细响。偶尔一阵风流窜过来，空气中被灌满了原始森林的野性气息。

20多分钟后，大家跟着老李往坡下的水竹丛拱去，尽头豁然开朗，零星杜鹃丛后现出宽阔的山间洼地。这回长见识了，湿地，望文生义就是土壤过湿形成的一种地貌，岂有不脱鞋走入之理？山泉水爬过一道道浅浅的水沟，汇聚处露出一块黑褐地表和水汪，枯树遗骸散落一地，残败裸根仿佛遒劲龙爪那样死死抓紧黑土。低头细审，黄绿色的藻类植物探出水洼，湿汪汪地停泊着阳光。灰黄苔藓的微型细叶抱集成团，四下开疆拓土，隆起一团团毛茸茸的球面。立马有黑蛙受惊弹进草丛。足底弹性感十足，脚趾头趁机抠下去，出现密麻麻赫红色的植物细根，这显然是泥炭湿地特有的草根盘结层。

缓坡上，举着小竹叶一样的青草丛生成垫状，上部一蓬蓬长得葳蕤茂盛，下部死亡后堆起厚厚枯叶，呈现出团块状草丘的样子。少年时拔兔草，小伙伴们无师自通地将之命名为竹草，它是兔子爱吃的食物。果然就在枯草堆里发现左一撮右一摊兔屎，看那样子，种群已有一定规模，这里堪称它们的福地天堂。老李说，天湖顶曾经出现过小牛那么大的三只野羊，棕红色的毛，后来被邻县人猎杀了。

用脚掌从侧面压下竹草，我们亦步亦趋向前蹚了 10 多米，湿地上不时出现团团簇簇的蕨类植物，也被叫作羊齿植物。它们在平整草滩上不甘寂寞地立起，像极了非洲土著头顶的羽冠。很难想象，它的羽状叶片曾经见证了遥远的恐龙时代。如今，人们还把它紧紧卷曲的嫩芽头部视为纯天然食材。

湿地生物的多样性已经尽呈眼前，单就植物形态看，藻类植物、苔藓植物、蕨类植物和种子植物四个主要类群一个不落。与森林和海洋一样，众多植物、鸟类、哺乳动物、两栖类以及无脊椎动物都依赖湿地生存。科研结果表明，湿地生态系统的作用不仅是多种濒危动植物的栖息地，还是改善人类生态环境、保障经济和社会可持续发展的重要因素。

前方山脊线下拦着一线水竹，它的尽头估计就是此前无法进入的那片湿地。清代乾隆年间的《屏南县志》里有这样的记载："山顶有平湖，广三里，内有水如池，大旱不绝。"想当年，四周群山环抱，开阔洼地潴水成湖，形成八爪鱼形状的湖面，我们立足之地便是伸进山岬的一条触角。该县资料介绍，10多年前天湖顶还残留有5个湖面。由于死亡植物不断堆积，在缺氧条件下，缓慢分解，湖底植物残体逐年累积形成泥炭。随着泥炭增厚，湖水变浅，湖面缩小，最后泥炭堆满湖盆，水面消失，整个湖泊水草丛生，演化为沼泽。这种进程是自然演替的必然结果，它标志着湖泊涅槃成了湿地。

泥炭地是自然湿地类型的一种，通常由沼泽植物死亡后（甚至动物和昆虫尸体都有可能成为泥炭形成来源）的有机物构成。这些物质堆积于沼泽底部，由于潮湿和偏酸性环境无法完全腐败分解，形成泥炭层。它还是煤最原始的形态。泥炭地对控制大气二氧化碳含量具有不可替代的作用。它是地球上有着多功能、富有生物多样性的生态系统，也是人类最重要的生存环境之一。此外，它还有调节气候、净化水质、保持水源、蓄洪防旱等方面的生态、环境功能。泥炭地强大的生态净化能力，使它收获了"地球之肾"的美誉。据统计，全球泥炭地约有3.98亿公顷，却吸收了全世界25%—30%的二氧化碳，帮助减少了大气层中温室气体的含量。但是频繁的人类活动正在破坏泥炭地，导致其氧化、腐烂并释放出二氧化碳，反而成为全球气候变暖的元凶之一。

我们继续南进，森林越来越茂密，但见树干林立。林子里不见一点砍伐痕迹，草木们长得都很放肆。物竞天择、优胜劣汰是延续自然种群蓬勃的丛林法则，经常发现体弱多病的松树遭虫蛀后拦腰折断，退出生命序列。因为鲜有人迹进入，断续的小路已湮没于厚厚的枯叶下。老李孩提时几乎每天在此放牛，对山里的地形、方位了如指掌，他折了一段树枝走在前，拂去树干间没完没了的蜘蛛网，一会儿爬坡，一会儿跨坎，还涉水沟，过独木桥。老李不无自豪地介绍，这就是一座宝山，清明前后漫山遍野是蕨菜，水竹嫩笋还特别甜。行走说话中，他居然听到棘胸蛙的叫声。

老李还告诉我们，不久前有外地人下了1万块钱订金，想挖取村民泥炭湿地里一块自留田的黑土，后来不知何因未遂。

我再次为这片湿地捏了一把汗。我想，挽留住天湖山泥炭湿地的最好方式，就是任由它狂野生长，不去改变其目前已经完整的生态系统，减少人类活动的痕迹，其他的添加都有可能成为多余的败笔。

资料里说，泥炭土无菌无毒无污染，透气透水性好，质轻持水保肥，有利于微生物活动，富含有机质、腐殖酸和营养成分，既是栽培基质，又是良好的土壤调节剂，属于相当优良的盆栽花卉用土。目前国外园艺业发达的国家，在育苗和盆栽花卉中多以泥炭作为主要基质，而传统的腐叶土、腐殖土已成为过去时。

穿越了30多分钟，我们发现树木、蒿草丛中的一座老寺庙，坍圮的院墙由花岗岩垒就，黢黑似铁，上面附着斑驳地衣。寺庙格局基本还看得出来，原本的屋里手腕大小的杂树成了主人，推测过去，也差不多有近百年历史了。佛寺的衰落也许和湖面消失有一定关联。

半小时后，我们钻出森林，天色大亮，面前一派开朗，两侧低缓山冈夹峙起纯一色的青茅草，浩浩荡荡向坡下铺排而去。青茅草是福建中山草甸常见的植物类型，也是牛羊适口性好的一种牧草。午后热风吹来，青茅草柔软地荡漾开来，就很有点湖面的模样了。草丛里不时冲出一只只筷子粗细的草本绿茎，挑起一串黄心素花，从下往上次第绽放。在青藏高原的草甸、草原常见这种类型的花朵，应该是山地独有的植物种类。忽然回想起来，七八年前，我曾帮助该县策划过一本宣传画册，其中就有天湖山泥炭湿地内容。那些照片是秋天拍摄的，除了飘扬的芦苇花，脚下这一地青草可是金黄色的，即便仓促间从脑海里调出来也依旧楚楚动人。

我们继续往湿地深处走，深一脚、浅一脚的，草甸之间渐渐露出一汪汪水坑，蓝天白云趺坐其上，这是沼泽化湿地的特点，被科学工作者形象地比喻为湖窗。我一不留神，脚板从草滩滑到小水洼里，猛然又下陷到膝关节，赶忙踩上实地，双腿发力蹬了几下，周遭一米见方的湿地跟着就颤抖起来。这是孩提时攒积的经验，20 世纪 70 年代的闽西农民，会在这种土话叫“胖浮田”下面垫上松木，把它改造成农田种水稻。那时我们人小，陷进去就到了胸口，大意可能危及生命。为了下田捉泥鳅，我们都是用如此方法来判别烂泥地深浅。再遥想红军两万五千里过川西北若尔盖草地，遇到的就是这种“人陷不见头，马陷不见颈”的沼泽地带，六七天时间里的非战斗减员就达万余人，堪称长征中最艰难的日子。

大家一起打了退堂鼓，从侧面弃水登岸。这里，水竹鞭已经探到湿地边上，编织起一排疏密有致的新竹。这竹长得有意思，单茎直耸，分蘖处只长出一片绿叶，画意十足。前行不远，出现一道石坝，那沧桑模样和此前残败寺庙一个品性：年深月久。湿地里汇集成汪的水，从石坝底坍塌孔洞泄了出去，在黑黝黝的石面上白花花奔泻。我们尾随水流往下 10 来步，居然是天湖山南端的一处悬崖绝壁，几乎无立足之地。我用肩膀撑在树干上，斜着身体，终于拍成了几张照片。老李说，下面就是古田县，瀑布有九叠，往下更好看。在天光幽暗的密林里，默默看着瀑布白练一般，喷珠溅玉般飞落，真真切切地感受到经泥炭湿地净化的水源汩汩流进我们大家的生活里，惠及千千万万的民生。

# 海山天湖三都澳

◎ 朱谷忠

## 一

往年3月，在我居住的福州城，到处已能滤出斑斑的水珠了。今年是猴年，开春以来的气候，虽说乍暖乍寒得多，但雨水到底也没像往日那样有太长的独白。于是逢着这春阳普照的晴好日子，我走进蕉城，再次来到了三都澳。

在我看来，三都澳是闽东山海交响中一段最为迷人的乐章，也是一道直扣心弦的“蓝色风景线”，云蒸霞蔚，流光溢彩，历来吸引着世人的目光。这个有奇异之美的海湾，水域面积达714平方公里，但唯一的出水口——东冲口，宽度仅有2.6公里，可谓腹大口小、水深港阔，加之不冻不淤、避风良好，是世界上少有的天然海湖和深水良港。

这里，也是我国仅有的大黄鱼产卵洄游场，素有“大黄鱼故乡”之美称，而今，则成为大黄鱼繁殖自然保护区和天然繁殖场。

众所周知，三都澳是以其独特的景致、秀美的风姿闻名遐迩的，东海蓬瀛的雨，岱岳缥缈的云，浸古润今，拭亮了“大珠小珠落玉盘”似的岛屿，温润了澳内许许多多形态各异的礁石岸坞，由此也赢得了“海上明珠”的美称。

其实，早在唐代，三都澳就已开发，茶叶、陶瓷等穿越茫茫大海，运向世界；明景泰年间，这个五邑咽喉要地，设立了河泊所；清康熙年间设税务总口，下辖9个口岸；光绪年间宣布对外开放，先后有日本、俄罗斯、法国、德国、西班牙、葡萄牙等13个国家在此设公司、建洋行。至今留有的哥特式天主教堂、修道院、主教府和历经100多年沧桑的邮政福海关，已成为三都澳极具特色的古建筑遗址。这些特异的建筑，或掩映于苍松翠柏丛中，或沉寂于崖壁山冈之畔，峰幽林密，春绿夏凉，蝉鸣秋意，海景旷远，令来过这里的游人，无不心醉神迷。

云水微茫，霞光潋滟，海上名都，仙景佳处。

遥想自唐以降，三都澳可曾宝辇途塞，绫罗障目？也许，一程程，都有折不尽的相思树；一处处，都有喝不完的陈酿酒。从此，追梦心悬长夜楼，留于千年作胜游。

一方宝地，内外斐声，名人荟萃，纷至沓来。

“兰桡画舸悠悠去，水阔风高扬管弦。”令人遐想的是，春来花草日，半雨半烟时，当年曾在蕉城山水间徜徉的陆游，是否也到此一游，尚不可知，想来已是难以考证的一桩往事。但有资料记载：中华民国政府主席林森，中华人民共和国的领导人陈毅、叶剑英、胡耀邦、李先念等都曾在此留下足迹。大诗人郭沫若更是两度来此，留下“三都良港举世无，水深湾阔似天湖”的诗句，从此“海上天湖”，四方传播。无数来者，浪挂天帆，他们一头扑进的是迷人的画卷，双脚溅起的是亮丽的诗行，如此的意境，怎不教人流连难返，向之魂绕，思之梦牵？

暖阳晴风，桨声欸乃；起舞弄影，风流代代。

改革开放以来，作为海洋旅游资源丰富的海岛重镇——三都，围绕海洋旅游大作文章。踏遍海岛寻妙景，铺开云锦试新毫，三都澳旅游景区应运而生。事实上，景区景点本都集中在三都澳东南部，但从人文角度细细分类，却可分为斗姥景区、福海关遗址景区、青山景区、笔架山景区和鸡公山景区5个部分，以及三都军港观赏和海上景观游览等游览点。

这些景区，这些景点，诚如出生闽东的诗人刘伟雄所写的那样，是“搁在阳光下的等待”，是“躺在岁月中的传奇”。

## 二

笔走至此，脑海浮现出数年前我来叩访三都澳的一幕——“烟波荡荡，细浪悠悠，眼前无钓客，耳畔只闻鸥。”这几行字，就是那个春天里我与三都澳邂逅时在心中记下的印象。说来也巧，那也是三月的一天，我从福建边防总队宁德边防支队三都边防派出所海上警务区采访出来，天空正下着不大不小的雨，坐在车上望去，偌大的三都澳沉浸在一片淡白的雾气中。我注意到，即便是这样的天空，仍有不少游客结伴来此游玩。他们沿着岛上、林中湿润润但又翠油油的路径漫步，或一手举着雨伞，一手轻拨微伏的野草，观赏探头欲出的花朵，尽情享受大自然在雨天里显露的色泽与芳馥。令人感动的是，我看到一批摄影爱好者，在雨中举起相机，把镜头对准那些以宽阔水道为“街”、出入航道为“巷”、集结渔排为“区”、错落木屋为“家”的海域，对准那些穿着橄榄绿的边防官兵在各自岗位上以高度警惕的目光巡视和护卫海疆的英姿。我瞬间想到，在风雨中坚守岗位，保一方百姓平安的边防官兵，以及用镜头专注地对他们投去敬佩目光的摄影者，不也构成了三都澳最新最美的一幅景致吗？我想起在采访中，这里的一些群众告诉我，他们一直敬奉三都澳的妈祖、临水夫人、斗姆娘娘，因为她们都是法力无边的海上保护神，但每天24小时为群众执勤、为水上人家提供零距离服务的这些边防官兵，更是“蓝色田园”的守护神。

边防官兵在当地人心目中的形象，令我感慨之余，不由想到了三都澳滨海和海岛或矗立或横卧的岩石。确切地说，它们的名字叫花岗石。这些岩石，从内容到形式都在暗示着山与海亿万斯年的变幻。每一块石头，几乎都是一首哲理诗，在默默地向人们讲述着三都澳的石头世界，是如何长年累月经受海浪的冲刷、侵蚀，最终形成了千姿百态的地貌景观。尤其是在斗姆景区、青山景区和笔架山景区，到处都能见到嶙峋的奇石、怪石。据科学资料记述，这里的地层，因受到区域性断裂以及花岗岩自身发育节理影响，常常沿着断裂面、节理面产生风化作用，或沿着裂面产生滑动、重力崩塌，随着时间推移，花岗岩体逐渐被雕琢成，或城堡状、峡谷状、长柱状、长垣状，或尖峰式、峰林式、鱼脊式、石蛋式等形状，构成群岩耸拔、险峰矗立、陡峭巍峨、石群绵延、洞谷幽深的花岗岩地貌景观。这些石头，在荆棘丛生中穿过高低不平的野径，走进现代文明的视野，使人仿若来到隔世的“侏罗纪公园”。

记得那一次，我留了下来，在青山景区和笔架山景区做了短暂的逗留。较深的印象有二，一是走在青山的山腰，周遭林木葳蕤，鸟声婉转。沿石阶拾级寻觅，但见阶沿坚石蜿蜒，石阶磨出一道道凹痕，无不记录着沧桑岁华。轻风微拂中，叶片簌然，抬头间，但见农舍渔村，半隐云间，半隐芳丛，顿时疲惫消除，隐隐的惬意与诗意浸染了衣衫……二是在笔架景区，那形似笔架的山脉隆起，又似撑开的巨手指向天空，如同通往迷宫的路标，一下提升了人对三都澳美好憧憬的高度。据说，在封建时期，宁德的县衙门一定要对准笔架山，以此表明书香县邑、文墨世家的文化心态。不过，这是百姓们也能向往的一种自豪，还只是文人骚客内心的一种指向？想必，两者都兼而有之。因为，在我曾经读过的有关三都澳历史的一些诗文中，都看到了一种丰茂的人文往事……那天，在与笔架山久久的对视中，我仿佛看到了一个在笑声和絮语中复活的梦境。记得当时，我还听见一声黄鹂的花腔，直入云天。

话说回来，这次我到三都澳，重温旧游的心境和感叹，面对闪金烁银、锦绣依旧的天湖，一种暖暖的旷世之美即刻包裹了全身。都说：有些美令人敬畏，有些人让人沉沦。而当我站在天湖岸边，举目望去，蒹葭苍苍的碧蓝波心，杂树生花的斗姆岛，像一幅幅逶迤、明丽的风景画图，直让我在心里叫道：美，是会化掉一个人的！

## 三

此行目标，是我不曾去过的斗姆岛。该岛处于三都澳中心区域，面积约0.64平方公里。当小小的游艇载着我与向导离岸后，立即在海上天湖犁出了一路白色的浪花。我有些兴奋，因为游历过这个岛屿后，三都澳的主要景观，我都算涉足了。不过，要想游遍三都澳几乎是不可能的，因为向导告诉我：在三都澳，不包括独立的小礁石，共有岛屿126个，其中有居民岛屿17个，蕉城区辖其中9个，分别是三都岛、青山岛、斗帽岛、鸡公山、白匏岛、鸟屿、官沪岛、横屿、云淡岛。

说话间，游艇已经登岸。

午后的阳光，明晃晃的，却一点也不刺眼，倒是把岛上的奇岩、杂树照得鲜嫩丰美、惹人喜爱。向导介绍说，这就是斗姆岛，由7座山冈组成，中高边低，呈帽形北斗状。这一说，我立即想起蕉城区的作家郑承东向我介绍过：去斗姆岛，或多或少、有意无意都会感受到道教文化的气息。

行走中，向导继续向我说：这斗姆岛可是因神得名的，这神便是中国神话传说中北斗七星的母亲，女神因此叫斗姆娘娘。传说，斗姆娘娘形象很奇特，额上长有三目，肩上有四头。她本事极大，天上地下都行得通。这岛上一块石壁上，就刻着斗姆神像。我一听，便径直前往膜拜。礼毕，不禁在心中感慨道：斗姆娘娘和我家乡的妈祖娘娘，都得到这里人们的虔诚信奉，妈祖是救苦救难的海上女神，而斗姆是北斗的母亲，无疑可为这里来往的船只确定方向。请北斗众星之母在岛上镇守，可明眼目、涤心志、鉴须眉、指航道，这才是人们信奉的精髓所在吧？

拜了斗姆，回身登上石板路，只觉四处绿叶纷披、鸟鸣清脆，空气隐约飘散出大海咸腥的气息。左转右折，耳边听得风在瑟瑟微响；轻拢慢拨，眼前尽是花的灿烂笑容。一路绿荫重重，一路清凉通透，令人只想且歌且行，来一回迷不知终其所至。不过，我只让幽思出游了一会儿又收回了，要知道，在神仙福地，慢行有慢行的收获，即时时可窥见或触摸到那些裸露的奇石怪岩。不是吗？它们的排列，粗看没有多少合理，细看却有着连建筑师也无法构建的平衡、协调与和谐。这些石头石块，形态万千，各具特色，令人目不暇接、叹为观止。虽说它们是因大自然造化而呈现不同的神韵，在垒垒相连又各各独立中，但最终却又都因被人赋予灵性的名字而愈加形色俱全、生动活泼起来，如“仙趾石”“母子石”“犀牛望月”“黄魚朝天”“狸猫拜月”等等，有的则被赋予人们喜欢的“金元宝”“海螺”和“芭蕉”“野果”一类的名字。

我对岛上的海蚀景观也情有独钟。山上的斗姆迷宫，入洞后只能在石头的缝隙中匍匐前行，颇具惊险刺激。代表福、禄、寿、喜、财的人生五愿景的奇石，鬼斧神工，惟妙惟肖。而凿于悬崖绝壁的海边栈道，更让人领略了在波涛万顷的官井洋边行走的惊险与惊喜。

最为令人心神舒朗的，是登上高处的斗姆亭。放眼远眺，阳光下的天湖闪闪发光，倒映着闽东天空的蔚蓝和深邃。四周，群峰起伏；海上，星岛罗列；海天一色，白鹭点点；一串串渔排，构成一座座海上村庄。“古今往事千帆去，风月秋怀一笛知。”面对如此壮景，我自然按捺不住内心的激动：三都澳，美丽的三都澳，我知道，只有辛劳、勇敢的渔民，才能真正读懂你的心。但我恳请借用你的人文做铺垫，让我打开怀抱，尽情接纳自由、旷达、洒脱的天湖，赐予我“岛山环拱忘冬夏，潮汐翻腾有减除”（郭沫若咏三都澳诗句）的无涯风韵与情愫。同时，也允许我想象自己是你海上的一只不系之舟，在风生水起处，迎迓着粼粼波光，驶向大海的深处……

三都澳，请接受我由衷的顶礼和膜拜！

# 屏南两大冰河遗存

◎ 王晓岳

## 一

大学时代，读大地天文专业，每每听教授讲起“天地玄黄，宇宙洪荒”的境界，敬畏和错愕便袭满全身。从宇宙大爆炸伊始，一切便处于诞生和毁灭之中，大自然以最有意义的方式产生着千奇百怪、无可胜数的生命，又以最残酷的方式一次又一次地毁灭它们。其中，最具典型特征的当属冰河时代了。

所谓冰河时代，是指冰川从地球两极向赤道扩展，大陆大都被冰川掩盖，那是个极为寒冷的时代。在地质史的几十亿年中，地球至少出现过 3 次大冰期，科学界公认的有前寒武纪晚期大冰期，石炭纪至二叠纪大冰期和第四纪大冰期。在近 100 万年的第四纪大冰期中，冰川范围最大时，扩展到赤道附近的北非、印度和澳洲，在纽约这样纬度的地区，冰层厚度竟达 1000 米左右。科学界习惯于把第四纪大冰期称为冰河时代。美国好莱坞拍了一部叫作《冰河时代》的动漫。影片开始，镜头中是绝美的秋天，枫叶如火，万山红遍，动物们尽情地享受着成熟的浆果，小松鼠忙碌地贮存着大松果，谁也没料到，自北极南下的冰川如同创世纪的大洪水那般凶猛地扑了过来，所到之处，寸草无存，绝大多数动物和植物又一次消失在宇宙的洪荒之中。

然而，奇迹出现了，由于中国的山脉大多数是东西走向，在一定程度上阻断了北极冰川，所以中国的冰川虽然分布广泛，但不像欧美那样成为整块的巨冰而是形成零星分散的山地冰川。这种“山地冰川”从高山奔流而下，覆盖了大部分山岭、山川，却留下了不少无冰之处。这些无冰之处便成了极少数古生物的“避难所”。因此，一些3亿多年前的古老植物如银杏、水松等等在欧洲、在北美消失，而却在中国南方极个别地方存活下来。它们的同类演变为化石，而侥幸躲过这场浩劫的它们成了“孑遗”植物，生物学家称之为植物中的“活化石”。

## 二

福建东北部有座平均海拔800多米的县城——屏南县，冰河时代给这座山区县城留下了两大遗存，一是世界级独一无二的孑遗群落——水松林，二是孑遗植物银杏中极大的个体之一——银杏王。

说起孑遗植物水松，不得不提起中华民族的一位大功臣。先生名胡先骕，1925年获哈佛大学博士学位，归国后先后在南京高师、东南大学、北大、北师大、清华等高校任教，抗日战争期间担任国立中正大学首任校长，1948年当选为中央研究院第一届院士。中华人民共和国成立后，胡先生领导和参与了中国第一个大学生物系、第一个生物研究所、第一座植物园的创建工作，并领导和参与了第一部《高等植物学》教材的编撰工作、第一本《中国植物学》杂志的创办发行工作。胡先生虽为博士、院士，却常年布衣藤杖，翻山越岭，斩荆棘穿密林，锲而不舍地从事着中国植物学分类实地调查工作。他身边的助手和学生，诸如郑万钧、俞德浚、蔡希陶等后来均成为植物学界的著名学者。胡先生毕其一生，在植物分类学领域共发现 1 个新科、6 个新属和几百个新种。这些成就就体现在他的 20 部专著和 150 篇专业论文中。1948 年，他与郑万钧联合发布的水杉新种，轰动世界。世界学术界公认水杉这种“活化石”是人类的“绿色大熊猫”。在荣誉面前，胡先生却满面愁云。学生问其故，先生曰，水松与水杉同科，中国有水杉传续，必定有水松幸存。不得水松真迹，余死不瞑目。胡先生生性耿直，1955 年因批评苏联生物学家李森科而遭受打击。1956 年，周恩来总理与中科院负责人谈话时说，“科学就是科学，如果李森科不对，我们没有理由为李森科辩护，我们就向被批评的胡先骕承认错误。”胡先生命运多舛，1957 年又遭遇反右斗争的冲击，后来在“文革”中含冤而死。这位被毛泽东主席称作“中国生物学界老祖宗”的一代宗师，这位被誉为“中国植物分类学之父”的科学家，这位功勋卓著的教育家在弥留之际，念念不忘的依然是他魂牵梦萦的“超级绿色大熊猫”——孑遗植物水松。

## 三

水松属杉科，水松属，该属仅此一种，和大熊猫一样。这种中国特有的单种单属的树种是极其珍稀的孑遗植物。1979 年在湖南省资兴市门司镇燕窝村首次发现水松，这棵千年古树围径竟达 7.6 米。改革开放之后，在拯救珍稀物种调查中，在湖南省永兴市又陆续发现 7 株。之后，再无发现。因此，生物学家认为，水松到了灭绝的边缘。令人意外是，20 世纪末，在宁德市屏南县南塆天湖高山湿地、恩岔高山湿地，以及屏南漈头、孔源、周厝、灵峰、贵溪、后垅等大山深处，一下子发现了近千株零星分布的水松。更令人吃惊的是，在屏南岭下乡上楼村高山湿地里发现了多达 73 株的千年水松群落。

若是在美国，这等重大发现，能把地球震翻。在美国内华达洲的国家公园里，生物学家发现了一棵拥有3200年历史的红杉树。只有200多年历史的美国，却拥有一株3000多年的古树，无疑是上帝赐予的荣耀。举国欢腾之际，美国自豪地向世界发布消息，连这株古树有多少片树叶都数得一清二楚。尽管如此，美国还觉得不足以表达这株红杉树的尊贵，便向世界征集冠名。经投票，这株红杉树便有了“迎接总统”这个响亮的称谓。然而在中国，发现了比红杉更加珍贵的水松，却超然淡定，有关部门登记备案后，仅在上楼村高山湿地间立了一块“上楼天然水松林”的石碑而已，石碑上连“国家一级孑遗植物”的字样也没有，别说引发世界轰动，就连福建知晓这一重大发现的人也为数寥寥。对于水松群落遭此冷落，时任屏南县副县长的张尊镇心犹不甘。张尊镇当时分管工业、交通、旅游、邮电口，并兼任县集邮协会会长，对于“以集邮推动旅游”情有独钟。1994年1月，国务院批准屏南县鸳鸯溪列入国家重点风景名胜区名单后，他为推动鸳鸯溪列入国家邮票发行计划使出了浑身解数。他当时认为，能办成这件大事已不虚此生，没敢奢望屏南水松进入国家邮票。

2004年8月23日，龙岩市承办《华南虎》邮票首发式，省邮政局和省集邮公司领导向主办这次邮票首发式的国家邮政局领导递交了屏南鸳鸯溪景区列入国家邮票发行计划的申请。是年8月27日，国家邮政局邮资处处长范云操受命赴屏南实地考察，张尊镇全程陪同。张尊镇对于屏南白水洋、鸳鸯溪、古廊桥等等自然景观和人文景观如数家珍，不经意间也透露了屏南发现近千株水松和水松群落的消息。没想到这条消息竟使范云操眼睛一亮，急切地让张尊镇带他去了上楼村高山湿地。当他见到由73株水松组成的水松林时，大喜过望。他对张尊镇说，我建议屏南县不仅要组织力量做好鸳鸯溪景区申报入选国家邮票的基础工作，更要瞄准水松林入选国家邮票的目标。范云操生怕张尊镇使偏了劲，进一步解释道：国家邮政局计划在2006年发行一套《孑遗植物》邮票，入选题材未定。我认为水松极具代表性，因为水松是中国独有的古老珍稀树种，具有世界唯一性和极高的科考价值。在屏南上楼村的山坳里珍藏着一大片“植物活化石”群落，天意啊！此乃天意啊！

听得范处长两声动情的感叹，张尊镇意识到：入选国家邮票，屏南上楼水松林将占得先机。

2004年9月初，张尊镇力邀福建省民俗摄影家协会会长黄以注拍摄上楼水松林。当黄以注背着摄影设备爬到上楼村的高山湿地时，乌云滚滚，山风冽冽，黄以注嘀咕了一句：光线这么暗，这怎么拍呀！没想到话音刚落，乌云裂开一道缝隙，灿烂的阳光斜照在水松林上，明艳的前景和深沉的背影形成了极佳的反差。黄以注抓住时机，拍全景，拍特写，连叶、根、果都拍得仔细，一连抢拍了几十张。当黄以注收起摄影设备时，乌云合拢，电闪雷鸣，暴雨如注。张尊镇、黄以注等人忙不迭地往回跑，到得村庄，个个早已成了“落汤鸡”。然而，他们却欢声笑语道，若非天公作美，那会有这般神奇。

此后数日，一套完整的水松资料和一帧帧精美的水松图片由省邮政局邮资票品处以特快专递方式上报至国家邮政局。

2006年3月12日，这天是植树节。是日，由国家邮政局主办的《孑遗植物——水松》邮票首发式在屏南县举行。水松邮票是2006-5《孑遗植物》特种邮票中的一枚，该套邮票一套4枚，分别为银杏、水松、珙桐和鹅掌楸。这套邮票由科普专家曾孝濂手绘设计。他受黄以注的启发，采用近景和远景结合的表现手法，将孑遗植物叶、花、果形态描绘得栩栩如生。远景表现每种植物的外部特征，在局部特写上，银杏、水松画了果实，珙桐、鹅掌楸画了花朵，画面清新雅致，赏心悦目。邮票是国家名片。《水松》是中华人民共和国成立以来发行的与福建相关的唯一一枚珍稀植物邮票，不仅标志着福建环境资源的优势，而且也给国家带来了荣誉。屏南水松群落的发现充分印证了胡先骕先生的科学预言，若是胡先生地下有知，这当是对他的极大慰藉。

## 四

远古时代，水松是地球上最茂盛的树种之一，原先广布于欧亚大陆、南北美洲，冰河时代却遭灭顶之灾。如今的欧美，只留下水松化石描绘的遥远记忆，就是在中国也极难寻觅古老水松的后裔，而屏南却成为水松生生不息的家园，不能不说这是生物史上的一大奇迹。为了探索水松家园的奥秘，2014 年初夏时节，我专程探访了位于上楼村的高山湿地。

屏南县与建瓯市的界山是鹫峰山脉，这座山脉的顶峰就是海拔 1627 米的东峰尖。上楼村南 1.5 公里处有两座海拔 1400 多米的无名山峰，山峰间夹着一片海拔约 1350 米、面积约十多亩的高山湿地。两座山峰和一片湿地，构建起上楼村的“南天门”，村民称其为“甲门”。从地图上看，“甲门”位于东峰尖东侧，二者直线距离不足 6000 千米。很显然，甲门是鹫峰山主峰的延展。

从地质遗存来看，鹫峰山没能阻挡住冰河南下的铁蹄，冰川几乎淹没了屏南全境，但是，它没能覆盖屏南几处最高的山峰，于是，东峰尖主峰、南塆高峰、恩岔高峰有幸成为冰海中的一座座孤岛。东峰尖的“甲门”湿地、南塆的天湖湿地、恩岔的高山湿地便成了水松的一处处避难之所。

屏南千山万壑，几乎山山有泉、壑壑见瀑，在“甲门”高山湿地上就有数处清泉流淌。我俯身端详最大的一处清泉，但见泉水淙淙，汇聚成一座小池塘，几只青蛙在池塘中惬意地游动。掬一把泉水来饮，清甜甘冽直抵肺腑。心想，没有这潺潺的甘泉，哪会有永不干涸的湿地？湿地是水松的摇篮，甘泉便是水松的乳汁。上楼村的村民把这片水松叫做“神水树”，可谓一语道破天机。

探访上楼水松群落之前，拜读了多篇描写“甲门”水松的文章，有的说水松崴然，枝繁叶茂；有的说水松参天，虬枝粗壮；有的说水松状似蟠龙，形如华盖……待我见到“甲门”水松之时，第一印象便是柔弱，再细细观察时，更确信了先前的感觉。

“甲门”水松群落有 73 株千年水松组成，放眼望去像几排高大的篱笆立在天边，“篱笆”透着蓝天，枝叶的稀疏极为罕见。这片水松似乎同时降生于“甲门”，树干粗细相当，胸径七八十厘米，树高 20 米左右，单从树干外形来说，确有些松树的苍劲和杉树的挺拔。“甲门”水松树皮灰褐色，裂成不规则条片脱落。裸露的内皮却呈现出嫩嫩的淡红色，用手一触，吓了一跳，怎么竟有抚摸孩童肌肤般的感觉？请教专家后方知，这是水松的生存密码之一——乔木树干草本化，这种弱化现象为的是最大限度地吸收水分和营养。据说，一株水松吸收水分和营养的效率可达松树、杉树的 3–5 倍。抬头向上望去，水松并没有苍松那样的虬枝，所有的枝条均像春天萌发的新枝，细细的稀稀的平展开来，只有树顶的枝条向上斜伸。枝条上生成着更为细弱的侧生小枝。小枝上的叶有两种：一种是羽状对生叶，在微风中轻柔地摆动，颇似袅娜的文竹。这些羽状叶沐浴秋霜后，由橘黄色逐渐变成褐红色，待到冬雪来袭，伴着卵形松果随风飘落。枝头生长着长 2–3 毫米长的鳞状叶片，螺旋状排列，颇似一簇簇松针。这些“松针”永不落叶。每到冬季，水松就靠它们维持着生存需要的光合作用。专家说，水松的枝叶异常地稀疏，是它的又一生存密码——它不仅把被狂风暴雪吹翻折断的危险降到了最低，而且把更多的阳光留给脚下的湿地，让湿地中茂密的水草酿造出丰富的营养。这种共生共荣的和谐，体现出水松生存的超凡智慧。

乍看，水松在处处示弱，实则是外弱内强。拨开水松根部的水草，你会发现水松树干基部比之上的膨大一倍以上，且呈柱槽状，巨石桥墩般楔入湿地之中。专家说，这是水松的屈膝状呼吸根，不仅能起到武术中马步的固盘作用，而且有吸收空气中营养的功能。在湿地水面之下，水松的主根深达 7 米。主根在幼苗出土 10 多年后停止生长，而侧根盘根错节，异常发达，一株水松的侧根占地面积多达 100 多平方米。所以，风刀雪剑撼山易撼水松难。

专家还告诉我们，水松还有三大生存密码：一是自身免疫力强大。水松叶含有芳樟醇和牻牛儿醇，具有抗菌作用；内皮浸出液所含丙烯酸有强大的驱虫抑菌作用；主根侧根含有 3 种水溶性砷化物，可确保发达的根系不腐不烂。二是计划生育。水松种子在天然状态下很难萌发，人工育种至今没有成功，在“甲门”湿地培育幼苗也均告失败。所以“甲门”的水松林一直保持 73 株的数量。据说，1958 年“大炼钢铁”时，人为砍伐 3 株水松，由于枝干含水量太高，不易点燃，才避免了人工毁林的灾难。后来，水松林竟自然而然地新添了 3 株幼树，这等控制种群自我繁衍的能力实在让人叹为观止。三是强大的适应能力。水松最喜温暖潮湿的环境，最佳生长温度为 15-22℃。但水松能耐冰川时期的超低温也能耐受高达 40 多度的酷暑，这种“上刀山下火海”的个性着实让人敬佩。

“物竞天择，适者生存”是大自然的法则。因此，凡能在恶劣环境中生存下来的植物，都具有异常强大的生命力。雪山之巅有雪莲，沙漠深处有红柳，戈壁滩上有胡杨，盐碱地里有刺槐，再荒凉贫瘠的地方，都有植物顽强的身影。然而水松带给我们的不仅仅是这种坚韧的生命品质，它让我们惊讶的是生命方式带来的巨大震撼。面对冰河时代的极寒，面对高山之门的风暴，面对高山湿地残酷的生存环境，水松从外部形体到内部结构，已经进化到了鬼斧神工般的极致。“生命的本质在于自身的完美和自然的和谐。”这是水松告诉人类的生命物语。

## 五

探访上楼村水松林次日，我与思翔先生结伴赴屏南县双溪镇郑山村探访已有700年历史的银杏古树。

郑山村位于海拔400多米的郑山山顶，这株古老的银杏树生长在郑山村村头，俯瞰着霍童溪从脚下流过。银杏又称长寿树，2000年的银杏树容颜不老。郑山村这株700年的银杏正值青春期，形态葳蕤，英姿勃发。树高30多米，树干径围约14米，8个人才能合抱。粗壮的树枝环树密布，根根斜刺苍穹，最小的也有水桶粗细。这株银杏树枝繁叶茂，扇形叶片层层叠叠、遮天蔽日，冠盖下的树荫约有半亩，是村民消暑纳凉的最佳去处。奇妙的是，这株银杏树主干周围萌生出粗细不等的几十株银杏树来，新生树干粗的须一人环抱，细的树干直径10–30厘米不等。生物学家认为，这种“爷爷膝下，子孙满堂”的生态模式十分罕见，只有杭州五云山上一株银杏树与此相似。杭州五云山上的银杏树是隋炀帝下令开凿京杭大运河那年萌生的一株银杏幼苗，但它的落叶面积也无法与郑山银杏相比。

银杏最早出现于3.45亿年前的石炭纪，中生代侏罗纪曾广泛分布于北半球，冰河时代濒于绝种，生物学家称银杏这种一纲、一目、一科、一属、一种的孑遗植物为“活化石”。银杏虽然珍贵，但并不珍稀。1265年，南宋陈景沂撰写的《全芳备祖》书中，就有我国人工栽培银杏的记载。史籍证明我国是人工栽培银杏最早的国家。我国一些古刹寺庙周围，常常可以看见数百年和千余年树龄的银杏。从资料来看，无论是在山东省临沂市郯城县新村乡发现的郯国国君植于周代、树龄已达3000多年的银杏，庐山黄龙寺三宝之一的千年银杏，还是北京潭柘寺年逾千岁的银杏，其树干径围和树冠荫地面积均不及屏南郑山银杏树。山东省莒县定林寺中的“大银杏”，据说是商代所栽，树冠荫地也才 200 多平方米。相较而言，屏南郑山银杏树是当之无愧的银杏王。

郑山银杏王的树龄到底是多少呢？郑山村书记郑陈明讲，听他爷爷的爷爷说，郑氏祖先移居郑山村那年，村头冒出这株银杏树的幼苗，郑氏家族移居郑山村已经 700 年了，这株银杏树也就 700 岁了。在郑氏之前有宋氏家族盘踞郑山村，宋氏家族前还有倪氏家族定居郑山村。但是，宋氏和倪氏家族相继衰败，唯郑氏家族世代相传，生生不息。所以，老辈人都说，这株银杏树是郑氏家族的“风水树”，也是郑氏家族的“开基祖宗”，因此，年年受村民香火祭拜。出于敬畏，村中男女老幼无人敢动神树的一枝一叶。

2003 年之前，郑山村和双溪镇之间还不通公路，村里人去镇上要翻山越岭走上五六个小时。在这种情况下，外来游客没人愿为看一株古树付出如此艰辛。2003 年之后，公路一通，从县城到郑山村只有半个多小时车程，前来观赏银杏王的人络绎不绝。

我问郑陈明书记，游客中有没有损害古树者？

“常有，常有。”郑书记答道，“据说银杏树树皮、树根都具有很高的药用价值，就有人钻进神树里面去剥主干的皮，挖中间的根。”

这番对话让我心生不安。于是，想起达尔文和爱因斯坦的至理名言。

达尔文说：“一种生命以其他生命为代价才得以生存下来，这是自然律与道德律的尖锐矛盾，也构成了生命世界与生命伦理的天地黑暗。”

爱因斯坦说：“只有人类能够敬畏生命，能够与自然休戚与共，能够摆脱让其余生命苦陷其中的无知。”

面对生命现实的残酷，面对日益恶化的地球生态，人类应该保护包括孑遗植物在内的一切生命，这才是生存的最高智慧。

# 云端花开

◎缪　华

从古至今，以花卉为题的诗文数不胜数，有以花喻人的，有借花抒怀的，有咏花明志的，其中不乏经典之作。但本文引用的几句花诗，虽算不得出类拔萃，却也意趣独具。比如唐代曹松的“谁家不禁火，总在此花枝”写的是红艳似火的杜鹃花；又比如宋代项安世的“禁城春色晓苍苍，花气浑如百合香”写的芳菲馥郁的百合花；再比如清代程樊的“兰为王者香，芳馥清风里”写的清淑淡雅的兰花。之所以引用这些名气不大的诗人的诗句，是因为他们所写的花卉，不仅美丽而且芳香，即便是三四流甚至不入流的诗人也照样能写出让人喜爱的诗句。

比诗句更让人喜爱的，是被写入诗中的花。如今，好日子滋养出众多的花痴，家家户户都喜欢在庭院、阳台种花养花，精心照料，乐此不疲。而闽东的花事更是一场接着一场，桃花红，李花白，油菜花黄，紫藤花紫……哪儿花开，哪儿必定人山人海。我家的阳台上也曾出现过几盆花，但我生性慵懒、关照不力，花们奄奄一息以至中道崩殂。于是，撤去花盆还阳台一片素白。但这不影响我赏花的热情，每逢花季，也会呼朋唤友结伴往之。这次到周宁参加“乡村振兴，周宁有鲤”文学采风，见有冷凉花卉之选题，遂立马打钩。之前虽多次去周宁，但了解得多、也写得多的是名镇名村、景点景区和民风民俗，对周宁花卉的种植及分布并不了解。此回遇见大面积的大花蕙兰、文心兰、多头小菊、多肉、香水百合等，花气袭人，花容勾人。这些外来花种在云端仙境扎根，发芽，长叶，开花，年年轮回，生生不息，让周宁这个国家重点生态功能区、国家生态文明建设示范区四季花开、繁花似锦。

周宁位于宁德市北部，东邻福安，西接政和，北连寿宁，东南与蕉城接壤，西南则与屏南隔溪相望，东西宽 33 千米，南北长 46 千米，总面积 1035 平方公里。全县平均海拔 800 米，是华东地区海拔最高的县城。它属于中山丘陵地带，地貌以中山为主。若要了解周宁的花卉，那必定要先了解周宁的气候与土壤，这对花卉培育与繁衍来说，是天时，是地利。周宁属中亚热带海洋性季风山地气候，常年温和湿润，冬无严寒，夏无酷暑。昼夜温差大、紫外线强的独特高山气候，使得周宁花卉不仅品质好、颜色艳，而且花瓣厚、花期长。更要紧的是，周宁产出的大花蕙兰、香水百合、文心兰等，能做到与云南的鲜花错季上市，鲜有对手。再看周宁的土壤，红壤为分布最广的土类，面积 82.15 万亩，占土壤总面积的 60.14%，分布在海拔 800 米以下的低山丘陵；黄壤 41 万亩，占总面积的 30.01%，分布在海拔 900 米以上的中山。冷凉气候和红黄土壤，最为适宜冷凉花卉的生长，这也是周宁在短短几年间成为全国知名的花卉产地的重要原因之一。

云雾绕山间，群芳舞翩跹。春色不得闲，花香满人间。我们来到周宁的第一站，就是位于鲤鱼溪畔的福建馨慧兰园艺有限公司。该公司于 2021 年 7 月入驻周宁县千亩农业园区，其依托台湾东华大学生命科学院和台湾凤仙兰园的技术，引进原产地在美洲的文心兰。如果说君子兰如谦谦君子、大花蕙兰若大家闺秀，那么，文心兰就是动感小精灵了。她的花色有纯黄、洋红、粉红，或具茶褐色花纹和斑点。她喜欢群居，一条花枝上就有数十朵挤挤挨挨。花朵不算大，但有仙气，裙裾飘飘的样子就像翩翩起舞的美少女，有人给她安了个形象且通俗的别称：跳舞兰。另外，她还有一个很顺耳的名字，叫吉祥兰，缘于她的花形像汉字的“吉”。吉是好兆，群芳来到。进入21世纪，周宁县按照宁德市“8+1”特色农业产业的发展要求，着力构建“3+N”农业产业体系，编制了《周宁县花卉苗木产业发展规划（2019—2025)》，出台了《周宁县促进高山冷凉花卉产业“三链”融合壮大高质量发展的若干措施》，强化服务保障，优化发展环境，先后引进福建盛周现代农业、无锡向山兰园、福建三杉科技、福建馨蕙兰园艺、福建天蓝蓝生态农业等业内龙头企业落户周宁，种植大花蕙兰、香水百合、多头小菊、高山杜鹃、文心兰等冷凉花卉品种。引进来，还得创品牌。经过几年努力，周宁成功注册了“周宁高山百合”“周宁高山杜鹃”两个国家地理标志证明商标。在花卉“金种子”的科技研发上，盛周现代农业与福建省农科院开展百合种球繁育研究，建设百合种球繁育基地，进行百合种球工厂化培育，争取早日打破百合种球依赖国外进口的局面；与云南省农科院花卉研究所等科研院所开展技术合作，对文心兰等高山花卉品种开展组培选育研究，培育更新、更具市场需求的高山特色优良品种。

文心兰、大花蕙兰，花名同有一个“兰”字，我不晓得她俩有无亲戚关系，但知道她俩的性格差异颇大，一个活泼，一个端庄，活泼的那个有些肆意，端庄的这个又有些矜持。在向山兰园植物科技有限公司的大花蕙兰基地，我们在公司的张俊女士引领下进入育苗大棚。放眼望去，一片青绿，不见花踪。张女士笑说，你们来得不是时候，大花蕙兰的花期已过。我问：“她的花期是何时?”她答：“春节。”我说：“这花真会挑日子也真会过日子，喜庆的节日添了馥郁的芳香。”她笑说：“这花不仅好看，而且花期还长，四五个月不谢。”我有感萌生出一诗句：“她矜持地占据了整个春天。”

我们参观的线路，是沿大花蕙兰的生长历程而行的。大花蕙兰是园艺类的品种，由独占春、虎头兰、象牙白、碧玉兰、美花兰、黄蝉兰等大花型兰属原生种经过多代杂交选育而来。我最早见到这花是在辛丑年的春天，小区有人将一盆大花蕙兰和一盆楚雄蝶兰摆放在公共空间，一黄一紫，美艳香郁。毕竟不是自己养的，也就不曾见过它们的生长过程，这次正好长长见识。张女士让我们先看的是几个透明玻璃瓶，里面的花苗，纤细柔嫩。她告诉我们，大花蕙兰的种子十分细小，种胚通常发育不完全，几乎无胚乳，在自然条件下很难萌发，只有放进培养瓶内培育才能成活。花苗在瓶里待上四五个月，好吃好喝地供着，待到叶茂根盛，有健壮的体魄后即可出瓶，然后移植到盆里。我们接下来看到的是种在盆里的大花蕙兰。植株有大小、剑叶有长短，不同区域有着她们的生长标识：1 个月、3 个月、6 个月、1 年、2 年……直到第三年，大花蕙兰的花期终于来了。1000 多天的养精蓄锐，赢得此后一年一度的婀娜多姿和雍容华贵。大花蕙兰的美貌，首先体现一个“大”字，相对其他种类的兰花而言，大花蕙兰的花朵显得硕大；其次是她的花色丰富，有红、黄、绿、白、复色等；第三，她的花型美；第四，她的花期长。我们在即将离开大棚时惊喜地见到几支插在瓶里的大花蕙兰。张女士说，这几支鲜切花原是留下来供人观赏的，两三个月过去了，容貌依旧，只是在边沿有杂色的斑点。用手轻抚，那花瓣不仅肥厚而且有韧性，像极了塑料花。这让我想到《红楼梦》太虚幻境里的那副对联：“假作真时真亦假，无为有出有还无。”

作为观赏性的大花蕙兰，花朵艳丽、花型整齐且质地坚挺、经久不凋，深受市场的青睐和人们的喜爱。我问兰园的负责人，你们从云南来周宁种花，这里的优势在那？她说，种花有 3 个前提条件：日照时间长、平常气温低、昼夜温差大，周宁除日照不如云南外，其余都比云南好。向山兰园目前一期有萌源、浦源、七步 3 个基地，现有大棚面积 260 亩，智能温室大棚 100 亩，每年可种植 30 多万株小苗、6 万余株中苗及10万余株大苗，年产值3000万元。二期公司将开展种苗组培，计划年组培研发花苗500万株，投产后预计总产值可达近亿元。

对周宁的气温和土壤感到满意的，还有同样位于浦源村千亩高优示范园基地的福建盛周现代农业发展有限公司。公司负责人说："浦源村海拔905米，平均气温14度，盛夏平均气温24度，极端最高气温33.6度，全年气温高于30度的只有43天，尤其适合香水百合等喜好冷凉的球根花卉生产。"该公司主打的产品是香水百合和多头小菊，他们充分利用周宁昼夜温差大的独特气候，安排香水百合和多头小菊的轮作。每年的5月到11月，除昆明产区出花外，百合鲜切花的竞争少，周宁出品的百合因茎秆粗壮、着色度好、花壁厚、花期长、瓶插时间可达3个星期而占据了市场的极大份额。而适合花卉生长的红壤和黄壤，也是花卉企业纷至沓来、落户周宁的重要原因。

雨后天晴的周日，我们走访位于七步镇后洋村的福建三杉生物科技有限公司。这家公司成立于2019年，产品主要有观赏花卉、药用植物、景观苗木种苗、微盆景及小盆栽、绿化苗木成品等。公司负责人张裕明先生早早在公司迎候我们，在简单介绍和交流后，他带我们参观了育苗车间和种植大棚。公司采取工厂化生产的新型组培育种方式，不受区域和季节的限制，对原辅材料和生产环境进行全面检测和监控，从而保证种苗具有明显的优势。种苗周年生产，品质高、产量稳定，年产优质组培种苗3000万株、小盆栽800万盆、绿化苗木500多万株。

我们来到多肉植物区。多肉植物是指植物的根、茎、叶3种营养器官中的叶是肥厚多汁并且具备储藏大量水分功能的植物，也称"多浆植物"。全世界现有多肉植物1万余种，分类上隶属100余科，常见的栽培多肉植物包括景天科、大戟科、番杏科、仙人掌科、百合科、龙舌兰科、萝藦科等。张先生介绍说，三杉公司有1200百多个多肉品种。我对花卉一窍不通，自然无法分辨多肉的科属及类群，但望着大棚内分区明确的多肉种苗，模样小巧、色彩奇异、株形紧凑，就像一所幼儿园不同班级的小朋友，一个个活泼俏皮、可爱有趣，难怪一登场就迅速成了人们的新宠。这些种苗在大棚内一天天长大，等待着出阁日子的到来。张先生指着一株颜色变异的多肉说，物以稀为贵，像这样独有的品种，是多肉中的上品。

此外，福建天蓝蓝生态农业发展有限公司在泗桥乡炉下洋村打造400余亩的杜鹃花育苗、盆景生产、家庭园艺资材销售及杜鹃花海旅游休闲观光基地。现已收集杜鹃花优秀品种百余种，年生产杜鹃花盆栽10万盆、盆景3000盆。

云端仙境，高山花城。结合乡村振兴、精准扶贫、农业综合体等项目的实施，这些花卉基地充分发挥示范引领作用，带动更多的农民加入高山冷凉花卉种植行列。作为周宁县重点规划和打造的浦源花鲤小镇，目前正加快推进建设，整合园区内林地、园地、废弃地等1800多亩，拟引进花卉种植、种业研发、精深加工、冷链物流企业落户，将园区打造成集种植示范、科技研发、人才培养、花艺展示、观光旅游等三产融合发展的高山花卉特色小镇。力争全县到2025年建成高山花卉特色小镇或花卉产业集中区2个，培育市级以上花卉龙头企业10家以上，花卉种植面积达6000亩，全产业链产值超6亿元，形成布局合理、特色明显、全国知名的高山冷凉花卉强县。

周宁这座开满鲜花的云端山城，在乡村振兴战略的实施过程中，注重花卉产业的转型与升级，增加农民的致富门路，实现社会、生态和经济的全面发展，让周宁出品的高山冷凉花卉随着春风，伴着秋月，走遍天南地北，香溢千家万户。

花是世间尤物，是人间佳品。花中有诗，花中有画。面对鲜妍娇艳的花朵，读几首古人的花诗花词，自然心花怒放。“方兰移取遍中林，余地何妨种玉簪。更乞两丛香百合，老翁七十尚童心。”宋代诗人陆游在古稀之年还能以童心之态来写百合，可谓花心依然。宋代文豪苏轼是这样写兰花的："春兰如美人，不采羞自献。时闻风露香，蓬艾深不见。"诗句的意思是说，兰花像美人，不需采摘，那娇羞的模样就主动展现在人们面前。即使被蓬草和艾草遮掩，兰香还是随风弥散。而明代卢公弼的《初见杜鹃花次云冈修撰韵》抒发了他对杜鹃花喜而爱之、歌而咏之的激情："际晓红蒸海上霞，石崖沙岸任欹斜。杜鹃也报春消息，先放东风一树花。"杜鹃花不择生地，因势乘便，遍地如火，艳如朝霞，让作者心中感到了春的呼唤。我想，周宁的冷凉花卉产业在人们的眼里和心中，也正是报春的一树花。

# 向山外呼喊

◎ 禾　源

## 苏家山

这里，村与村里人千年共守一个姓氏；

这里，相传一个故事，把山水与祖先一同神话；

这里，一个苏家后人，为家乡闻名，从城市返回村里；

这里，神奇造境，演绎出山村新神话！

……

虽说是仲夏，可在云端周宁依然是一场风雨一场清凉，酷暑的热潮被接连的雨水淋得浑身湿漉漉地依附在群山绿树碧草间。时令、草木、雨水，在一场又一场的对话里，彼此妥协，彼此共守。树枝低垂、小草弯腰，热气随雨水落土，留在叶尖和草末的露珠将是盛夏来临时短暂的微笑。

雨停了，各类虫吟而起，叽——叽！咦——咦！忽远忽近，时隐时现，若不是有清脆的鸟鸣声，我会怀疑是耳鸣的错判。轻轻的虫吟，辨别不出是什么虫儿，或许正是这种听不清、辨不明的声音才是打开生物链的秘咒。一阵，再一阵，盛夏的热闹就要来了。

想起山野、村庄的热闹，想起苏家山。我便问：“苏总，苏家山苏姓是从何处迁徙而来？现村里有多少人口？”她微微侧了侧身子，说：“先申明，我是苏总的姐姐，苏家山农业发展有限公司董事长是苏文达。至于苏家山苏氏从可何处迁徙而来，至今有多长历史，苏氏宗祠大门的对联是这样题写的：‘先秦封郡武功显赫，自隋入闽苏氏争荣。’大概隋朝入闽后到处开枝散叶，宋建炎二年（1128），周宁苏姓始祖肇基苏家山。另有家谱记载苏氏从福安穆洋到此定居。还有人说是朱允炆一个护将留守居下，可明朝那些事儿与苏家山开基相差两三百年。也有人问这苏氏与眉山苏东坡是否同脉同宗？我说源追远了总有那么一些关系，如同这苏字，写法都一样，能没关系吗？只是太遥远了，再长的竹竿八竿子也打不着。”

我心里称赞，眉山苏小妹大有智慧，苏家山苏大姐也真有才情！让她多说，要在她的口风里听到有故事的苏家山。她说：“周宁世界地质公园主景区九龙漈瀑布的风景是苏家山的苏北公串龙开田而遗下的。”

苏北公，实为苏氏兄弟排行第八，称为苏八公。“八”“北”土话同音，怎么称都顺。他勤劳勇敢，一心开荒拓土，终年掘山造田。掘出水田一垄又一垄。后人为了纪念他便赋予其神奇的力量，说他造田中掘开了地门，遇到了白头仙翁，教他串龙开田。

苏北公照白头翁教的办法，到东海寻找巨龙。那一天，龙王被玉皇大帝请去吃蟠桃宴，龙宫内九龙柱上的九条金鳞龙，被绑在柱上感到不自在，趁这机会挣脱枷锁到外面逛逛。苏北公就把这九头龙抓来，把鼻子串住，一直牵到牛岭头。这九头龙一进周宁境内，走过的地方地塌山裂，变成一条条溪河。从仙溪起头，九条龙吞云吐雾，兴起大水。龙借水力，水助龙威，把周墩岗推成东洋 36 个村庄的 36 片平地。此后，九条龙又去推山，它们变成九头黄山羊，在前面跑得飞快，苏北公在后面紧紧追赶，总是追不上。苏北公追到东洋外一个村庄，碰见一位村妇，苏北公问：“阿嫂，你看见九头龙吗？”那位村妇说："没有，我看见九头无尾狗走过去了。"

村妇无心破了玄机，九龙被指为狗，一下子失去了灵气，滚入龙溪，不会推山了。龙王吃蟠桃宴回来，看见九龙柱上的九头金鳞龙跑了，就派神将去寻找九龙，一直找到了龙溪，但九龙因失去灵气，不能回宫，就被神将劈死在龙溪。后人为纪念九龙推山造田的功劳，就把当地取名为"龙溪村"，水漈就名"九龙漈"。

这个故事的主人就居住在九凤山下苏家山。苏北公串龙开田故事还有另一种版本，说是苏北公闾山学艺，串龙开田，后被嫂子加害。这个故事九凤山下的苏家山人从不讲起，因为九凤居山，九龙在渊，和谐共主这方山水的安宁，苏家山代代繁衍，开枝散叶，闽东北许多苏氏人家都可溯源于苏家山，哪来个嫂子加害叔叔之说。

是的，苏家山村背靠九凤山，坡下才见溪流。梦想中家园边也要有一块好大好大的平地，只可惜串龙开田玄机被破，苏家山代代只能开垦种地于九凤山前，只能坐看山下云起，偶尔在田间地头眯上一阵，做个神仙梦，醒来时老老实实地过水田种粮、旱地种薯、园边种茶的田园生活。有人说"苏"的繁体字是草头护荫，鱼、禾相伴，活脱脱一个大农业文化的姓氏。别的姓氏又何尝不是？各村都一样，村里的每一棵树、每一株茶、每一株草，都根扎于农业的土壤上。

串龙造田的梦想，苏家山有，许多山村也有类似的，这个梦想在一代代耕种的岁月里被锄头挖碎，埋进地里，而又在庄稼抽穗时一串串长出，瓜果结实时爬上藤秧，挂上枝头。在一天云雾升腾罩住村口池塘时，池塘里鲤鱼跃过了龙门跳到云海中。也正是那天，苏家后人苏文达从上海返村，说："回乡创业目的就是要让更多人知道苏家山！"从此，苏家山不再做造田梦。

苏文达没得到"白头仙翁"的指点，可得到了苏家山山水的启发。苏家山山高水清、盛夏清凉，他先建起一座游泳池，让喜欢游泳的城里人先走进苏家山。人来了，一批批的来了，苏家山得有更多吸引人的地方。苏文达从传统的产业中琢磨，从惊人举措中寻找突破。生产不能只为果腹，还可以观光，他养起观赏的豪猪，建起了有机茶叶观光园。他琢磨观光中能刺激人的是有惊无险的项目，建起了慢步栈道、高空玻璃悬台、蹦极、步步惊心、高空秋千、滑索、滑道等。他还为了满足人们寻找森林野趣，建设了卡丁车越野基地、丛林穿越野外生存拓展基地……

苏北公串龙要推山造田，苏文达则保护生态，邀得白云巡游九凤山。祖辈的神话在风景中传说，而苏文达把山水中的风景演绎成神话世界。走到玻璃栈道的楼阁里煮一泡茶，茶香袅袅，座下几十米深处是有机茶园。风，走过茶园，一束芦花飞起，被带进茶室，轻轻落定！它与品茗人共侍茶香。走过高空玻璃悬台，极目看远，云海茫茫，千峰如岛，互为蓬莱。俯视山间，绿树昂瞻，境高让它望尘莫及，此境中真不必想自己是谁，飞鸟的鸣叫，只在百米悬台之下的林间，即便是鹰隼试翼，悬台上的挥手之影也会让它误为竟遇鲲鹏。蹦极、高空秋千，等等，都有瞬间飞跃的愉悦，都能给游客创造了一个别样的空间感，那就是神话般的世界。

常住人口百余人的苏家山，一年接待游客有几十万，2019 年居然突破 60 万。苏家山再也隐不住了。苏北公的故事将越传越远，苏家山大姐也将如苏小妹一样被传颂，苏文达要让苏家山扬名的愿望一直奔驰在通往各地的高速路上。

## 玛坑茶园

坡与谷的走势为茶园画弧
绿色螺旋把山丘拧紧
天风与地气的缠绵遗下露珠
瞬息的剔透玲珑一生

……

那天我特意要了一个玻璃杯，取少许的绿茶，注入开水，不急端杯，不急闻香，而坐看茶叶曼妙轻舞。茶叶在轻舞中舒展，旋转中浮起，浮起时立挺茶芽纤纤姿态。茶在曼舞中生香，我在欣赏中放松，背靠座椅，深呼吸，吸足幽幽茶香，再抿茶汤。我在玛坑这样喝茶，找到了一种悠然见南山的感觉，自然之趣跟茶趣一同走心。

丘陵地貌的玛坑，应该有的就是这份从容，不要雄峰峭壁那么逼人，不要深谷险滩那么惊魂，让阳光暖洋洋地照彻每座山丘、每一面山坡，让水流缓缓而流，润透每一个旮旯。亚热带的季风气候本就是温润舒缓，天公凭四季调万物生长之期，地母借地气养育生灵习性，玛坑的地理气候决定这方水土养育的一切有着中和的本性。

读一段历史，明白玛坑之玛原是马氏之马，最早来这里开基是马氏人家，称作“马溪”。后因马氏迁往他处，汤氏迁入，为示这里易主，改称“玛坑”。近千年的历史如玛坑溪的流水源源不绝，流走的带着茶思，留下的继续开荒种茶。一片片茶山像击水泛起的波纹，一圈圈蔓延乡村四周，一丘丘茶园一浪浪从山脚下涌向山顶。这个节奏掌控在开山锄地的律动里，这个律动不知走过多少年，如今极目茶山螺髻阵列，坐落其中的村庄倒成了为它而居下的驿所，荷锄的男人、背篓的女人都成为这螺髻阵护荫下的臣民。

几片嫩叶香了一室，几丘茶树绿了一片，满山的茶园香飘万里。玛坑的万亩茶园茶香弥漫百年岁月，风风雨雨不仅冲淡不了浓郁茶香，反浇得茶树更加茁壮。绿野山丘试比高，举起了宁德“十大产茶之乡”的称号，一条条的茶路走向大江南北，向大山外喊起玛坑茶来，又在各式各样的杯盏中端上玛坑的茶文化。一杯一茶韵，一叶一菩提，懂得品的就有味，茶味文味随呷生津。喝着玛坑茶长大的叶诚忠烈士，就是京剧《沙家浜》中叶排长的原型。福建佛教界中享有很高地位的方广寺，1935 年，中共周墩风山区委在这里成立，玛坑的茶园有着深深红色足迹。三月三，歌满山，畲家歌台在茶山，玛坑的茶园畦畦长满畲家风情。方广寺，梵音阵阵，茶香袅娜，“丹山梦缘”禅茶韵幽……每一样的文化与茶共生，每一味文化气质与茶同饮，玛坑人种茶制茶，喝茶卖茶，都是在传承与演绎着玛坑文化。

茶是村里人走出乡村的引路人，茶是外村人走进村里的迎宾者。如今玛坑的茶园成了观光园，步入茶园步道，足下生风，绿波齐腰，一畦一波，一畦一浪，在他人的眼中，移动身影是波推浪涌。摄影观光长廊中，各种镜头寻找着心与境的聚焦，他们反倒成了茶园景观中的表演者。有的茶园樱花点缀，若选对了时间，绿浪里的簇簇红樱，又是另一番景象。当然最生动的画面还是采茶，蓝天衬底，白云悠悠，茶树新叶的嫩绿在阳光下争耀，采茶姑娘灵动的巧手如弹奏般上下翻飞，在凝绿的波纹中跳跃，鲜嫩的春色一把把地投入篓中，收获填满心仓，坡上谷中演绎着一首首浓情的歌谣。“三月采茶三月三，妹妹上山采茶青。满山茶树哥手种，满园茶叶妹手摘。四月采茶人播田，田间茶山都没闲。草中野兔窜过坡，树头画眉离了窝。五月采茶石榴红，哥想妹来没媒人。株株茶树有情义，片片新叶可传情……”玛坑茶园的景致，不仅游客乐看，就是天上的白云也喜欢停息空中。

一篓篓茶青下山，一股股茶香从这里出发，带着林公忠平王悟道之理，大音希声走向山外。

陈　峭

这里离天很近
闻公鸡啼鸣还未见红冠赤羽
则看见天际金色霞光
这里自然大美

羞得神工鬼斧
常把大作潜在云海中
这里，这里……

这里就是爱侣圣地鸳鸯溪畔，火山口上的千年古村陈峭村。

鸳鸯溪峡谷，两岸青山对出，势有“欲与天公试比高”的劲头，一方悬崖万丈，一方壁立千仞；一方跌水成潦，一方飞流挂瀑；一方洞窟出岫，一方奇石显形。亿万年的神工与鬼斧斗法不息，最终和谐在鸳鸯溪的自然道法中，以一个“峭”字，书写出两岸的山势情态。“人法地，地法天，天法道，道法自然”，居在两岸上的村庄在效法自然中，村名中都以峭字定性，“前峭”“后峭”“峭顶”“陈峭”。这些村庄的先祖迁居到这样雄山峭顶之境安家繁衍，肯定不像鸳鸯溪峡谷中鸳鸯一样，生活习性使然，或许是无奈的选择，或许有远离喧嚣归隐之心，或许骨子里有强烈的钟爱奇山秀水的基因，宁可过上艰辛劳作、粗茶淡饭的生活。晨出荷锄一路踩着金光与太阳同行，伫立园边，看溪谷云海茫茫，把自己视作仙境中的耕夫。劳作累了，放下锄头，坐在园边歇歇，听听瀑布跌水砸雷，听听鸟鸣虫咏，还可见蓝天中鹰飞、草丛间蝶舞。这种境趣就是在有万贯家财的贵族的园林也寻找不到，而他们却可以是拥有人世间神奇园林的主人。农忙稍歇，下到溪谷，在瀑布下的深潭边掬水濯身，到溪谷的浅滩处拾螺摸鱼，到深潭中下垂钓，只要守住这方山水，富有就在其中。

陈峭村的先祖从何处迁居到这，这方山水知而不言，我从别处听到、读到，陈峭村原名“张家峭”，后梁开平二年（908），张氏在这里开基。约 300 年后，陈氏先祖陈九公入赘张家，而后生根独立门户，繁衍发展为张、陈两姓共居。陈氏后来者居上，人口偏多，便更名为“陈峭”。山水成了家园，家园冠以姓氏，一方水土养一方人，养出了与这方山情水性相融的情感世界，养出了这方地质物产所赋的品质特征。陈峭，放眼千山，丘壑尽在眼下心中，面对四季风云突变，也只是一时风景，处事不惊的大情怀。

都说生存的方式代代变化，而基因代代相袭。我认识了陈峭村的陈氏一位后人，人人称他四哥，本名陈圣寿。他们向我介绍说陈峭峭得高，山高才也高。陈圣寿曾是个高考状元。他有文采，有风趣，言及陈峭，脸上的笑容明朗而非浅显，道出的话俏皮兼有机锋，有时会让我觉得境幽深远，有时又觉得面临险境突然柳暗花明，有时在气势磅礴中突然又以轻巧夺趣。见微知著，由叶看茎，从枝寻根，这个村改名为“陈峭”，让陈氏作为这方山水的代言人是恰如其分地表达。

《道德经》中言：“无名天地之始，有名万物之母。”我不知道经过几代人的磨合，陈峭的山、石、风景从无名到有名。可我领悟到有名后的这些山水、风景，便有声有形、有趣有韵、有寓意、有内涵。“将军石”，一山护将，威风凛凛，抗风雨雷霆，斗霜雪严寒，护五福于一方；“神龟望月”，石附龟形，昂首望月，祈太阴护平安千秋。“狮鳄献瑞”，陆上百兽之王，水陆两栖霸主，在这里归顺为献瑞神兽，献上吉祥瑞气。还有“观音坐莲”“巨象争宠”等等。陈峭人以天上之境、草根情怀，赋予它们一个个美名、一个个美丽故事，让悬崖峭壁有了生命，奇峰险境有了生机，野性中融入了神性与人性。

山石画形，四时画神，陈峭风景形神兼备。水画情长，花草画趣，陈峭风景情趣自在。飞禽画高境，走兽画奇遇，陈峭境域俱在眼中。

我在这里不愿错过四时，在一天游程结束后，回到住处，写下这么一段话：“青山黛色，似醒非醒，天际火烧，红霞满天，一轮红日升起，金色涂满天上人间，醒来的一切，就是一株草也有了晶莹光耀。夜里蛙声四起，选一处坐下，足下清风搔脚。本想在寥廓星空中寻找那颗属于自己的晨辰，只是正赶月明星稀之时，只能在村前栈道漫步，在一路清辉中，踩下一串与俗事无关的脚印。回到房间正记下在村前风水林中遇见的那只松鼠，它仿佛与我前世有缘，不仅照面，还朝我叫了几声，虽说离去的速度挺快，可那条大尾巴摆动好几下。本还想记下一些，可有人约小酌，说要品饮陈峭特酿!”。

在小酌中，几个人各有得意之处。有的说秋季来过，冬季游过，赏过“霜叶红于二月花”、秋高气爽的陈峭。有的说冬天来陈峭看雪，山显得冷峻，铁色石身白头沧桑，力量无穷。有的说见过佛光，吉祥万千。还有的说每个暑期定来这里消暑数日。我说，风景都在，只要来了，陈峭日日新风。

# 深情在沃土

◎ 柯婉萍

初夏时节，江南多雨，朋友邀约一起寻访云端之城——周宁。峰回路转处，满目苍翠，云腾雾绕，宛若仙境。

七步镇后洋村的千亩林木以其独有的气质挺立在天地之间，青山为幕写就的诗行，清新而隽永，深情且温暖。

走进黄振芳家庭林场，只见茂密的杉树苍劲挺拔、干净利落，枝条潇洒俊逸、自成一格。它们与穿行林间的云雾嬉戏，微风过处，仿佛听到阵阵呢喃私语。林下的草珊瑚、茶叶等作物散发着草木清香。它们环绕在杉树膝下，随坡就势，生机盎然的模样与高大的杉树相呼应，让整片森林灵动起来。当我看到电子屏幕上显示“负氧离子13919个”时，忍不住深深地吸了一口气。森林氧吧，生态之所，谁不陶醉其中？

是谁在大地之上织就浓密的绿毯？是谁将深情的故事书写在闽东山海之间？这里的每一棵树都记得呵护它们成长的人们，每一片树叶都是一个跳跃的音符。一本书，一个人，一片林，一道光！所有来到这里的人都会驻足三棵树前，仰视它的高度，聆听习近平总书记与这片森林的故事，探源“森林是水库、钱库、粮库”的绿色生态理念，回溯黄振芳开荒造林的往事，感受周宁县生态文明发展的脚步。

## 二

与土地打了一辈子交道的黄振芳老人，如今已是94岁高龄。当我走进他家时，老人正戴着老花镜认真地阅读《闽山闽水物华新——习近平福建足迹》。在第569页，老人看到了自己的名字："在《摆脱贫困》一书中，黄振芳是为数不多被'点名'的人。"老人的孙子黄宇斌说爷爷没事的时候常常看书，有时还会读出声来，看到高兴处，就会找他讨论。黄振芳老人看到我们在说他，和蔼地笑了。大家说起"三库"理论，老人很认真地补充了一句："现在还多了一个'碳库'。"一时大伙儿全都乐了。

黄振芳老人样貌清癯却精神矍铄，安静的眼神里满是慈祥的笑意。他讲起过往的故事，记忆犹新。

那是1988年7月7日，地委书记习近平同志到后洋村考察，并来到黄振芳家庭林场。这次考察后，他在《弱鸟如何先飞》一文中专门提到："周宁县的黄振芳家庭林场搞得不错，为我们发展林业提供了一条思路。"

转眼到了秋天。1988年11月2日，习近平又来到林场。他称赞黄振芳一家齐心协力开垦荒山，为闽东绿化带了一个好头。那时黄传融才30岁出头，13岁开始就跟着父亲在田间地头摸爬滚打的他对土地有着特殊的情感，至今仍把农业生产作为主业。多年过去了，黄传融回忆起当时的情景，眼眶里还是有些湿润。

1989年1月3日，习近平同志再次来到林场，在距离林场入口约1公里处种下了3棵杉树苗。这3棵树伴随着岁月走过春华秋实，从30厘米高的小树苗成长为20多米高的参天大树。

1989年1月，习近平在《闽东的振兴在于"林"》这篇文章里非常有创见性地提出"森林是水库、钱库、粮库"的崭新论述，"三库”绿色生态理念在闽东这片绿水青山的沃土上孕育而生。

## 二

如今黄振芳老人大多数时间住在周宁城关那幢简朴的房子里，四世同堂的他安静地享受着含饴弄孙之乐。

我在黄振芳家的茶几上看到了一个脱胎漆茶盘，那是 1991 年 10 月 16 日宁德地委行署授予宁德地区“老有所为”先进个人的纪念品，中间有个大写的“寿”字，周边是小篆字体构成的一个同心圆。保存完好、擦拭锃亮的茶盘，像是黄振芳老人记忆的一个承载体，承托着那些难以忘怀的时光。老人现在每隔一段时间总要回到后洋村，到林场走走看看，一遍又一遍抚摩着那些凝聚着汗水、心血和记忆的树木。

毕竟，人已老去，树正青春。

早年因为家里穷，黄振芳一家七口人常常吃不饱饭，要靠借钱过日子。1979 年，政府开始鼓励家庭联产承包责任制，黄振芳从中看到了希望，他承包了 10 亩农田，当年收获 100 担稻谷。几年下来，经济条件得到了改善。1983 年，年过半百的黄振芳对家乡的“光头山”动起了心思。那时山上的树被砍光了，每逢暴雨，山洪倾泻，农田被毁，水土流失严重。当时劳动力一天才挣 4 元，而树木 1 立方米就有 1200 元的收入，想到种树既能保持家乡水土，又能增加收入，黄振芳决定带领全家人住到山上，创办家庭林场。

刚开始黄振芳也担心包山造林，到头来折价归公。他的大儿子黄传融参加县里召开的林业“三定（定山林权、定自留山、定生产责任制）”会议，回来一说，全家人便像吃了“定心丸”。他们相信党的政策，认为即便以后政策有所改变，造林也是绿化家乡的好事。于是，黄振芳向村里承包荒山。他们一家人起早贪黑，埋头苦干，还请了 20 多个劳力帮忙。从最初开垦 50 亩荒山，贷款 8 万元造林，到 3 年后造林面积达 1207 亩，黄振芳一家成了宁德唯一的全省造林大户。

刚开始种树那年，黄传融还是个 26 岁的小伙子，回忆起植树造林的过程，他只淡淡地说了一句："那是真的苦，可是看到父亲那么有干劲，我们肯定要一起做。"黄传融回忆说，那些日子真的是雨天一身泥，晴天一身汗。记得 1984 年那年冬天连续下了 4 场大雪，从正月初二开始一直到农历二月底，他们天天扎在林场上，冒着严寒扒开厚厚的积雪，一锄一锄地把树苗结结实实地种下去。他们还开辟了机耕路，买来手扶拖拉机，一趟一趟地去城关把"农家肥"运到山上。

看到苗木成活了，长大了，那是他们最开心的事。黄传融笑着说："以前种树是想着能有收入，现在看它们长得这么好，你就是让我砍树，我也舍不得啊。我要留着这些树，它们是绿水青山的绿，也是我们宝贵的精神财富。"

上山创业，黄振芳一家人不单拼体力，还凭智力。有一回他们在订阅的报纸上看到建瓯有人种植速生丰产商品用材林，他们觉得这是个好办法。树木生长周期长，为了解决资金短缺问题，"以短养长"的种植模式最为科学。在周宁县政府的支持下，他们种了 114 亩速生林。因为土壤肥料充足，他们又在速生林下套种魔芋、马铃薯、玉米、茶叶等作物，一年四季都有收成，这种立体化种植有效地利用了土地资源，增加了前期收入。

习近平同志在林场种下 3 棵树后的嘱托，黄振芳一直记在心里。他一方面精心呵护千亩林场，另一方面坚持"为村民带个好头"，带动越来越多的群众投入到植树造林的队伍中。当初担心政策会变不敢种树的群众看到黄振芳家庭林场办得有声有色，渐渐消除了疑虑，从最初的观望或只到林场帮忙，变成了自己种树。

后洋人民越来越珍惜这郁郁葱葱的绿，造林护林热情空前高涨。村委组织乡亲们把村集体原本荒废的 1000 亩林地恢复起来，并加以管护与修整，在林间设置防火带，另一方面不断扩大造林面积，总面积达 7000 多亩。与此同时，后洋村努力探索绿色相关产业。一派欣欣向荣的生态文明画卷在后洋，在周宁，在闽东徐徐拉开。

宁德地区从 1989 年开始绘制的林业振兴蓝图，仅用 3 年时间就提前 1 年实现了消灭荒山的目标。如今，闽东已遍植绿树、漫山青翠，绿色工程惠及千家万户。

都说“前人栽树，后人乘凉”，满山的绿色对于黄振芳老人来说是他人生最大的成就。现在他每次回到后洋林场，总爱摸摸自己种下的树，拍拍壮实的树干，用父亲疼爱孩子般的眼神看着这些树木。当年为了培育他们，老人付出了太多，我能从他粗糙的双手上，看到岁月留下的痕迹。他当年那句被《福建日报》记者记录下来的话，至今还值得回味：“我像耕田一样耕山，像种庄稼一样造林，不愁山不献宝，树不生财。”

30 多年过去了，这满山的林木牢牢地扎根在大地之上，美化了环境，涵养了水源，保持了水土，实现生态环境良性循环，印证了“森林是水库、钱库、粮库”的绿色生态理念。

后代传承着黄振芳吃苦耐老、艰苦奋斗的精神，在各自的行业里默默地努力工作。大儿子黄传融一直坚守沃土，种植猕猴桃、葡萄，养蜜蜂，等。他说自己做农业有基础，驾轻就熟，这是他一辈子的事业，即便每天 16 个小时待在田里也不觉得累。我和他在葡萄园里聊天的时候，他时不时就伸手整理果树枝条。他脚下蹬着雨靴，人晒得黝黑，朴实矫健的模样，让人仿佛看到了当年的黄振芳。黄振芳的孙子黄宇斌是个谦逊低调的“90 后”，大学毕业后从大城市回到家乡，他说周宁这片绿色生态山水是吸引他回归的理由。在他心目中，朴实的爷爷一辈子一心一意做好一件事，不怕苦的精神是他学习的榜样。

## 三

在周宁的那些天，我好好地感受了“七彩后洋”的魅力。如今的后洋是旅游特色村，宽阔的柏油路直接延伸到村里，交通十分便利。在茂密的森林间，簇新的民房外墙七彩缤纷，充满童话趣味。漫步林间小道，可遇晨昏光影，鼻息间是花香叶色，耳畔是鸟的轻唱。走到高处，山风一齐围拢过来，云端之上，仿佛伸伸手就能摸到云层，仿佛随手一摘，就能带朵白云回家。

后洋村积极探索“林养、林种、林游”产业模式，2021 年村集体经济收入突破 50 万元，村民人均可支配收入超过 2 万元。越来越多的人到“三库”生态文明学习基地和“森林党校”学习参观，聆听“三棵树”的故事，感受森林氧吧的美好。

后洋村绿色生态发展是周宁县打造绿色底版的一个写照。30 多年来，周宁县通过造林绿化，加强水域治理，推动林权改革，发展林下经济，增强生态服务功能，生态产业快速发展，“三库”效应日渐凸显。

我看到了周宁县的生态成绩单：1989 年至今全县林地面积增加了 52.5 万亩，林木总蓄积达 425 万立方米，森林覆盖率提高到 72.96%，林地绿化率 73.98%，全年空气质量优良比例达 100%。“国家生态文明建设示范区”“福建省森林县城”“福建省级生态县”等荣誉让“生态周宁”这张名片越来越有分量。如今，周宁已建成一批山清水秀、宜居宜业的森林城镇、森林村庄。优良的森林生态系统，有效地保护了周宁野生动植物的多样性，国家一级保护动物云豹、蟒蛇及 33 种二级保护动物在周宁这片土地上构建起人与自然和谐共生的美好画面。

荒山变青山，青山变金山。30 多年来，周宁老百姓享受到了良好环境带来的生态红利。2020 年，周宁顺利实现脱贫摘帽。2014 年至今，全县因地制宜发展林药、林菌、林粮、林油、林果、林花、林菜等林下经济，高山云雾茶、高山马铃薯、高山冷凉花卉、高山晚熟葡萄等高质农业擦亮了周宁的又一张名片。

如今，周宁县在依托森林点“碳”成“金”的同时，坚持绿色低碳发展，加大“碳库”容量，做大做强特色现代农业、全域旅游等生态产业，提升固碳增汇能力，把“水库”“粮库”保护好，把“碳库”经营好，让森林成为真正的“钱库”。

青山不老，绿水长流。为了这片深情的沃土，让我们继续“逐绿”前行！

# 从云雾中走来

◎ 许陈颖

## 一

一片叶子中的呵护。

“缥渺神仙云雾窗”。站在周宁的山顶，满山云雾总会让人想起宋朝韩淲这句词。在中华神话传说中，云雾乃天地精华所凝，是神仙遮掩真身、屏障自身之物。那么，一年 200 多日缭绕在云雾之中的“云端周宁”，定然是个神仙也眷恋的地方。

雨歇，山风荡起。云雾随之弥漫开去，遥遥地盘结着宁静的雪白。没有喧哗，也没有旋转的五彩，从云雾中走来的，唯有满眼满眼的梯田绿，那是周宁的高山明珠——高山云雾茶。在变幻的云雾中，那绿蜿蜒而上，曲折明快。在 1400 多米高的山之巅，云雾驻足，并与高山的草木相遇，它们日日相见，密密窃语，终日厮守。

在时光的洪流中，这些草木需要怎么样的吐与纳，才能实现与自然万物的辗转交流，才能造就独特的高山云雾茶？

专家在介绍的时候说，云雾终日遮挡住太阳光中的蓝紫光，使茶叶护住了体内的氨基酸，所以，这里的茶叶特别的鲜爽甘甜。一个

“护”字，令我心内一动。陆羽的《茶经》说：“茶者，南方之嘉木也，一尺，二尺，乃至数十尺。”一片又小又翠的茶叶来到世间，宇宙洪荒、天地蒙涌、万物孤独，它要如何从一寸一寸长到数十尺，再一株一株蔓延成满眼的绿？

《淮南子》开篇就说“以天为盖，以地为舆”，在中国人的传统观念中，天地之间，万物相傍相生。正如高山茶生于周宁之山，每逢太阳暴烈，云雾如母护儿，或如男子护着心上人，细嫩叶子才能护得茶的真身与元气。待到使命完成，云雾托胎化雨，重入尘寰，再次滋养茶叶。

自然造物，早已安排了许多可观可叹又可喜可爱的关系。

周宁高山茶，因被呵护，生出这世间最自然的鲜甜。

## 二

一杯茶中的匠人精神。

万古乾坤，百年人世。《红楼梦》中一棵绛珠仙草生长在西方灵河畔，受到赤霞宫神瑛侍者甘露日夜浇灌，从而修得女子之身。得道之后，为了报答神瑛侍者，在警幻仙姑的安排下，追随来到凡间，以“一生的眼泪”偿恩。而周宁高山上的茶叶，亦是草木之身。在竞绿赛青的千岩万壑间，它受云雾的滋养并走向凡间，探访知音。

在周宁的茶馆中，一群人围坐，看着修长的高山茶叶在杯中徘徊、低旋，再渐次舒展开来。茶叶纤美细长，水色碧绿洁莹，宛如数个美丽的精灵在在水中上下翻腾、嬉戏，又好似一群体态美好的女子在翩然起舞。

制茶人，介绍着种种茶叶，如数家珍。他回顾为制一道茶所经历的几十次失败，娓娓道来，气定神闲。对于周宁的制茶人而言，与高山茶几十年如一日打交道，制茶，思考，重新出发，周而复始，既是对茶叶的唤醒，也是对人心的淬炼。

抬手泡茶，眼波温润；茶叶触水，欣然起舞。人与茶之间，心息相应，彼此应和。高山流水奏响知音之曲，而周宁高山茶带着这份知遇之恩开始进入凡夫俗子的日常生活中。在茶香弥漫处，人与人之间的隔阂开始消除，所有的一切都不再是孤芳自赏，而是有了交流的欢娱，一盏茶里饮见千古风流，一期一会中道尽人间沧桑。

“周宁茶，既有婀娜多姿的红茶，也有柔中带刚的绿茶。周宁红，红的是精神，红的是气节，是萧家岭上的如血残阳，更是周宁人民传承的红色基因。周宁绿，绿的是自然。绿的是生态，是高山云雾的精华淬炼，是人在草木间浮生半日闲的和谐恬淡，更是守好发展和生态两条底线，奋力实现百姓富与生态美有机统一的时代新篇。”这段精彩的评价来自周宁另一位制茶人李林金之手。在他的眼里，每一株茶都是茶人与周宁这方水土的相互依傍，都是自然最美的滋养，饱含这片土地最纯的芬芳。他对我说：“周宁人做茶，只做放心茶、暖心茶、匠心茶，每一杯茶都是茶人与世界的君子之约，都应时而采、适时而制，样样细活、道道精湛，最终百炼成茗。”如果不是秉持着对这方土地的诚挚与爱，如果不是对高山茶品质有着精益求精的极致要求，他如何能在喧嚣的日常写下这样安静的文字？

一片叶藏百道工。这是匠人精神，也是高山云雾茶与周宁制茶人签下的灵魂契约，天地为证，生生不息。

## 三

一个茶村的烟火气。

周宁的高山茶从叠云架翠的山间走向软红十丈的尘世，走进人心的渴念，并落在一个少女的梦里。

40多年前，一个叫陈桂清的少女，嫁到首章村。她并不知道，多年之后这个村子会因为她的到来而巨变。首章村子的人也没想到，高山云雾茶会选中这个勤劳、淳朴、善良的女子，带领全村人改变命运，走向脱贫致富的道路。

20世纪80年代的首章村，又穷又破，是周宁最穷的村庄。当时有句顺口溜："首章首章，又穷又脏。"少时艰难的生活培养了陈桂清坚强的个性，她很早就承担起生活的重担。陈桂清的公公，时任村支书被安排到玛坑茶厂负责管理，因系家属，陈桂清也有幸来到茶厂。这一去，开了她的眼界。陈桂清看到了茶叶的制作与买卖的过程，她惊异地发现，周宁漫山遍野的草木，原来是可以用来赚钱和提高生存质量的。

高山云雾茶，就这样走到了陈桂清的心里，走进了首章村。此后几十年的时间里，在陈桂清的带领下，首章村搭上了国家政策的翅膀。他们贷款，种茶，收茶，与外界联络卖茶；他们重视茶叶的质量，改变过去粗放的管理方法，坚决使用有机肥种植；他们在烈日之下采茶，用肩挑扁担到邻县售卖；他们齐心协心，遇事一起商量，贷款一起还。人世间的用心和真诚可以赋值万物，周宁高山茶经过首章村开始迈向更广阔的市场。如今的首章村已成为周宁县乡村振兴的典型：整洁的村容，一亩方塘，数尾锦鲤，数栋小洋房次第排开，200亩的村集体茶园、供残障人士居住的幸福苑、养老院等公共设施的拔地而起。这都在诉说着首章村因茶而华丽转身的故事。

年近60岁的陈桂清个子不高，圆圆的脸，性格乐观。她深情地说："我早已累得干不动了，自己和家人身体都不好。我一辈子都在爱茶，做茶，我希望在我离开的时候能把首章村的茶叶创好品牌，把茶产业送上一条可持续发展的路子。"因为周宁高山茶，因为陈桂清，首章村的村民们的梦想照进了现实。

茶从高山的云雾中走来，走进人心，融入了人与人的关系，点燃了千家万户的生活干劲。从此，茶叶也有了烟火之气。

# 溪塔与“最美葡萄沟”

◎李　浩

曲径通幽，潺潺的流水之声先于我们抵达，或者说它们早早地在着，有种特别的川流不息感，刚刚涌下的水滴拍打着古老的秀溪河畔的石块，加上蒙蒙的细雨，更有一种难得的湿润和清凉，尤其对我这样一个“干燥”的北方人来说。循水声而下，在一片葱郁中我们终于见到了宽阔而小有湍急的秀溪，一行人纷纷在伸展着硕壮枝叶的榕树下留影。“真美啊！”同行者中有人感叹，他可是见多识广的诗人，也曾数次或者十数次地来到过福建。“有几分世外桃源的模样。”

可不是。在这里具有喧嚣感的只有流水，流水之外多是寂静的，我们沿堤岸一路向前，那条石阶的小路根本容不下车水马龙。它真有几分世外桃源的模样，只不过这里种植的不是桃花而是葡萄。很快，我们就走进了由葡萄藤搭起的拱廊，黑紫色的小粒葡萄掩映于叶片之间，它们已经成熟，经雨点一打别有一种欲滴的诱人。我和几位朋友不顾队伍的前行而悄悄停下，伸手够上一颗两颗。“哇，还真甜。”小粒葡萄的果肉柔软，所流出的汁液也是紫色的——我原以为，它可能类似于赤霞珠那类品种，即使成熟也会有苦有涩，甜味儿并不重——然而事实并非如此，它的味道之美之甘让我意外，淡淡的苦只有在仔细地品啜之后才能略略地品出一点儿。“这种小葡萄，是什么品种？”当时，并没有人回答，因为我们几位“贪食者”已经落在了后面，同行的作家们和当地的向导已经走过了石柱桥，在对岸等着我们。

所谓石柱桥是我的命名，我不知道该怎样称呼它，它们没有“桥面”，只是一些立在水流中的坚固石柱，走上去多少会有些小冒险……这个小冒险当然是有意的设计，它增加了跨越河流时的刺激性，同时又精心地保持了某种原始风貌，有一种和谐、精致、妥帖的绘画之美，本身即是景致。朋友们走得兴致勃勃，湍急的水流更让这份冒险加深，加深的还有行走于“古画”中的惬意。下桥，沿河岸再行，便是真正有着“古老感”的溪塔村了。

“古老”，是溪塔村其中的一个侧面、一个维度。史载，位于福建省宁德市穆云畲族乡东部的溪塔村，蓝姓先民自明万历十六年（1588年）即已迁入此地，他们开枝散叶，不断壮大，成了溪塔村最为“根深蒂固”的土著，时下村民依然是绝大部分姓蓝。村里建有蓝氏宗祠，它的存在其实是在暗暗地提示古老和延绵，提示某种精神性的支撑一直在延续和流传，同时提示宗亲们应有的友善和互助……需要说明，溪塔是当地有名的“特色畲寨”，据说至今还保留着讲畲语、盘畲歌、吃乌饭、包管粽、舂糍粑等畲族传统习俗。当地政府还将学校旧址改造成了畲族文化活动中心，并在文化中心一层建立了畲族文化展览馆。在畲族文化展览馆，我们见识了极有畲族文化特色的一些物品，有些是与北方的绘画艺术、制造技术极为相似的，而有些则大不同。相同，在我看来是漫长的历史中中原文化的强力渗透，它跨越了地域的界限而成为共同的接纳，普遍的文化认同得到了建立。不同，则原因多多，譬如某些因地制宜的因素、某些地方文化特点的保留、某种区域习惯的影响，也有部分属于刻意的坚持——我们通过这样那样的不同来彰显我们是谁以及我们的历史来路。一行人纷纷拿出相机，拍下照片。当地的畲族干部真诚推荐溪塔“三月三”，他说那时能看到极为多样的、有关畲族民俗的表演，譬如盘畲歌、枪担舞、畲家拳，譬如春糍粑、制乌饭，等等。“三月三，你们可一定要再来啊，那么丰富有趣的表演你们可别错过啊。”

哦，应当重提葡萄和刚刚经过的来路。那种紫色的小葡萄被当地人称为“刺葡萄”，原是当地的一种野生品种，产量不高但品质极佳，口感好而又营养丰富，它的独特让它成为溪塔村极为重要的种植作物。而那条被四周的云朵围绕、如在图画中的秀溪和它两侧的路，以及绵延6公里的葡萄沟则被统称为“全国最美葡萄沟”——“最美”，不是我们当地叫出来的，而是国家农林部门，是他们的命名。”当地的朋友向我们解释。在拍摄照片的时候，我调整着角度，以便让它更符合国画的构图——我甚至希望，自己能有机会和勇气将它们以水墨的方式绘出。

溪塔村另一个侧面、一个维度是“新”和“变”。当地的朋友向我们介绍此地曾因地处偏僻、交通不便而十分贫困，村民绝大部分姓蓝其实也很能说明问题，它证明溪塔村不同于那种商贾重镇，其与外界的交流是极有限的，这里会有人口的流出但很少有流入。如何脱贫、怎样脱贫便成为溪塔村谋求发展的重中之重，我们可以想见它所造成的压力。我们当然知道这压力的重量，无论是对个人还是对一个村落、一个城镇。扶贫，仅仅依靠“输血”也许能解决一时的燃眉之急，但要长期发展，则必须要提升“造血”的功能。完成“造血”当然不会是一件简单的事。

讲畲语、盘畲歌、吃乌饭、包管粽、舂燃粑等畲族传统习俗被重新“利用”起来了，让它们成为特色，成为独有和差异，成为当地“保护畲族文化根脉，全力打造特色畲寨”的重要组成部分。溪塔村的美也被充分利用起来，他们积极发展少数民族文化旅游，让“美丽乡村”成为娱乐休闲和体验特色文化的好去处——“以溪塔和虎头为核心的穆云畲族乡生态旅游区是国家级AAA景区。你猜一下，他们的年接待量……以2019年为例吧，你们猜一年中有多少游客来到此地？不，不对，不对，再猜……是90万人次。”当地的畲族朋友拿出采摘好的刺葡萄让我们“大快朵颐”，他们不无自豪地告知我们：“在溪塔，我们种植了1200亩刺葡萄，每亩年产值在万元左右。我们还有水蜜桃、芙蓉李——你们说，溪塔还会穷吗？”

“不会，当然不会。”我的那位诗人朋友再次感慨，他把盘子中的刺葡萄一粒粒塞进自己的嘴里。

# 亲水宝典白水洋

◎ 黄锦萍

## 地球密码

探索地球奥秘是一件很有趣的事情。来到白水洋的时候，一大串问号掠过我的脑海：是谁第一个在密密的崇山峻岭间发现了神秘的白水洋？是上山采药的农夫还是无所畏惧的探险者？是先有了大片的岩石河床，还是先有了源源不断流淌的水，抑或有岩床的同时便有了水？是火山爆发时巨大的冲击力将硬邦邦的岩石平展展地铺开，还是因有地壳运动的缓慢抬升，抑或由于经历了千万年的风雨侵蚀？这些仿佛《十万个为什么》中提出的地质问题让我产生困惑，就像我有时会莫名其妙地问自己：为什么有天有地？为什么有山有水？为什么有花鸟鱼虫？直到有一天，我想到“地球密码”这个词，所有的疑惑似乎都找到了答案，因为是“地球密码”呀，难道谁能轻易破解？

白水洋的发现就是一个难以破解的地球密码。900 万年前火山活动的杰作，530 万年前地壳运动的抬升，河谷下切，覆在上面的地层被侵蚀，岩体露出地表，千万年风化作用和流水侵蚀，逐渐形成以正长斑岩为基岩的平底河床。260 万年前地壳活动相对平稳，地表极缓慢地上升，地壳抬升的速度和流水下切速度几乎相当。经流水长期冲蚀，白水洋逐渐形成光滑如镜、宽阔平展的平底基岩河床。这是目前为止地质学家千辛万苦、绞尽脑汁破解的白水洋密码。

光破解密码还不够，还要有足够玄乎的神话传说。说是当年程惠泽因误吞龙珠化龙时，为三峰村开辟了三百丘农田。当他腾空而起，准备飞往东海时，想多为农乡做点事。由于时间仓促，他只好施展神威，摆动龙尾，在崇山峻岭中横扫出一方农田，这方良田使这一带百姓安居乐业。不料早已垂涎这方沃土的恶霸郭某借口这一带的山地原是他家的，就勾结县官霸占这块土地。这事恰巧被居住在下游水帘洞中修行的齐天大圣孙悟空知道了，就在一夜之间，他施展移山倒海的神力，把所有的田地都搬到水帘洞附近的山中，形成一处新村庄。从那时起，这里就剩下一块光洁的石床，正所谓：民间神话久传留，惠泽扬威造大丘。大圣为民移土去，唯留巨石伴清流。

有了一把破解白水洋密码的金钥匙，还有一个编得异想天开、有点落入俗套的神话传说，走进白水洋的时候，想象的翅膀依然能够飞翔在解读的氛围之外。让我为你描绘一下肉眼看到的白水洋景观吧：远看像一片波光粼粼的湖，像春风吹皱的一江春水，也像一面水做的巨大透明的镜子。近看时才发现水的浅。浅到什么程度？刚刚能够没过脚踝，因此被称为“浅水广场”是多么贴切。浅水下面隐隐约约能看见岩石，岩石的颜色和水的颜色相互交融，无法真正看清岩石的真面目，清澈的水流像是披在岩石上柔曼的轻纱，飘飘洒洒的，诱发着人们亲近的欲望。如果岩石上没有水，那么经过太阳暴晒的岩石，哪会像现在这般充满着灵动与跳跃？如果水面下没有岩石，那么游人如何像神仙一般，蜻蜓点水似的在水面上踏浪行走？水与岩石配合得那么默契，仿佛千万年前就住在一起。

怀着对大自然的敬畏之心走进白水洋，是与作为游客走进白水洋的心情不一样的。游客纯粹游玩求的是全身心的放松，而敬畏之心则启发人的思考，试着用现代人的心灵与千百万年前的岩石对话，我仿佛听到了水波底下岩石的心跳。需要一颗多大的包容心，才能接纳从世俗中闯进来的芸芸众生？需要调动多大的智慧，才能听懂世间万物发出的声音？对于白水洋来说，或许像蚂蚁一样渺小的人类，才是它想要破解的密码。

## 动感水世界

现如今什么事只要与“亲”字搭上，就被赋予了时尚的内涵——亲亲、亲近、亲切、亲情、亲密、亲善、亲爱、亲水——落在“亲水”上是因为智慧的白水洋打开了“亲水宝典”，谁能不信“上善若水”呢？凡是到白水洋的人，哪个能挡得住水的诱惑？恨不得一下子就脱下鞋，穿上白色防滑袜，融化在水中央。白水洋是可以用来亲近的，当你赤脚踩进水的那一刻，肌肤之亲就开始展开，凉凉的、爽爽的、柔柔的，就像妈妈一样抚摸着，亲水的魅力无边无际地弥漫着，很容易就回到打水仗的童年。

但不是所有的水都允许亲近。都说“九寨归来不看水”，真是一语道破天机，九寨沟的水是用来“看”的，静得令人窒息。以翠海、叠瀑、彩林、雪峰、藏情五绝而驰名中外的九寨沟，原始地将湖、瀑、溪、河、滩、潭、泉，串联成一体，动静分离，刚柔共存，错落有致，好像经过了精心的安排。如果说世界上有仙境，那就在九寨沟，什么样的溢美之词都难以形容九寨沟的灵动与绚丽。在静如处子的每一个海子面前，真恨不得把自己凡俗的身体掏空，吸进这里的空气、灵气、神气、精气，让自己做一个什么也不想，抛却了所有欲望的纯粹的人。

白水洋的水是动态的，是可以用来嬉戏的，是纯粹的动感水世界，而九寨沟的水是用来呼吸的。经历了几千年、几万年的生物，最终都在九寨沟静静地躺着，只求人类不要太多干预，让它们保持着原来的样子，就是对它们最大的尊重、最大的珍惜。白水洋的水随时张开双臂，将万千游人尽揽怀中，而九寨沟的水是不容侵犯的。那样一尘不染的水，我相信每个人都有想亲近的欲望，哪怕将手伸进水里，感受一下水的冰冷，把脚踩在水里，来一次肌肤之亲。但这样的想法一经浮出水面，立刻就有一种负罪感，仿佛亵渎了神灵。长长的木栈道和护栏，总是修在游人够不着水的高度，即使是倾泻而下的瀑布，你想伸手接受一次水的洗礼，也想都别想，有飘飞的水花溅到你的脸庞，已是你的福气了，这样洁净的水花，足够让你在梦中遐想。

动态的水与静态的水有着如此强烈的反差，真让我意想不到。我是先去了白水洋之后才去的九寨沟，白水洋的水给我留下太多灵动的印象，仿佛是一首永远都在流淌的诗。一行行波光押着韵脚，那么富有节奏感，读起来抑扬顿挫，时而激情，时而舒缓。读到高潮处，水流一冲而下，溅起欢腾的浪花，那是百米冲浪滑道，你只要仰面躺下凭借溪水的冲力尽情向下游滑去。到了九寨沟，水都变成静静的彩墨画了。深蓝色的水平如镜面，白云、树木、雪山倒影在湖中，人们甚至可以看见池水底部岩面的石纹。由于池中沉淀物的色差以及池畔植物色差的不同，原本湛蓝色的湖面变得五彩斑斓、变幻莫测。谁没有见过水？但你见过绿中套蓝的水吗？见过一个湖泊里同时呈现深蓝、浅蓝、淡蓝，深绿、浅绿、淡绿，深黄、浅黄、淡黄的水吗？原以为这样的水是艺术家作品升华后的杰作，到九寨沟一看，这样的水竟真的存在，本来就存在，童话世界真真切切地就在眼前展开。

但九寨沟的遗憾是不能打开“亲水宝典”。也见到一片宽阔的岩石，岩石上也淌着波光粼粼的泉水，但绝对不可以赤脚踩下。“幸亏福建屏南有个白水洋”，我不禁在心里点赞。思绪流到这，不下水简直就对不起白水洋，赶紧脱了鞋，穿上防水袜，走到临水的亭子旁，稳定一下心情，怀揣着敬畏之心和“亲水宝典”，下水了！下水前的种种冥想，让普通的亲水行动变得刻骨铭心。脚踏进水的那一刻，还是感到有些凉。这是初夏的6月，阳光明媚的午后，洋面上亲水者多，大多是朝气蓬勃的年轻人，不时传来戏水者的欢笑声。相互泼水的，打水枪的，湿漉漉的人儿站在水中央，沐浴在大自然的怀抱之中。虽然知道水很浅，但踩水时还是十分小心，生怕摔倒湿了衣裙。顺着岩石的肌理，一步一步往前走去，有点脚踏实地的感觉。上游水有深浅，不时有人摔在“鸳鸯窝”中，立刻引来嬉笑声。湿了衣裙的女孩索性不怕湿了，大步蹚水，弄出点“女中豪杰”的气派来，立刻有男生效仿。下游处有百米滑水道，一群又一群滑水者身着橘红色救身衣，躺在水流中顺水滑下，溅起浪花朵朵，过一过漂流者的瘾。我恰好走在上下游的中间，是一条最好走的安全通道。一路走，一路看，一路想，不知不觉就走到了对岸。

顺着水边缘走到下游处，看见水中央凸起一块大岩石，当地人都叫它“纱帽岩”，据说因远望像一顶“乌纱帽”而得名。传说当年有一位县官路过此地，见此处环境优美，感叹宦海险恶，遂生退隐之心，将纱帽抛在水中化为此石，从对岸看过来，像一尊神像，人称镇洋将军，从正上方看像一个破土而出的竹笋，人称“仙人遗笋”，从左侧下方往上看去，其形如一只巨龟，背上驮着一堆宝物，故人称“金龟驮宝”。从总体看，其形如一鼓满的风帆。人们愿意到纱帽岩上摸一摸，是希望得到赐福。纱帽岩很高，最高处一定是顶尖的愿望，所以你不能摸得太高，摸得太高不仅愿望实现不了而且可能摔得很惨，摸到你够得着的地方才是最恰当的，这里面似乎蕴藏着做人的道理。听了宣传部的小于说纱帽岩能帮你实现愿望的事，与我同行的李作家跃跃欲试，他非常虔诚地绕着纱帽岩走了三圈，边走边摸，看来他还有很多尚未实现的愿望，有愿望的人生一定活得有滋有味。

# 结缘白水洋

我相信缘分。缘分这东西奇怪得很，总是不期而遇。人与人之间相处是一种缘分，人与山水重逢也是一种缘分，缘分求之不来、挥之不去，念想时她仿佛远在天边，忘却时却突然出现在你的眼前。当你仰望着缘分的天空，总能看到蔚蓝的天和飘浮的云。

我与白水洋结缘是在10年前，为了写一首让人记住白水洋的歌，到那里体验生活。那是2004年，好像是春夏之交吧。当时的白水洋实在够远的，没有通高速公路，从福州坐了7个小时的车才到达屏南，记得当时为了修路还封山，不让车子进。我是在时任屏南宣传部部长的周芬芳陪同下前往的。当时的白水洋没有游人，四周很安静，只有站立了千万年的山，流淌了千万年的水。没有翘屋檐的凉亭，没有豪华酒店，也没有一大溜卖旅游产品的小卖部，当然更没有进入景区的电瓶车。我静静地站在白水洋边，听周芬芳以无比热爱家乡的心情向我赞美白水洋的神奇。不下水肯定是不行的，我穿上防滑袜一下子就踩进水里，水很冰，冰凉的感觉至今记忆犹新。宽阔的洋面上没有别人，就我们几个为了同一个目标走到一起来的人。去过许多地方的人都有一个共同的感觉，那就是每一处山水都长得有些雷同，就像人的脸一样，不容易被人记住，除非她有特殊的表情。我一下子记住了白水洋的表情，是因为她真的很独特，洋面上平展展的岩石，岩石上清晰的波纹，波纹上泛着淡定的银光。真是藏在山中无人识呀。大自然神秘的造化，留给人类珍贵的自然遗产，拥有这一片宝藏的屏南人民有福啊！

回到福州后我很快就创作了歌曲《神秘的白水洋》的歌词："好一座平展展的水上广场/哗啦啦的清泉从巨石板上流过/浅浅的水床，轻轻的述说/切肤的清爽，爽透你我的心窝/是哪方神仙造就了东南佳境/还是天外来客曾经在这里降落/坦荡荡的石床斑斓地铺开/仰天一望就望见了祥云朵朵。好一个清凉凉的水上世界/漫悠悠的思绪融入浩瀚烟波/水在石上走，石在水中托/忘我的境界在这里停泊。白水洋，神秘的白水洋/天下绝境深藏在密林婀娜/白水洋，神秘的白水洋/宇宙之谜期待着你来探索。”之后歌词传到了遥远的西部歌手容中尔甲手中，这位穿着彩色藏袍，留着小胡子的藏族歌手因倾心倾情演唱《神奇的九寨》，在央视青歌赛中一炮打红，被亿万歌迷所推崇，也让九寨沟在他韵味十足的宣泄中，令更多的游人拜倒在“童话世界、人间天堂”的石榴裙下。容中尔甲与白水洋也是有缘，创作灵感爆发，很快为歌词插上了飞翔的翅膀，作曲并演唱了这首《神秘的白水洋》。屏南人真是天才，西部有《神奇的九寨》，南部有《神秘的白水洋》，一个是九寨沟静态的水，一个是白水洋动态的水，容中尔甲倾情演唱的姐妹篇，不记住都不行啊！我在九寨沟游览时，许多游客都情不自禁地唱起《神奇的九寨》这首歌，我更是打心眼里感到亲切，感谢藏族歌手容中尔甲，让我们合作的歌曲《神秘的白水洋》流传了 10 年，而且还将一直唱下去。

这一次来屏南是随了作家采风团。来到白水洋的那一刻，我坐上景区的电瓶车在山涧中穿行，迎着初夏清新的空气，看着四周无边无际的绿色，听着白水洋景区的介绍，真是心旷神怡啊。不经意间，电瓶车上播放出我写的《神秘的白水洋》，心里温暖无比，并认定要写白水洋这篇散文。我知道很多作家都想写白水洋，但善良的他们最终还是把机会让给了我。

# 黄金海湾的鲍鱼与海参

◎张　茜

海边公路缠绕着东冲半岛中段的凤山，在绿树成荫里蜿蜒盘桓，落脚地是一处静谧的海湾。

海面上成片的渔排，它们仿佛就是布局严密、旌旗猎猎、严阵以待的古城池。渔排井然有序，经纬交织，构成一个个自成一格的小方阵，精致的海上小屋点缀其间。浅海里晾晒海带的竹竿，五六米高，碗口粗，密匝匝数也数不清，它们一根根齐刷刷定立海中，一溜溜的海带肥硕油亮，弥散着海洋的鲜腥气息。我的心跳瞬即加快，热血冲头，跳上前来迎接我们的小船。很快小马达轰鸣，船边翻起哗哗水浪，矫健的海鸥盘旋而至。我长发被风掠起，俨然一名无畏无惧的战士，进入鼓声阵阵的战场。

这里的海湾，散落着上千海参、鲍鱼养殖户。

这里的海湾，在霞浦县叫做东吾洋、官井洋。狭长的东冲半岛屏障般展开，为这片内海挡住了东海的大风大浪。

一批批出生于大连、山东的“海参娃娃”，在这里成长壮大后，冲向市场。

一批批出生在这里的“鲍鱼少年”，远赴北方海域度夏成长，提早一个季节上市，一举拿下“中国鲍鱼主产区”高地。

## 中国南方最大的海参养殖区

霞浦县的内海湾东吾洋、官井洋，仰仗东面东冲半岛的庇护，常年风平浪静、水质清洁、生态环境优良，是处绝佳的海产品黄金养殖海湾。用当地人的话来说，那里“除了人之外，养什么肥什么”，海带、紫菜、黄瓜鱼、鲍鱼、对虾等海产品早已成为当地的金质“招牌”。

“连名贵的海参都是吃海带长大的呢！”霞浦人说。

凭借得天独厚的自然条件，近年来，霞浦海参养殖异军突起，后发制人。2013 年霞浦县海参养殖逾 19 万箱，产量 2.4 万吨，产值 19 亿元，占据全国海参总产量的百分之十，成为我国南方海参养殖主产区。《中国海洋产业蓝皮书》还专门对霞浦海参养殖产业的现状和前景做了描述。

2013 年 5 月，中国科学院海洋工程专家李长青到霞浦考察海参产业时，评价道：“霞浦海参是大连海参种苗青壮期在霞浦海域经科学养殖而成的，品质接近野生海参。”

规模化的海参筏式吊笼养殖，使得霞浦海参产量及经济总收入等重要指标，连续 3 年位居全国县级之首。

霞浦县的海参养殖历史，始于 2003 年。

这里，我们不妨先对身体柔软、无目无足、相貌怪异、雌雄共体的海参做个推介：海参出现在地球上比原始鱼类还早，在 6 亿多年前的前寒武纪就已存在，是现存最早的生物物种之一，堪称海洋活化石。它历经了几次“史前生物大灭绝”，不仅比著名的恐龙出现得早，而且还繁衍生息至今，当之无愧是地球变迁的见证者。

海参不仅是珍贵的食品，也是名贵的药材。由于海参自然资源日趋枯竭和国内消费需求的扩大，人工养殖迅速兴起。但由于海参具有夏季高温休眠的生活习性，养殖地域一直仅限于北方地区。

2003年，霞浦县水产技术推广站，依据霞浦海域自古就出产光参、梅花参的底子，以及每年11月至次年4月海区水温十分适宜海参生长的条件，决定大胆尝试，领养北方已经养至周岁的“海参娃娃”。海参养殖周期在北方通常为2年，霞浦利用与北方的海水温差，海参收获和上市比北方养殖会提早1个季节，且这段时间正好又避开了南方的夏季高温和台风盛发期。

掐准时机，说干就干。当年10月底，县水产技术推广站首次从山东引进经济价值较高的刺参进行室内池暂养，结果令人欣慰。翌年，他们继续实施小批量海上试养度夏，一举获得成功。县委、县政府高度重视，从政策、经费、技术上给予扶持，并组织引导养殖户积极参与。通过三年反复探索、实践，至2006年全县海参养殖发展到3000箱，放苗量100吨（约500万头）。县水产技术推广站还总结出一套较为成功的海上筏式养殖技术。自此，海参养殖在全县迅速推广开来。

2009年，“海参娃娃”的老家大连，以及山东、浙江等地的许多养殖户纷纷慕名进驻霞浦。至2010年底全县养殖达3万箱，放苗量1500吨（约3000万头），成品参卖价每斤80—100元，经济效益十分可观，全国各地的社会游资蜂拥而至。

2011年10月，又到了一年一度的放苗时节。海参养殖的高额回报，致使原本就不很成熟的市场陷入疯狂旋涡：养殖规模发展过快，苗种需求量骤增，养殖户争抢苗种，北方海参苗商趁机抬价，苗种价格从2010年底的80—90元每斤攀升到130—140元每斤，苗种质量也参差不齐、鱼龙混杂。

真是祸不单行。养殖户抢回参苗下笼后，又逢霞浦几十年不遇的冬季持续阴雨和数次大寒潮，海水温度骤然降到9摄氏度以下。养殖区苗量稠密，品质欠佳，翻倍率迅速下滑（翻倍率是民间说法，意思是海参成长的重量是进苗时的倍数）。

养殖户黄老板说起当年的情形依旧心痛不已。“我算是小养殖户，那一年就亏了50多万块钱。”

海参吐完肠子还能活，听起来似乎惊世骇俗，但那其实是它特有的“金蝉脱壳”术。

当海参遇到敌人侵犯时，会立即把自己的“五脏六腑”从排泄孔喷射出去，诱惑对方吃掉，而自身借助排脏的反冲力，迅速逃逸，这在理论上叫作“排脏功能”。之后，海参只需静养30到50天左右，又会生长出一副完好的新内脏。另外，当海参遇到或生长环境污染、或温度不适时，也会产生应急反应，进行吐肠自我保护。

陪同采访的霞浦县海洋与渔业局的余助工告诉我，由于2011年海参养殖的大挫败，2012年底养殖总量锐减到了7万箱。他认为，水产养殖行业高利润、高风险，像大海有潮起潮落一样，只要科学养殖，掌握好市场的规律，总体是赚多赔少的。他当时就是这样劝导一位亏得血本无归的同学的。同学的诉说，他还记忆犹新，养海参投入大、风险大，还要经受精神折磨、体力折磨，太痛苦了！上了岸就没有勇气再下海了。

刚刚发展起来的海参养殖遭受重创，第二年养殖户骤减，局里派余助工到养殖海区，帮助养殖户监测、跟踪海参的病害与生长情况。

他开始了4个月的渔排生活。他驻点的那家渔排是个养殖大户，养殖量达8000箱，老板出于安全考虑，工人不配船只，渔排就像监狱，天苍苍，海茫茫，哪儿都去不了。时值冬天，海上要比陆地冷得多，晚上风很大，渔排摇摇晃晃，嘎吱作响。余助工说驻点结束回到陆地，上岸1周了都还感觉床总在摇动。

海参营养丰富、价值高，但养殖过程很艰辛。海参没有牙齿，只有钙质化的嘴巴。它的主食是海带，必须先将海带切成丝，装入网兜，浸到海水里泡上3天，达到手捏即化的程度才捞出，拌上新鲜鱼糜、鳗鱼粉、海泥、海砂等，一桶一桶提到渔排上，再将海参逐笼从海水里提出，每个笼子 6 个小间，依次打开投喂。每个工人每天要喂 300 多笼海参，经过高强度的机械劳作，一天下来腰都没力气直起来，双腿打颤发抖。故此，养殖工人的工资都很高，一般是夫妻搭档，月收入有 1 万多元。

经过 1 个多月的渔排考察，余助工发现霞浦海参养殖优势在冬季，避开了夏天的高温病害高发期和台风季节，加上又是种苗养殖，只要数量合理，成活率都在 90%以上。因此，海参养殖的关键不在于病害防治，而在于投喂什么样的饵料让海参长得更快更好。提议得到局里同意后，他便在渔排上结合实际做起饵料对比试验，并根据试验数据写出了《两种饲料对海上筏式吊笼养殖仿刺参生长的影响》。

2012 年的春天，霞浦海参养殖尽管经历打击，但由于养殖户和投产量的骤增，总产量比往年还是有大幅度的增长。当年，霞浦县还没有海参交易市场，成规模的加工厂也仅寥寥几家，市场几乎被北方来当地收购海参的客商垄断了。价格由 2011 年底的每斤 130–140 元被压到了 50–70 元，因为前一年的歉收，再加上市场行情的大幅波动，大部分养殖户雪上加霜、亏损严重。

这种不正常的现象，立即引起了县委、县政府的高度重视。一位副县长牵头带领相关部门奔赴海区一线，开展海参养殖和销售情况的专题调研，寻找解决方案。针对苗种问题，县委、县政府利用现代渔业生产发展资金，扶持一鸣公司和中科院海洋所合作，进行海参育苗项目，鼓励支持吕峡东建农业开发有限公司与中国水科院黄海所联合，进行海参育种攻关。目前，黄海所培育的“高抗 1 号”耐高温海参苗种项目已经通过验收。

县水产技术推广站联合省水产研究所，开展福建网箱养殖海参病害防控技术研究与示范，建立起一套适合霞浦海参养殖模式的病害防控技术，为海参养殖户保驾护航，确保户户有利可图。

县委、县政府还从中国民生银行福州分行、霞浦县农村信用社争取到 1.5 亿元授信额，解决养殖户资金周转困难。县财政专门拨付 200 万元资金，用于海参养殖专项货押贷款风险补偿金。

为保护养殖户的合法权益、维护市场稳定，政府支持养殖户成立海参产业协会，同时还扶持成立了霞浦永昌海参交易中心。该中心库容达 5000 万吨，迄今已有 30 多家（户）生产商入驻，交易量已经达到 250 吨，交易额 3 亿多元。省海洋与渔业厅也批拨专项资金，扶持新日鑫、一鸣公司各上马 1 条海参加工生产线。

承载霞浦县“产业兴农”重任的海参养殖业，在付出惨痛的代价后，霞浦县委、县政府清醒认识到霞浦海参养殖业发展的短板，持续发力，完善海参养殖全产业链。

分管副县长说，这几年，通过努力，霞浦相继创办了一批本土的海参加工厂，将活海参送到工厂做成盐渍海参，不仅给了养殖户一个销售缓冲期，也提高了产品的附加值。

据了解，现在霞浦已经有 20 多家海参加工企业，散户的活海参可以在那里加工、存储，并参加统一销售。还有多家企业开发了即食海参、干品海参等产品形态，通过建立海产品专卖店直销和对接大型超市、酒店及国内外经销商等办法，建立起自己的销售渠道。

“霞浦是个沿海县，海产养殖业的发展关系到全县百姓的增收，我们要想方设法扶持产业壮大，确立产业优势，尽快从一个海参养殖‘大县’发展成‘强县’。在这方面我们还有很多工作要做。”分管副县长说。

2013 年 11 月，全县海参养殖户恢复到了 1000 多户，养殖规模达到 19 万箱，投苗 6700 吨，鲜参产量 2400 吨，产值 19 亿元，跻身中国南方大型的海参养殖区之列。

霞浦在大力引导完善产业链的同时，也积极开展地域品牌推广，霞浦海参已获得了省“十大渔业品牌”称号。现在，这个产业已成功冲破阴霾，展露出诱人的霞光。

这一年，霞浦海参养殖喜获大丰收，翻倍率普遍在2—3倍以上。但因终端市场火候尚欠，价格低迷，多数养殖户还只是保了本。历经10年的跌宕起伏，霞浦海参养殖技术已经臻于成熟，困扰发展前景的主要因素还是市场。

市场是只“看不见的手”，政府是只“看得见的手”，坚持两手抓两手都要硬，是我国改革开放实践探索取得的极其重要的经验。

副县长亲自挂帅，成立海参收购加工销售领导小组，主产区溪南镇党委书记任常务副组长、镇长任副组长。收购加工销售领导小组在三菜产业办现场办公，成立了海参信息服务平台，抽调专门人员进行海参市场行情的搜集整理分析工作，投入专项资金在电视台制作霞浦海参广告，组织养殖企业参加“2014北京渔业博览会”和“第九届中国国际（厦门）渔业博览会”。这一系列的举措极大提高了霞浦海参的知名度。

近年来，霞浦海参养殖每年直接带动海带消费4—5万吨，产值3.5—4亿元；带动饲料、渔排、农机配件等消费2—3亿元；实现劳动力直接就业8000多人；增加种苗、成品参运输业的产值2亿多元。

渔排上，黄老板的斜屋顶别墅式木屋，是标准的两室一厅一卫结构。能干的女主人皮肤黝黑，快言快语，将屋内收拾得纤尘不染。她开心地说，2015年我们赚了100万。我问她投了多少钱，她说参苗款50万元，养殖成本50万元。

夫妻俩辛苦4个月，净赚100万元，海参养殖的利润和风险真是叫人咂舌。

渔排采访返回时，陈副局长告诉我们，前几天，有个蛙人一天就从海底摸出2000斤天然海参，最大的有2斤多重！他说，跑出笼的海参经过几个世代的自然繁殖，基本回归野生状态；人工苗种培育也获得了小规模成功；“霞浦海参”地理标志证明商标，很快就要审批下来了。

由于海参自然生态的渐渐复原，人工养殖、加工技术的日渐成熟，海参将缓步走下奢侈品的高价神坛。随着人民生活水平的提高和保健意识的增强，海参增量消费逐步发力，行业发展前景一片光明。

## 中国鲍鱼主产区

由于东冲半岛庇护，霞浦内海海域辽阔，自古海田肥沃、物产丰饶，大黄鱼、海鳗鱼、八爪鱼、跳跳鱼等品质优良，早已成为一方地标。

可是，霞浦人苦苦寻觅的“海八珍”之首鲍鱼，却始终不见踪影。

勤劳开拓的霞浦人，决定来一次大胆尝试——人工养殖鲍鱼。

1995年，霞浦首次从山东引进皱纹盘鲍苗，放入北壁乡东冲小沃海域，进行延绳式吊笼养殖试验。1 年后，试验获得成功。

政府搭台，民间唱戏。1997 年，宁德地区科委组织专家对东冲的鲍鱼养殖进行质量验收，各项科学数据表明为合格。县委、县政府一鼓作气，立即组织召开鲍鱼养殖现场大会，拿出鼓励政策，激发沿海渔民积极投入鲍鱼养殖产业，创造财富，打破皱纹盘鲍不能在霞浦养殖的说法。

随后几年，鲍鱼养殖从北壁东冲海域逐渐发展到下浒雷江岛、溪南东安等海域，养殖模式从延绳式吊笼逐渐向海区网箱吊笼推进。

可是，当时全县没有一家鲍鱼育苗室，养鲍鱼必须去北方买苗，这个问题成了霞浦养殖户及县政府的心病。

1999 年，在全县水产会议上，县领导要求水产局全力以赴承担攻克鲍鱼育苗难题。水产局领导现场立下军令状：“克服一切困难，保证完成任务！”

回到局里，局长立即召开专门会议，成立鲍鱼育苗攻关小组，由副局长带领工程师，马上赶赴山东荣城考察学习，回来后立刻组织技术人员积极展开鲍鱼生产性育苗试验。他们头顶烈日，风里来雨里去，马不停蹄地奔波在全县沿海村镇，广泛考察论证，最后选址于围江对虾养殖基地。基地7月开始筹建，10月投产，2000年4月底至5月初就培育出1.5—2厘米盘鲍苗70多万粒，获得了批量育苗的成功，填补了霞浦鲍鱼育苗的空白。

当年的那位工程师，现在已是霞浦县水产技术推广站副站长，他在接受采访时说："当年领导现场立了军令状，我们作为项目研发技术人员，压力非常大。但大家都铆足了劲，克服了种种困难，完成了任务。"

从那年7月至翌年5月近1年的时间里，3名项目组成员驻扎基地，每月轮流回家1—2天。11月初开始育苗，亲鲍要从平潭运回。当时没有高速公路，县城到基地30多公里土路，每次须往返颠簸十几个小时。第一次运回亲鲍，由于经验缺乏，对亲鲍的成熟度掌握不好，过于成熟的在运输途中已经流产，成熟度不好的运回来后，又不排放精卵或难产，或者排放时间不同步，初次采苗没有达到预期目的。第二次又到平潭运回亲鲍，情况还是不理想。然后第三次、第四次……前后折腾了半个多月，才完成了采苗工作。接下来的养护管理，又出现了苗附板不均匀、基础饵料供应不上，甚至苗脱板等问题。他们频繁地给山东荣成的专家打电话，查找资料，几天几夜没合眼，昼夜实验，一个问题、一个问题地解决，难关逐一被他们攻克。到苗出池的那一天，几个大男人胡子拉碴、面颊黑瘦、双眼布满血丝，哽咽着说不出一句话来。

诞生在东海之滨霞浦的首代鲍鱼苗，大部分留在本县养殖，少部分坐上汽车销往莆田、罗源等地。

鲍苗出池了，相关部门组织全县沿海乡镇养殖户及相关人员近百人，在围江对虾基地举办鲍鱼养殖培训班，参观鲍鱼育苗现场，盛况空前。鲍苗出池后，工程师们也随着下渔排，跟踪指导并了解养殖情况。在养殖过程中，又出现了养殖密度、养殖水层调节、投饵时间、投饵量、疏通水流等一系列技术问题。在不断地实践总结、掌握核心技术后，他们通过开办讲座、跑养殖场手把手地传授给养殖户，使霞浦的鲍鱼养殖渐渐走上稳步发展的轨道。据霞浦渔业统计年鉴记载：2000 年至 2014 年，全县鲍鱼产量从开始的 6 吨猛然飞跃到 6818 吨，产值从 100 万元飙升到 6 亿元。

2011 年，霞浦被福建省海洋与渔业厅列入现代渔业县。县委、县政府调拨资金，支持县海洋与渔业局开展鲍鱼新品种引进推广工作，树立品牌意识；同时，将扶持渔业的部、省、市、县支农专项资金进行整合，火力支援现代渔业生产发展项目；并要求县金融部门加大对渔业企业的信贷支持，安排专项资金用于重点渔业项目的贷款贴息，鼓励社会集体和农村干部群众投入现代渔业生产。

鲍鱼养殖企业、养殖户们，在政府的各种政策、措施的支持鼓励下，大胆创新，将夏季高温休眠的“鲍鱼少年”运往清凉的北方海域寄养，取得提前一个季度上市的骄人成绩，创下了经济产值的神话，拿下了“中国鲍鱼主产区”高地。

如今，霞浦海参、鲍鱼养殖、育苗、养殖技术已成熟，群众养殖经验较丰富，而且，还培育成功了耐高温的“西氏鲍”、美国绿鲍和皱纹盘鲍等杂交品种。

受益于霞浦得天独厚的海洋资源和环境，在一批批海产养殖科研工作者和养殖投资者的倾情加盟下，“海参娃娃”“鲍鱼少年”南迁北挪的穿梭历史被终结了，“霞浦海参”“霞浦鲍鱼”这两个响亮的品牌，正在征服着国人的味蕾舌尖，为大家创造出一种物质和精神相叠加的精彩生活。

# 中国海带与紫菜之乡

◎尚 昱

霞浦是福建省海域和滩涂面积最大的沿海县，拥有480公里的海岸线、693平方公里的滩涂。然而，霞浦能成为蜚声全国乃至世界的“最美的海洋滩涂风光摄影胜地”，并不完全仰赖大自然的鬼斧神工，而是地理和人文的交融、人与自然和谐的结果。

20世纪80年代，霞浦人民开始利用滩涂大规模种植紫菜、海带。养殖的场景、劳作的人群、来往作业的船只，在大自然赋予的天然画卷上，添上了最生动、最绚烂的一笔。如今，你上网点开任何一篇“中国最美滩涂霞浦摄影攻略”，都会有紫菜、海带的养育、收获、晾晒等不同生产时期景观的介绍，它会告诉你在什么季节，什么时间，从哪个角度，能拍到什么样的独特景象；你打开任何一本“中国最美滩涂霞浦”的摄影集，海带、紫菜生产形成的景观，都会占据大量的镜头。海滩上那些海带竿、紫菜架、晾晒绳……时而像严整的军阵，时而像大型团体操摆出的图案造型，动辄绵延数里，蔚为壮观。世界各地的摄影爱好者络绎不绝地前来，通过镜头记录下霞浦的美景，并传播到全国，世界，甚至太空——这不是夸张，香港著名摄影家简庆福拍摄的《霞浦风光》，就曾在2012年7月，随神舟九号飞船遨游太空。那幅作品的画面，便是一轮红日下波光粼粼的海滩，以及海滩上横成排、竖成列，疏密有致的养殖紫菜用的毛竹和棚架，人与帆点缀其间，像五线谱上跳动的音符……而霞浦的海带养殖场，则被印在了国家名片——邮票之上。那是蓝天白云下的绿色的小岛，以及养殖着紫菜的金色的海滩。这是2013年中国邮政发行的《美丽中国》普通邮票中的一张。

当然，最让霞浦人自豪的，并不是他们把海带、紫菜做成了“风景”，而是把紫菜、海带做成了“名牌”。当地官员在介绍县情时告诉我们：因为政府的重视和推广，科研人员的不断探索，养殖和加工业者的不断实践，霞浦海带、紫菜的生产产量和质量得以不断提高。2009年，霞浦县被中国水产流通与加工协会授予“中国海带之乡”“中国紫菜之乡”称号。同年，“霞浦海带”“霞浦紫菜”正式通过了国家工商总局商标局的审核，获得了地理标志证明商标注册证书，成功实现了霞浦县地理标志证明商标零的突破。2010年，“霞浦海带”和“霞浦紫菜”被认定为福建省著名商标。2014年9月，“霞浦海带”被国家工商总局认定为中国驰名商标，霞浦县由此实现中国驰名商标零的突破。据2014年的统计，霞浦全县海带产量25万余吨、海带产品总产值20亿元、紫菜干菜产量1.1万吨、产值8亿多元。海带和紫菜的养殖加工，成为霞浦的支柱产业。

## 紫菜篇

一提到紫菜，霞浦人往往会自豪地问：“你看过《舌尖上的中国》吗？”原来，风靡一时的饮食文化专题纪录片《舌尖上的中国》有一段专门介绍“霞浦紫菜”：在阳光的折射下，散金碎玉一般闪耀的海面上，影影绰绰的毛竹和棚架之间，游动着船帆与人影；清澈的浅海中，长长的紫菜舒缓地摇曳。“在这里，人工与自然的合力，演变出万千的视觉景象。”唯美的画面，诗意的解说词，向世人展现了霞浦紫菜生长的得天独厚的自然环境和霞浦紫菜优良的品质，使“霞浦紫菜”给人留下了难以磨灭的深刻印象。随着节目的播出，“霞浦紫菜”声名大噪。

紫菜营养丰富，价廉味美，食用方便，是我们再熟悉不过的食材。对于司空见惯的事物，人们往往反而没有好奇心去探究。当我要写海带紫菜之乡霞浦时才发现，虽然紫菜是餐桌上的常菜，但我对紫菜如何养殖、生长、加工一无所知。霞浦县海洋与水产局水产技术推广站站长谢松平，是位具有高级职称的“紫菜王”，从事紫菜生产研究和推广工作30多年了，他耐心地回答了我各种“无知”的问题，向我介绍了“舌尖上的紫菜”是如何“炼”成的。

霞浦是20世纪60年代开始紫菜养殖的，当时的育苗技术不过关，产量不稳定，效益差，群众生产积极性不高，紫菜养殖面积一直在1000亩左右徘徊。1982年，从厦门大学水产学院毕业的谢松平和同事们一起，开始了对紫菜育种技术的不断摸索和艰难攻关。到80年代末，他们终于发现了紫菜苗种成熟度、种苗密度对紫菜生长的重要性。掌握了这一关键技术后，谢松平和水产技术推广站的同事们对紫菜养殖进行了多年持之以恒的技术指导、蹲点服务，不断改革和完善紫菜育苗养殖生产工艺，示范推广先进的养殖方法，使霞浦县的紫菜育苗、养殖和加工技术不断更新换代，经济效益不断提高。谢松平说，紫菜养殖的关键技术突破后，经济效益大增，从事紫菜养殖加工的人越来越多，养殖面积翻番式增长。

为了让我对紫菜的生产有直观的认识，谢站长决定带我去参观一个紫菜良种基地。“霞浦金顺丰水产良种有限公司”的吴在友总经理热情地接待了我们。

走进宽大的育苗场，只见一排排的竹竿整齐地架在育苗池上，竹竿上，像风铃一样挂满了贝壳。我又一次为我的无知感到惭愧：“请问，贝壳和紫菜有什么关系？”吴总经理从清澈的池水中捞起一串美丽的贝壳。“你看，这些扇贝有的雪白，有的里面有粉红的丝状物，还有的深红是不是?”他解释说，“紫菜是藻类，靠孢子繁殖。紫菜的孢子要寄生在贝壳之中。我们要先把贝壳收集起来洗净，再让海里一种叫‘桡足类’的浮游生物，把贝壳中的杂藻孢子吃光，以防它们和紫菜孢子混杂，这与种植农作物要除草的道理是一样的。然后我们把做‘种子’的紫菜与贝壳放在一起，让孢子钻进贝壳中，发育成丝状体，开始是浅红色的，然后颜色越来越深，发育成熟后就呈黑色了。白露大潮的时候，把它们放到海里，在流水的刺激下，它们就会从贝壳中跑出来，附着在苗绳上，就能萌发成紫菜了……”

谢松平站长告诉我，我国人工养殖的紫菜，主要有条斑紫菜和坛紫菜两种。条斑紫菜适应低水温，适合北方养殖，主要用来加工成海苔。我省养殖的是适应高水温的坛紫菜，主要用来做菜。俗话说：好种半年粮。“耕海”和种田的道理是一样的。良种的引进培育和推广，一直是霞浦紫菜得以兴盛的原因之一。霞浦先后从上海海洋大学引进坛紫菜新品种——“申福 1 号”“申福 2 号”，从集美大学引进“闽丰 2 号”。良种紫菜生长更快，产量更高，品质更好，不易衰老，可以采摘五到六水（紫菜采摘一次称为“一水”，头水紫菜是最好的），比普通紫菜多收一到二水。现在，霞浦大的育苗场，与有关的科研机构、高校的海洋系都有合作关系，他们把这里作为科研和实习基地，霞浦的良种育苗基地则可以优先得到最新研究成果。果然，告别的时候，我回头看到在“霞浦金顺丰水产良种有限公司”的招牌旁，还挂着“国家坛紫菜养殖标准化示范区”“上海海洋大学水产与生命学院教学科研基地”的牌子。

纪录片《舌尖上的中国》中，有一段通过跟踪拍摄紫菜养殖户林仁灼的生产活动来介绍紫菜的生产过程：林仁灼驶船出海，为自己的紫菜养殖架设毛竹。他将一根 16 米左右的毛竹竹节打通，然后与另一人合力不断地上下夯，靠重力势能将毛竹顺势插入海滩中。一片片插上了毛竹的紫菜养殖场，成了摄影作品中的“风景线”。谢松平站长说，其实，这样的“风景”是20世纪90年代后才出现的，它标志着紫菜养殖由滩涂走向浅海。

“阳光和水”是紫菜生长的两大要素，紫菜需要有足够的时间在水里吸取大海的养分，也需要有足够时间露出水面在太阳下进行光合作用，这称为“干露”。为满足紫菜生长的这种要求，早期紫菜只能养殖在潮涨时被海水淹没，潮落时露出水面的滩涂上。受滩涂的限制，霞浦紫菜养殖空间无法扩展，产量也无法提高。谢松平说：“试图用加密紫菜苗播种的方式提高产量，也被证明不可取。那样会使海水流动不畅，造成紫菜病烂现象。”于是，向浅海进军养殖紫菜被提上了日程。为了实现养殖技术上的突破，霞浦县吸取了国内外各种紫菜养殖方式的优点，结合霞浦的实际，成功开发推广了插杠式养殖。

插杠式养殖，就是将毛竹插入海滩中为桩柱，桩柱之间系上紫菜苗绳，插杠式养殖技术可以人为控制入水和干露时间，清除浒苔，抗病腐，提高产品质量，而且能把紫菜的养殖区域延伸到近10米的浅海区域，这使得霞浦紫菜的养殖面积得到飞跃式扩张。

下午，谢松平站长带我到“淳盛农民专业合作社”参观。他告诉我，合作社是2009年由钟祖钦、林成强、吴在斌等6位青年人共同发起成立的。他们把入社的紫菜养殖和加工户组织起来合作共赢，降低成本，打开销路，增强抗风险能力，实现养殖和加工技术的更新换代。该社先后被评为县级、省级和国家级示范社，被市工商局评为“守合同、重信用”企业，其“淳盛”牌深海紫菜获得中国农产品贸易洽谈会优质产品奖。

玻璃钢撑杆深海紫菜养殖是一项新技术，用玻璃撑杆替代毛竹。

2014年4月，霞浦淳盛农民专业合作社负责人钟祖钦等，在厦门渔业博览会上发现了一种可代替毛竹的新型玻璃钢撑杆。毛竹使用寿命只有1年左右，毛竹的腐烂还会污染水质，而玻璃钢撑杆使用寿命长达七八年，无污染。毛竹受长度限制，只能在 10 米以下的浅海使用，而玻璃撑杆长度可以选择，能使紫菜养殖向 10 米以上的海域发展，而且抗台风能力强。钟祖钦等人当即拍板引进玻璃钢撑杆，当年试养殖紫菜 30 多亩并获成功。相比浅水区，深水区的紫菜产量高、杂质少、成色好，十分畅销。现在，霞浦已全面推广深水区玻璃钢撑杆养殖紫菜新模式。

谢松平站长告诉我，霞浦现在正在尝试“悬浮式”紫菜养殖，试养殖了 300 亩。所谓“悬浮式”就是把紫菜养殖在悬浮的球体上，转动球体就可以很方便地控制紫菜入水和干露时间，而且能彻底摆脱水深的限制，可以向更深的海域发展，如果成功，潜力巨大。

霞浦的紫菜发展史，就是一部创新进步史，品种不断优化，养殖方式不断更新。紫菜加工技术，也由依靠太阳晒干，到“人造风干炉”烘烤，再到引入太阳能烘干机，从家庭作坊到工业化、自动化生产线。产品则由粗放经营，到打造品牌。目前霞浦全县拥有紫菜加工厂 57 家，其中圆饼菜粗制加工厂 50 家、机制加工厂 7 家生产线 12 条，2014 年还引进了一条二次加工生产线，生产即食产品，使紫菜的附加值成倍增加。

告别“淳盛”时，我忽然想到一个问题：“如果今后玻璃钢撑杆和悬浮式养殖全面取代了毛竹，《舌尖上的中国》和照片上霞浦那种紫菜养殖的独特景观，就会成为绝版了吗？”没想到吴在斌说他们早就考虑过这个问题。“我们会与旅游部门协商，拿出一个方案来，规划一下在哪一片水域，用什么样的杆，怎么排列，力求既不影响生产又能给我们霞浦锦上添花。玻璃钢撑杆可能没有毛竹的自然朴质之美，可是，它可以任意选择颜色，也许我们可以利用这一点，制造出各种图案造型，创造出另一种现代之美呢！”

我憧憬着那种现代之美，早日出现在霞浦美丽的海滩上。

## 海带篇

霞浦县海洋与水产局水产技术推广站副站长蔡珠金工程师负责给我们介绍“霞浦海带”。

据霞浦县志载，清代霞浦县沿海水域在低潮线下 2—3 米深岩石上分布有野生海带。但是霞浦现在养殖的海带与县志记载的野生海带没有任何“血缘”关系。尽管海带养殖加工已成为霞浦的传统产业，尽管霞浦已是闻名遐迩的“海带之乡”，尽管霞浦的海带产量居全国第二、全省第一，可是在霞浦，海带却是“移居”到此才 50 多年的“外来户”。

海带养殖是在 20 世纪 50 年代末被列入重点推广项目。1957 年霞浦开展小面积海带试验性养殖获得成功，1958 下半年海带南移养殖在福建省沿海全面铺开。当时的苗种来自辽宁大连，船运耗时三天三夜才能到达三都澳码头，运输成本高，损耗大，利用率低。为了让海带养殖在福建省“落地生根”，并健康、持续、稳定地发展，1958 年底，省水产局在霞浦三沙筹建闽东海带育苗室（即后来的三沙海带育苗室），这是我国南方最早的国有海带育苗室。那时候，黄祖源等福建省第一批参与海带南移养殖专家，长期驻扎霞浦进行海带南移养殖的科技攻关。1961 年，采用日光灯作为光源进行海带采苗和培育获得成功，但只能小批量生产，远远不能满足生产需求。1963 年，利用自然光作为光源进行室内池育苗获得成功，三沙海带育苗室开始批量向海带养殖区供应秋苗。20 世纪 70 年代中后期，三沙海带育苗室种海带度夏成功，至此才结束了北方种海带苗南调的历史。1984 年，利用自然光低温培育海带度夏苗获得成功，而且夏苗生产用的种海带经过福建海区多年培育，能适应福建海区温度、肥力等特点，具有优质高产的种性，使海带产量比原来使用的秋苗提高 30%—40%。

2004年至2008年三沙海带育苗室与中国海洋大学合作完成了海带新品种“荣福”的引种、本地驯化繁育和对比测试、规模化育苗生产和养殖示范推广等工作。在“荣福”的基础上，福建省霞浦三沙鑫晟海带良种有限公司、福建省三沙渔业有限公司、荣成海兴水产有限公司又与中国海洋大学合作，培育出的“三海”海带，并于2013年获得国家水产新品种证书。“三海”海带具有耐高温、高产和广适性等优点，平均每亩增产达30%以上。

蔡珠金说：“随着海带养殖面积的不断扩大，苗种的供应经常处在紧张状态。我们将要参观的‘一嘉苗业有限公司’是2014年通过招商引资引进的。至此霞浦县海带育苗基地达到4家，可以满足10万亩海带养殖用苗的需求，不仅解决了全县的苗种供应，还可销往外县甚至外省。”

一嘉苗业有限公司坐落在霞浦长春镇秋竹岗村一片美丽的海边。董事长有事去了省城，接待我们的是生产部经理。他带我们参观了5000平方米的标准化育苗室、3000立方米蓄水池和沉淀池、制冷供电和海水取水等系统，实验室的各种仪器……并一一介绍了它们的用途。

离开一嘉海带苗业有限公司不到10分钟，在回县城的路上，我们的手机便收到了这样一条微信：经现场实测，“海嘉1号”海带长度和宽度均明显大于对照组海带，中部与边缘部的叶片厚度比较均匀，可提高海带加工食品的出成率，提高产品的经济效益。近日，来自山东省海洋生物研究院的专家组，在福建一嘉海带苗业良种“海嘉1号”选育与推广专家现场验收会上，宣布了“海嘉1号”海带新品系验收结果。“海嘉1号”海带新品系由霞浦本地企业——福建一嘉海带苗业有限公司自主研发。验收实测结果，“海嘉1号”海带亩产鲜品36吨，较对照组海带每亩增产7吨鲜品，增产27.6%。“海嘉1号”海带较耐高温、不易烂，成熟期晚，在海带分苗时剔苗容易，15厘米以下的小苗不容易脱落，柄部较长夹苗方便，种养省时省力，海带苗的利用率高。文字后面是福建日报、中国水产网等一大串或权威或专业的媒体网站的链接。

车沿着海边行驶，不时掠过一个个海带养殖场，插入海滩的“毛竹阵”如整齐列队的士兵。蔡珠金说，可惜今天是阴天，如果是晴天，就会看到晾晒海带时“万国旗飘扬”的景象了。这些毛竹上装有晾晒绳和滑轮，涨潮的时候，养殖户会驾着船乘势把收获的海带挂上绳去，再把绳升高，晒干后，又驾着船把海带摘下来。不过，也可以带我去看看溢源海洋食品有限公司的鲜海带加工厂，那也是很壮观的。

加工厂就设在海边，机声隆隆，热气腾腾。满载着鲜海带的船停在码头，大吊车长长的机械臂伸到船上，把大捆大捆的海带吊起来，然后放到加工厂的地上。早已等候在那里的工人，奋力把长满海带的沉甸甸的绳子拉直，把上面的海带撸下，放到传送带上。传送带则把海带输送到清洗、加热、盐渍等各道工序……

“经过这样的粗加工后，就可以根据海带的品质，切丝的切丝，打结的打结，加工成各种成品，销往各地了。”蔡珠金说，“你知道吗？海带是真正的环保产业，海带养殖既能净化海水，又对水质的要求很高。如果水质被污染，它们就会拒绝长大。所以，只要是外观漂亮的海带，就一定是健康食品，根本不用担心。我们霞浦海带主产区自然环境得天独厚，水温、盐度适中，官井洋、东吾洋内海湖泊型的独特生态环境，受风面小，海潮畅通，连接多条溪河，有大量的有机质和无机盐类，而且海带产区多与鱼类养殖区相邻，海水营养质高，所以霞浦海带无论从形态、口感、营养、厚度等方面，都优于国内其他海域生产的海带。”

前几天，打开电脑，一条消息吸引了我的目光：第一届“霞浦海带节”在霞浦县沙江镇举行。经过霞浦县商标协会工作人员现场评定，来自下浒镇外浒村养殖户陈文钗推送的一条净重 3.11 斤、长 2.5 米、宽 0.46 米的海带获得霞浦首届“海带王”称号。这又让我想起在“海带紫菜之乡”霞浦采访时的的收获和欣喜。

# 春光不负耕耘人

◎ 杨秀芳

起了个早，我们准备去田间地头，看看曾被抛荒、撂荒，如今重又恢复往日生机的土地。

下了 1 个多月的雨刚刚止歇，素白的裙纱缓缓从群山间升腾而起，优雅生姿，飘卷飞舞，收纳于云天之外。摇下窗户，清凉的风顺溜进来。周宁不愧有“天然氧吧”之称，虽已盛夏，但空气洁净，气温依然保持人体最为舒适的状态。昨天听几位农业专家说，周宁这地方盛夏的平均气温才 24 度，天气凉爽，农产品的生长期相应来得长，产出的食物吃起来更加美味。

路旁一垄垄马铃薯、甘薯果然长势葱翠而精神，玉米已经密匝匝捧出果来。那些埋藏于地底和包裹在叶子里的作物，仿佛将秘不示人的甜蜜留给最后的告白。

与我同去乡间的县农业农村局陈华副局长见多识广又风趣幽默，一路上从他如数家珍侃侃而谈间，我大致了解到周宁县落实中央一号文件所做的各项耕地保护工作。此地得天独厚的宜人气候与优良的生态环境，孕育出不少高品质的农产品。然而即便如此，近 20 年来，土地抛荒、撂荒非常严重，杂草呈燎原之势。农民为何舍得抛下世代赖以生存的土地呢？陈华无奈地笑着说：“种粮食要和天斗、地斗、人斗，你说容易吗？上靠天，要风调雨顺。下靠地，土地得肥沃而无灾害，即便以上条件达到获得大丰收。如果没人购买，粮价上不去也影响收入。所以种粮远不如打工经商来钱快。”

说起被抛荒的土地，我也深有感触，每年回农村老家，童年记忆中的那些靠山的田地，因村民外出打工经商，或改行从事食用菌种植等，不断被野草吞食侵占。少时跟随父亲去割稻谷的那块梯田，仿佛被隐藏了踪影。如今只有离房屋较近的地块，被留守老人勉强耕种。常言说：“民以食为天，粮稳天下安。”看到被荒置的田园，内心不免有酸楚与失落感。

习近平总书记曾反复强调，中国人的饭碗任何时候都要牢牢端在自己手上。我们的饭碗应该主要装中国粮。是的，粮食安全的确是我们国家社会安定与发展的有力保障。可喜的是周宁县与全国各地同步，今年开春就快马加鞭落实“藏粮于地，藏粮于技”的粮食安全决策部署。他们制定方案，集中开展目标明确、职责分明的耕地抛荒、撂荒整治工作。一时间，全县上下有人负责宣传发动，鼓励农户把丢失的土地重新捡起耕种；有人邀请乡贤能人回村，成立农业公司，进行规模化种植。干部与技术人员分工明确，有的负责实地察看，摸清国土图斑位置，对闲置土地进行登记造册；有的负责与农业专家一起对土地性质进行评估，按“宜粮则粮，宜经则经，宜菜则菜”的因地制宜原则实施粮食作物分地耕种……各乡镇还根据土地抛荒年限及户主情况采取贴补、流转、代耕等措施。

可以想象，春天的田间地头，将呈现“春天撒种种千顷，汗水殷殷万刃情”的忙碌春耕景象。水稻、玉米、大豆、马铃薯、甘薯等农作物多么幸福自豪呀。它们被分种于再次垦荒出来的土地上，它们的主人除了农户，还有各机关单位的工作人员。现在它们各安其所努力完成“致富田”“丰收田”的使命。

我们的车在官司村一处青山环绕的水田间停了下来。

水田蓄满绿盈盈的水，层叠盘绕至山腰竹林深处。你看，凉风起时，青青小禾将一半身子埋在泥土和水中，另一半身子迎着阳光和清爽的空气，无比惬意地舒展摇曳。我们遇见了郑用寿一家，他正带领妻子和儿子准备给田里的庄稼施肥。陈华介绍说，为了改变世代当农民的生活方式，郑用寿年轻时就走出大山，到上海等地经商，如今回归家园，专门从事农业生产经营活动。

外面的世界很精彩，离开面朝黄土背朝天的艰辛务农生活，是我国改革开放后许多梦想走出大山的农民愿望。我不禁问郑用寿："既然走出大山，而且事业有成，按理可以在城市好好享受生活。是什么动力让你又返回农村，反哺家园呢？"他顺手指着梯田旁延伸至山之深处的古道说："我六七岁开始，常常跟随父亲到浦源供销社购买生活用品。这片梯田，夏时是一片绿色的海洋，到了秋天，就成了金色的海洋。每个季节的漂亮景色，都深深地印在我的脑海里。"

他说自己小时候没见过世面，如此田园景象就如天堂一般奇丽。另外，他还记得小时候村里的叔伯们勤劳能干，哪怕再偏僻的一小块山旮旯都要努力开垦出来，就算只种上一棵南瓜，或几棵豆。童年的美好记忆结于心念，仿佛长出了根，牢牢地维系着他的牵挂。可是后来回村，他发现能耕种的梯田面积越来越少，甚至消失殆尽。他藏于心间的那幅美妙图景仿佛被无情删改，惆怅之情油然而生。多少个夜深人静的夜晚，他回想着自己离开家乡后的种种历程，以及家乡的各种变化，总有根无所系的漂泊感，便滋生回村做农业的念头。2018年，在上海从事钢材生意的他又遇到了一次商海风浪，更坚定要回村创业的信念。

回村后，他召集几个志同道合的童年伙伴，在官司村龙岗头开发建设了农庄。几年来，他带领30多人，开发种植的高山云雾茶、土豆、蔬菜，以及三七、黄精、七叶一枝花等药材，都获得了大丰收。

2022年初，适逢国家落实粮食安全的决策部署，他所在的浦源镇将撂荒地复垦复耕作为重点工作，也为他完成拯救农田的心愿提供了机会。他先行先试带头响应政府号召，成立周宁县恒升农民专业合作社，向官司村承租、流转 320 亩抛荒、撂荒农田。2022 年春天，他带领村民快马加鞭开垦种植 150 亩水稻和马铃薯等农作物。现在，我们就站在不久前刚垦荒出来的梯田上，禾苗整齐地排着队，向着收获的秋天幸福地生长着。他说，那时候看到所有的杂草被清除干净，水田重又露出真面目时，真是百感交集地落下泪来。

无独有偶，周宁县际头村的陈芳也是一个对家乡土地怀有深情的人。陈芳成年后一直在外打拼，只有春节才能匆匆回老家一趟。有一回，在村边散步，他看到老家的农田和菜地杂草丛生、一片荒芜。他不敢相信，自己魂牵梦萦的家乡，早已没有农作物生机勃勃的景象。他的心难以平静，自言自语道："我不能让我的家乡这样消沉、落后，我要做点什么了！"就在这一年，他辞去工作，放弃城市生活，带着对发展家乡、服务家乡的热情，走上返乡创业之路。2015 年，他和乡亲们创立周宁县益丰种植专业合作社，他们一起开垦荒地，种植土豆、玉米、茶叶等农作物。

为了带领村民共同发展，合作社与福建省团队科技特派员签订协议，邀请高山作物现代综合生产技术服务团队为合作社开展科技服务，引导村民科学种植，推广实用的农业技术，提升种植效率，攻克了田地病害问题，使乡亲们实现了增产增收，走上致富之路。如今，加入合作社的村民越来越多。他们打造的樱花茶园，已成为周宁特色樱花打卡地；生产的"仙人亭"红茶，于 2018 年以来，连续 3 年获得了周宁县"周宁高山云雾茶"杯斗茶赛"金奖"，2022 年获得了福建省"海丝国际杯"斗茶赛优胜奖。

随着农村抛荒、撂荒整治工作的开展，益丰合作社积极谋划，扩大了荒地开垦面积，种植更多优质农作物。他们还派人前往福州引进了"玛莎莉蜜薯"，并指导合作社农民深入学习蜜薯种植技术。收成时，蜜薯产量高、品质优良、蜜甜软糯，畅销多地。在合作社的带动下，际头村蜜薯产业迅速崛起，并辐射带动了附近多个村庄种植蜜薯。“我们创立合作社的初心就是带领村民发家致富，促进家乡经济发展。这些年，我也始终坚守着这份初心。未来，我将一如既往为家乡乡村振兴贡献自己的力量，带动更多人就业创业，带领全村人实现共同富裕!”陈芳怀着无比自豪和憧憬的感情对我说。

周宁县像郑用寿和陈芳那样热爱家乡土地的乡贤一定不在少数，他们把服务于家乡的发展当成人生最完美的归宿。

我在清风中欣赏禾苗愉快的舞姿。稚嫩的青禾，已担当起孕育口粮的神圣使命。在复垦出的新田上，禾苗，从一个普通的名词被我理解为与憧憬、与希望有关的形容词。关爱它的人们，除了投以期盼的目光，还在努力走在拓荒的路上。

土地永远立在那儿。

它并不会因为被冷落而寸草不生，因为使命有价，只有人类可以开发并有选择地耕种。“刀耕火种”并没有消失于历史深处，不过是科技的力量提高了耕种的工作效率。

这一场垦荒运动，复苏了许多人最本真的土地情怀。厚土养人，土地是生命命脉，使用好祖先留下的土地。每个春天都不可辜负，每块田地都是唯一。把种子种下去，种瓜得瓜，种豆得豆，并忠实于期待。我想，接下来会有更多的人把目光和行动投向亟待开荒的土地上。然而投入与产出依然会困惑着热爱土地、守护粮食的人们，将来，它不仅是被收养而存在，应该会有一种更有力的政策方向把握着田园长治久安的命运。

春光不负耕耘人，期待风调雨顺，期待稻菽丰盈。

# 宜居宜业

# 厚重水文化 今朝谱新曲

## ——周宁县大治水巡礼

◎ 唐　颐

周宁地处鹫峰山脉东麓，县域平均海拔 800 米，县城海拔 886 米，素称“华东地区第一高城”。境内峰峦叠嶂、山青林茂，有大小山峰 661 座，千米以上高峰 282 座，森林覆盖率达 72%，享有“天然氧吧”“云端仙境”美誉。

周宁山美，水更美。境内溪流错综，湖泊密布，峡谷险峻，瀑布壮美。涓涓细流是水，烟波浩渺是水，汹涌磅礴是水，厚重文化是水。近些年，全县建立各级河湖长制度，持续推动河湖治理，周宁之水，愈显厚重绵长，充满清新活力。

### 厚重水文化

周宁两个国家级风景旅游区——鲤鱼溪与九龙漈，都是水的产物。

浦源村鲤鱼溪有 800 多年历史。鹅卵石垒砌的溪岸爬满苍苔，溪岸两旁的青石板街面被岁月打磨得凹凸锃亮，沿街明清时期的木板连家店斑驳沧桑、古香古色。穿街入巷的小溪清澈见底，溪里的鲤鱼，见人影而聚，闻人声而戏，人谐鱼性，鱼钟人情。

鲤鱼溪下游的小山丘上有一座鱼冢，料是全国独一无二。鱼冢两旁各守立一株千年柳杉，树根相缠，枝桠相连，缠绵悱恻，人称“夫妻树”。若有鲤鱼死亡，村人便将之置入木盘，捧至鱼冢前，由德高望重的长者主持葬礼，其仪式如葬亲人，庄严肃穆。这里的“护鱼文化”习俗被列入福建省首批非物质文化遗产名录。

九龙漈由形态各异的九级瀑布组成，一瀑连一瀑，首尾流程1000多米，落差300多米。第一级瀑布高46米、宽76米，最为壮观。原福建省省长胡平曾赞之为“八闽之最，华东无双”。

若是沿着两岸悬崖峭壁上的栈道行走，相伴着峡谷间的狂野之水，从一级走到九级，总有一种酣畅淋漓的感觉。

东洋溪流域的水发源于周宁境内高山，流经鲤鱼溪，贯穿县城，流到九龙漈。这是一条承载着厚重文化的溪流，没有理由不让它清澈灵动。

河流污染，根源在岸。周宁以东洋溪流域作为重点整治的突破口，沿溪溯源，水岸同治，实现所有乡镇生活污水处理全覆盖。同时，建立县、乡、村三级河长制，分别设立河长、河段长和专管员，形成网格化管理体系。

如今走进周宁县城，处处可见鲤鱼模型的路灯。鲤鱼文化在周宁根植于民间，深入民心。相传当年浦源村郑氏祖先在家门口小溪养鲤鱼，最初目的是为了净化水质和“以鱼试毒”（即检验饮用的溪水是否有毒），由此发展到待之如亲人，奉之似恩人。近些年，在整治河流、提升水质工作中，鲤鱼文化得到再一次发扬光大。古老的鲤鱼溪得到全面整治，景区面积几乎翻了两番，建成了闽东地区最大的荷花田与水幕灯光秀，一跃成为“云端周宁”休闲消夏的新锐品牌。

许多村庄改水改厕之后，便在河流放养鲤鱼，全县复制了一条又一条“鲤鱼溪”。此外，群众还传承了“养荷花净水”“种白蒿去污”等治水土办法，与鲤鱼溪文化相得益彰。

## 丰富水资源

周宁县水利局局长李圣旺介绍全县水能资源利用时犯难了。按常规应该这么介绍：全县可开发利用水能资源 57.13 万千瓦，遥遥领先于闽东其他县市。现有 40 座水电站，总装机容量为 55.375 万千瓦。装机容量最大的是周宁水电站，达 25 万千瓦，为宁德市第一、全省第三。但 2022 年周宁抽水蓄能电站全面建成发电，其装机容量高达 120 万千瓦，一下子取代周宁水电站成为宁德市装机容量最大的水电站，而且它的水能资源可以反复循环利用。

科技的力量远远突破了常规的水能利用数据，所以让水利局局长为统计口径犯难。

壬寅年芒种季节，我们慕名来到周宁抽水蓄能电站，在云雾缭绕中俯瞰“高峡出平湖”。这个俗称“上水库”、库容量达 1073 万立方米的人造湖泊，呈椭圆形，映照着如黛青山，徘徊着天光云影，让人不禁想起一个时髦词汇：天空之镜。

如若站在更高处，可以看到两个形状相仿的“天空之镜”。因为在落差 400 多米的下游，还有一个俗称“下水库”的人造湖泊。她们就像一对美丽的孪生姐妹，孪生的“天空之镜”。

最好搭乘直升飞机，在周宁天空盘旋一番，那你就可以发现，脚下的县域，堪称半县湖泊半县山。全县共有 25 座水库，其中大Ⅱ型水库 1 座，中型水库 2 座，小Ⅰ型水库 8 座，小Ⅱ型水库 14 座。它们与 18 条溪流纵横交错，星罗棋布。

芹山湖最为壮观。它是开发芹山水电站而形成的人工湖，位于海拔千米的芹山顶，有着“华东第一高山天湖”之誉。芹山湖总面积 20 平方公里，湖面面积 7.2 平方公里，一派湖光山色。广阔的湖面连接着中国传统村落禾溪村、千年古刹灵峰寺、省级森林公园仙凤山等景区。近些年，修建了环湖栈道与公路，芹山湖已成了极具魅力的旅游休闲度假区。

大约 18 年前，福建师范大学的傅朗与黄国盛两位博士生导师，带领专业团队，对周宁后垅大峡谷进行了为期多天的人文与自然旅游资源科考，得出结论：周宁确实有原始森林与古村落资源，闽东也有“西双版纳”。

后垅大峡谷位于礼门乡境内，全长 30 多公里。峡谷两岸群山苍茫，峰奇岭峻，气势恢宏，千米以上高山 20 多座，为深切峡谷，谷底的后垅溪，上连国家著名风景区鸳鸯溪，下接蕉城区洪口风景区。而今，后垅大峡谷的一段已被开发成为新兴旅游景点——陈峭风景区。

由于后垅大峡谷水丰瀑多，落差达 800 米，21 世纪初建成了后垅水库，库容量 2632 万立方米，属中型水库。那天，我们欣喜地听到周宁抽水蓄能电站负责人介绍，已经对后垅大峡谷地貌进行了勘察，那里特别适合筹建抽水蓄能电站，也许不久的将来，周宁境内又要增添两个湖泊、两面“天空之镜”。

确实，区域不大、人口不多的周宁县，却是河流多，湖泊多，降水量多，年降水量达 1363—2779 毫米，真是个得天独厚的水资源大县与强县。

## 清澈源头水

为了让群众积极参与，形成全民治水的局面，李墩镇率先探索推行“民间河长制”。2017 年 3 月，际头村聘请老党员、老村干、63 岁的陈贻贡负责管理该村 3000 多米的河道。老陈在河边开一家小商品店铺，家住河边，便于管理，就任河长之后，每天几次巡河，乐此不疲。他曾告诉我：“我当上河长后，每天的主要任务是巡河，清除河中垃圾，还有劝解村民们不要往河里扔垃圾。劝解工作开头很难，特别是遇到多数年纪大的老人家。村里有个老奶奶，劝阻了多次，她还是照扔不误。他的孙子看见我天天帮奶奶捡河里的垃圾，觉得不好意思，终于有一天也下河与我一起捡垃圾，老奶奶看见后，从此再也不乱扔垃圾了。”

而今5年过去，老陈仍然坚守着河长之职，与他老人家一起坚守的还有河上的一座廊桥、一条流水石坝，与河畔的一株古树。

值得欣喜的是，际头河已成为一处风景，一处吸引附近村民乃至城里人纷纷前来，寻找儿时玩水感觉的地方。

紫云村海拔1200米，据说是福建省最高的行政村。高山之巅，竟有一个小天池，水面约2亩，找不到泉眼，却终年池水荡漾，大旱之年也未曾干枯。一条弯弯曲曲的小溪，流水淙淙，绕村而过，溪边生长着一片古树名木。村里10多座老厝，土墙青瓦，古朴厚重。村庄四周是层层叠叠的茶园，生产出的是传统的“高山云雾官司茶”。这里分明是一处陶渊明笔下的世外桃源。

前些年，宁德市有几位退休干部慧眼识珠，结伴而来，将人去楼空、破败不堪的小学校租赁下，稍加改造，屋前搭起高高葡萄架，屋后开垦三分菜园地，周遭筑笆围篱，遍植花草，使之俨然成为一处避暑新乐园。

村民们受到启发，重新审视自己的家园，原来它是这么美丽。他们从治水改厕入手，开展乡村振兴工作。如今走进村庄，老厝以及巷道整洁得如同洗涮过似的。最漂亮的还是清澈见底的紫云溪和溪旁的栈道。那栈道长达4000多米，绕行村庄，攀岭而上，与小天池对接，成了一道新的风景。村庄中心又挖了口大水塘，引入溪水，种上荷花，与山之巅的天池遥相呼应、争相媲美。

纯池镇镇区位于芹山湖畔，每逢枯水季节，便远离了湖光山色，让人遗憾。前些年筑起了一条拦水坝，形成了内湖，让居民与一湖清水终年相伴、称心如意。不妨登临望湖阁，凭栏远眺，可吟唱:“秋水共长天一色，落霞与孤鹜齐飞。”

## 活力云水间

好山好水养好鱼。钟山桥水库是周宁第二大水库，库容量 4700 万立方米，水质达到二级，水温常年保持在 15—25℃之间，是冷水鱼的天然育场。几年前，钟山桥水库成为中华鲟的理想家园。2019 年，周宁县培育出全国首个中华鲟保种中心，养殖鲟鱼 2.5 万尾，其中 8 年以上成品鱼约 1.2 万尾，鱼子酱年产量可达 50 吨，总产值 6 亿元。

那天，我们参观“龙鳇鲟业”养殖公司基地，见识到中华鲟乃庞然大物也。它的体重可达两三百斤，身披盾甲，游曳水中，悠哉游哉，憨态可掬。公司负责人介绍，养殖的鲟鱼寿命可达 100 多岁。一条鲟鱼从养殖到取卵加工成鱼子酱，一般要 10 多年。

全县水产养殖面积 2.23 万亩，除了养殖鲟鱼，珍稀品种还有鳟鱼、香鱼、鳗鱼等。

近些年，周宁县立足“云端周宁，生态水城”优势，提出实施特色现代农业行动，“人无我有创品牌，人有我优创品质”，培育出了高山蔬菜、高山云雾茶、高山晚熟水果、高山冷凉花卉、高山冷水养殖等系列产业，促进了全县经济又好又快发展，让活力充满云水间。

周宁，一座名副其实的生态水城。

# 柘树·柳树·银杏树

◎ 汪　兰

## 柘荣寻柘

在福建省所有县城中，唯一能以树命名、与树共荣的，便是柘荣了。

“柘”字，似乎有点生僻，外地人常把它误写成“拓”字。这也难怪，就连鼎鼎有名的北京“潭柘寺”，不也有人把它写成“潭拓寺”吗！而“先有潭柘寺，后有北京城”，以柘树著称的潭柘寺还是北京城的老祖宗呢！

按理，柘树是北方的树种，在南方极为罕见。但不知为什么，在古代的闽东，在东狮山下一大片山间小平洋上，它也能落地生根，繁衍后代。于是，先有柘树，后有柘洋，再后，又有了柘荣这个县名。

来柘荣之前，我想：能以柘树为名的县城，肯定有它与众不同的魅力；柘树在柘荣，就像榕树在榕城，必然是遍及城乡、随处可见；而柘树本身，也必然像榕树那样，有壮硕的身躯、巨大的树冠、繁茂的枝叶、长长的胡须，以及许许多多动人的故事……

可惜，来柘荣快两天了，我却始终与柘树缘悭一面。听当地文友说，在柘荣，已很少能见到柘树了。为此，十几年前，县领导特地命林业局从东狮山上挖来一株，种在县府大院里，供人观赏。

于是，我特地到县府大院里转了一大圈，但见樟树、松树、枫树和塔杉等乔木高耸云天、气势非凡，却始终见不到柘树的凛凛风姿。站在大楼门前的台阶上，我颇感惆怅。有位中年人路过，热心地为我指点：左侧坡道下的那一丛，就是柘树。

乍一看，我不免大失所望。原来，它只是一丛灌木，几十根带刺的枝条，细细柔柔地往四面八方撑开，一片片绿中透黄、巴掌大的叶片，在寒风中哆哆嗦嗦，既不见艳艳的花，也不见累累的果……

也许，是我多少有点沮丧的神情引起那位路人的关注。他安慰我道：别看这柘树其貌不扬，它可全身都是宝呢！因为它与桑树同科，所以柘叶如同桑叶，可以饲蚕；柘葚如同桑葚，可供人食用，也可酿酒；而它的枝条，因木质柔韧、富有弹性，还是古人制作弯弓的最佳材料……

一席话，让我对眼前的柘树刮目相看。见我听得入神，这位见多识广的路人更是来了兴致，如数家珍，侃侃而谈：别看眼前这棵柘树，还只是一丛不起眼的灌木，当它长大为乔木时，就将成为制作高档家具的珍贵材料。因为它木质坚韧、纹理细腻、手感温润，所以自古以来，就与檀木齐名，并称为“南檀北柘”。如今，国家规定，凡长满50岁的柘树，就可晋升为国家一级保护的落叶乔木……

看来，人不可貌相，树亦如此。眼前这柘树，虽然其貌不扬、长得很慢，但却柔中寓刚、外拙而内秀，以人喻之，当属于默默无闻、不事张扬，却又吃苦耐劳、坚韧沉稳、大器晚成的英才，殊为难得。因此，它不但让我刮目相看，更让我肃然起敬。

而身边这位对柘树知根知底的中年人，一问，真是太巧了，原来他就是我要找的县林业局的林业专家金泽恭工程师。眼前这株柘树，就是十几年前他从东狮山上挖下来移栽的。可惜，因没有挂牌加以说明，刚才我有眼不识泰山，差点错过拜识它的大好机会。

在柘荣采风的第三天，金工程师带领我参拜城内外的古树名木，既有 600 多岁的罗汉松，也有 500 多岁的银杏，但柘树却十分稀少。我们只在龙溪即将入城的岸上，看到野生的十几丛，它们静悄悄地躲在竹林底下，默默地守护在菜地旁边，很容易被人所忽略。金工程师说，前些年，省中医学院为了配药，特意委托他在柘荣寻找柘树，结果，他也只在东狮山上找到一些灌木丛，能长成乔木的，至今尚未发现。后来，他也只在仙屿公园引种了些许……

我不禁问道："如此贵重、如此大有前程的柘树，为什么不能像太子参那样，在柘荣大面积种植呢？"

金工程师长叹一声道："只因为它的生长期实在太漫长了，如今人人争时间，求速度，讲经济效益，有谁能舍得投资，等到半个世纪以后让孙子一辈发财呢？"

说得也是。但我转念一想，按目前全世界森林砍伐的进度，半个世纪以后，越南的黄花梨、缅甸的红酸枝、非洲的紫檀木等树中的贵族，很可能都将消失，到那时，如果中国柘荣能有一大片柘木，岂不比黄金还贵重！

更何况，柘树对于柘荣来说，还有比经济更重要的意义。正如著名作家、民俗学家冯骥才所言："地名中潜在一种凝聚力、亲和力，还有复杂的情感。地名是一个地方文化的载体，一种特定文化的象征，一种牵动乡土情怀的称谓。"作为柘荣历史的见证，作为柘荣文化的载体，作为柘荣人乡土情怀的寄托，作为塑造柘荣人地域文化心理和性格的遗传基因，柘树的优秀品质、品性和品格，是多么值得子子孙孙牢牢记住并加以发扬光大！

因此，我期望未来的柘荣，能有大片大片的柘树，它们不断由普通的灌木长成国宝级的乔木，就像"闽东药城"发展壮大成"海西药城""百亿海西药城"那样！

## 柳城问柳

在中国，入诗最多的树木，可能就是柳树了。从《诗经》的“昔我往矣，杨柳依依”开始，整部中国诗史，可谓“春风杨柳万千条”，每一章、每一节都离不开依依垂柳。

因此，在背诵唐诗宋词的童年时代，我就懵懵懂懂地知道：柳树，它代表春天和希望，象征生命和绿色，寄托爱情与温柔，当然，也蕴含与亲人离别的无限忧伤……

有趣的是，有许多著名的诗人，不仅喜欢咏柳，还喜欢亲自种柳。比如：东晋诗人陶渊明，辞官归隐之后，就在宅旁培植了5株大柳树，自号“五柳先生”。唐代诗人柳宗元，被贬为柳州刺史时，以种柳苦中作乐，“柳州柳刺史，种柳柳江边”，传为千古佳话。宋代大文豪苏东坡主政杭州时，更是亲自带领民众在西湖筑堤，蓄水灌田，并在堤上广栽杨柳。千百年过去，今日苏堤之上，依然垂杨拂水、碧绿含烟。“柳浪闻莺”，依然是西湖十景中最受人欢迎的美景之一。

其实，喜欢种柳的，不光是文人，就连巍巍武将、凛凛壮士，也不例外。比如：清代名将左宗棠，在任陕甘总督、受命驻守西北边境时，就命令部下在河西走廊沿途广栽柳树。当年，绵延数千里，绿柳成荫，春风荡漾，被人誉为“左公柳”。他的幕僚杨昌俊有诗为证：“大将筹边尚未还，湖湘弟子满天山。新栽杨柳三千里，引得春风度玉关。”

无独有偶，我这次到柘荣采风，又听说还有一位将军，也很喜欢栽种柳树。他，就是柘荣本地人、明代的“开国功臣”袁天禄。是他，为家乡百姓保境安民，先后在龙溪两岸筑就上城和下城。其中，上城称“龙城”，下城号“柳城”。顾名思义，柳城，就因城内溪边遍植杨柳而得名。一位在戎马倥偬中首倡植柳、造福子孙后代的将军，其丰功伟业，当与柳城共存、永垂史册！

我不知道今日柳城，是否还留有当年袁公手植的古柳？但这次来柘荣采风，第一天，车子进入县城，我就发现最繁华的十字街头，有一株大柳树，在车水马龙的包围中，垂下依依柳枝，好像一位沧桑阅尽的尊者，正向我们招手致意。后来，我们在仙屿公园参观时，又见一棵垂柳，依傍在大牌坊一侧，虽是寒冬，却依旧绿意盎然。显然，这两株闹市中的大柳树，都堪称柳城的形象大使。

当然，柳城之柳，最集中、最壮观的，还在于穿城而过的龙溪两岸。其沿溪的一侧，全是高大的柳树，沿溪、沿路垂下飘逸灵秀的枝条，虽在寒冬的霏霏细雨中，依然保持葱茏的绿意，只有少许经霜泛黄的叶片，随风飘落溪面，引来无数鲤鱼争相戏弄。细看沿溪的岸上，都砌有花岗岩石栏杆，且每隔 10 米左右，就往溪面伸出个半月形看台，方便游人在柳荫下亲水、观鱼。那七彩锦鳞的鱼儿，在水面上翻波戏浪，追逐柳叶，自由自在，其乐无穷！这时，又有几只白鹭翩翩飞来，更使整个画面充满了动感和美感。

听说，柘荣全城大规模种植柳树，是在 1963 年。而在溪中放养万千条鲤鱼，还是开放改革后的一大盛事。柘荣，作为“省级园林县城”“国家级生态示范区”，满城皆绿，处处春风杨柳，真叫人羡慕！

柳城有幸，能有爱柳、种柳、护柳的先民和当代市民；

柳树有幸，能在柳城落地生根，且代代相传、生生不息。

## 仙山拜银杏

万物皆有灵，古树尤甚。

到深山古寨拜访古树，就像到家乡探望亲人长辈中的老寿星，在敬意中又包含着一种亲情的暖意。

这一天，冒着蒙蒙细雨，我们在金工程师的带领下，到城郊乡的仙山村拜访全县年岁最高的古银杏树。

银杏树，又名白果树、公孙树，孑遗植物，第四纪冰川以后成为我国特有的树种，在学术界一直被誉为“活化石”。它生长虽慢，但寿命极长，从栽种到初结果，要20多年，从初结果到大量结果，还要20多年，因“公种而孙得食”，故又名“公孙树”，其寿命可达千岁以上。山东莒县浮来山的定林寺内，有一棵巨大的古银杏，据史料记载，它已经有3500多岁了，至今仍枝叶繁茂、硕果累累，被誉为“天下银杏第一树”。

我们今天要去参拜的这棵银杏，是“柘荣银杏第一树”，听金工程师说，它的树龄也有500多岁了。500多年来，它就长在仙山村的仙源里自然村，虽地处偏僻，但并不寂寞，因为古往今来，总有不少人前去参拜。他这一说，我的游兴倍增。眼望窗外，群峰在雨雾中若隐若现，弯弯的山道旁，不时有高大的柳杉、红豆杉从婆娑的竹林中探出身来欢迎我们，更是对此行的目的地充满期待。何况，一个仙山村，再来一个仙源里，一大一小两个村名，都含有“仙”字，这棵古银杏树，岂不就是居住在仙境里的老神仙吗！

峰回路转，车子终于旋进了云雾山中的仙源里村。远远望去，一眼就看见村口的三岔路上，矗立着3棵巨大的银杏。其叶片虽在寒风冷雨中落尽，但往四面八方长出的大大小小、粗粗细细的枝丫，却密密麻麻地遮住了半个天空。赶紧下车，趋前细瞧，这才知道原只有1棵树，在离地约1米多处，分成三大杈向上延伸，因此远看时误以为是3棵。据金工程师介绍，在这三大杈中，向西的那一杈最为粗壮，其胸径0.6米，高9米，比三层楼还高！我痛惜自己来得太迟了，要是秋天来，满树金黄，流光溢彩，岂不就是一幢用黄金建筑的宫殿！细看树下，还有一些扇面形的落叶，尚未褪尽黄色，显得十分古雅。有趣的是，村民们还用水泥为它砌起一圈护墩，上设神龛，内供一位白眉毛、白胡子的老人。他身穿宽袖长袍的古装，左手捧着一块金元宝，正慈祥地对着我们微笑呢！

其实，受老银杏树庇荫的，何止是仙源里村的一村村民！就在银杏树的右侧，有一条十几米长的青石板路，通向一口古井，井名也和村名一样富有诗意，叫“仙源井”。传说柘荣民间信仰马仙，巡游至此时，被这里的仙境迷住了。适逢口渴，村民们为她热情地送上茶水。为报答村民们的好客，她轻舒玉臂，用纤纤素手在山岩间一点，便点出一口山泉，泉水甘甜清冽，终年不涸，被村民们称为“仙井”。此后，仙井也和银杏一样，名声越来越大，连山下县城里的居民也常上山取用。

众所周知，银杏是中国一级保护的珍稀乔木，它全身是宝，不但具有观赏、食用、药用等经济价值，还具有难以取代的生态价值。而作为中国特有的树种，万绿丛中首屈一指的老寿星，它还是古老中国的象征。诗人郭沫若在散文名篇《银杏》一文中就称它是“东方的圣者”，是“中国人文的有生命的纪念塔”，是“随中国文化以生俱来的亘古的证人”，“在太空中高唱着人间胜利的凯歌”。

不知不觉中，雨已经停了，雨后的仙源里，更是山清如洗，银杏树与四周的竹林，与远山的苍松、翠柏，高耸入云的柳杉、红豆杉一起，涌动起滚滚的林涛，高唱绿色的生命进行曲。我们，就在这雄浑壮丽的“人间胜利的凯歌”中，带着老寿星的祝福，满载而归。

# 一张老照片

◎ 李步舒

尽管后来者的叹喟总是肤浅，生活却告诉人们，每张老照片的背后都有故事。

前不久，我喜得一张东湖塘的老照片复印件。第一眼，我就被深深地吸引住：百年前的老照片啊，多难得。我便以塔山为地标，极力地搜寻辨认龟山、蛇山，直至金蛇头，苍苍茫茫，影像里的远处已模糊得只是黑山白水的轮廓。执手默想，一位外国人的身影愈发清晰起来：他从三都澳海域进入了宁德陆域，舍船上岸，直奔南漈山。南漈山林茂竹修，也以异样的目光审视这位不速之客。他的出现，让我想到了澳大利亚当代作家考琳·麦卡洛，想到了他那部著名的长篇小说《荆棘鸟》，想到了男主人公拉尔夫，想到了他与梅吉姑娘深爱而不可得的痛苦与纠结。我要感谢这位外国人，他为我们的东湖塘留下了永恒的瞬间，更留下了百年沧桑的故事。

黄鹤已去，空余悠悠。不论后人如何去想象，但那照片与往事都成为了谜。那天的情景，只有这海天相连处的南漈峰知道，作为后人只能凭心谛听，只能从无谓的侧耳中凝神历史传来的脚步声。三都岛上哥特式教堂的钟摆未曾停摆，澳外依然惊涛拍岸。唯独东湖塘，早已颜容不复，芦荡、沙鸥、渔歌皆成绝唱。历史的时空竟如此素白，老照片记录过去，也印证未来。

今日的东湖塘已如一面碎了的镜片，斑斑驳驳撒落于新城间。无论如何掩饰，原本的灵秀天然，皆已化为夜来稀微的灯光，星星点点如同白露秋霜，似向栖居的人们诉说着曾经的橹棹与怡然。能够大声明证的也仅仅是濯足于塘泥深处的山岩，以及几经凋弊而后重生的秀木佳林。痴情不改的泉流，不畏岩崖山峦，依旧我行我素于边潭浅湾，为这一胯之地留下念想，留下无边的愁绪。城中湖、湖中城的诗画咏叹，也便在这如抱的山水间，编织出东侨人的拓荒神彩。朝花夕拾，潮涨潮落，淡定兼融。

江畔何人初见月，江月何年初照人？人世间又有多少的老照片可供检索呢？比如乡愁，尽管后人努力地拼凑、复原，但总是蝶舞蜂鸣，片片絮絮，躲躲闪闪。红柿树下，寒鸦渡口，古道涧边，凉亭水碓，一切都化作烟遁。在每一幅老照片的面前，苍白的我们，只能用幽幽的目光，去钩沉属于自己的那缕轻烟。

现代科技让地球变得如此渺小，也让人心贴得更近。前不久我终于“微”上了多年未谋面的老同学。热聊中，他忽然贴出一帧早年的合照，让我感动了许久，记忆随即回到了青涩年华。玉苍山下、玉龙溪畔、荒滩垒石、芳草果园，如今已是街巷鳞次、楼台栉比、人气熙熙、园柳鸣禽。对于已知入秋的人心，老照片的魅力或在于呼唤友情、亲情，老吾老以及人之老。用浊眼检索过去，放大美好，回放精彩。

一个周末，我陪远道而来的老姐徜徉于东湖之畔。老姐轻声征询：请路人帮咱俩合个影吧。与老姐合影那是多少年前的事啦，那时的我也才五六岁，弱弱地站着，大姐蹲姿扶住我的肩，地点是去往老街的一处岭头，路边有根电线杆，拍摄者是桥墩唯一的包家照相馆主人。因为与其后人相识，我得知他还在人世，已是百岁老人了。人生相聚皆为缘，我与他的后人竟然皆由浙入闽，共同生活在宁川佳境、东湖之滨。天地亦大，世界真小，谁也料不到40多年后，我与老姐的再次合影，是在清清如许的东湖栈道。有些慨叹真得无法用文字去表达啊！最有底气的，该是那位久违了的百岁照相老人，但在他积蓄了一辈子的老照片宝屉里，又有几多记忆的底片未曾冲洗成像。

# 两条溪流一个魂

◎ 郑家志

常常有人问我：周宁的核心文化是什么呢？这问题确实不好回答。为此，我也曾问过一些文化界的同仁：您对周宁的第一印象是什么？他们不假思索地告诉我：云端周宁青山绿水、云雾缭绕，如仙境一般。周宁鲤鱼溪人鱼同乐，闻名遐迩……这是他们对周宁的认知。

周宁生态环境优美，“周宁有鲤”，鲤鱼溪是“人与自然和谐相处的典范”。这不就是和合文化吗？

所谓和合文化，在中国传统文化中主要表现为两种关系：一是“天人合一”的人与自然的和谐关系；二是仁和持中的人与人、人与社会的关系。老子认为“人法地，地法天，天法道，道法自然”。季羡林先生对其解释为：“天，就是大自然；人，就是人类；天人合一就是互相理解，结成友谊。”崇尚和合有礼的周宁，无论从自然生态的视角，还是从历史人文的视角，都值得我们去体味一番。

20世纪 90 年代以来，周宁立足于自然生态禀赋，不断追求生态旅游经济发展。2005 年县委县政府正式提出“生态立县”的战略目标，深受大家的认可。生态和谐已经成为人们对周宁的美好印记，是周宁地域文化的灵魂。

周宁是一颗高山上的明珠。县城海拔 888 米，是华东六省一市县城所在地海拔之最，素有“天然空调城”之美誉。周宁境内雨量丰富，川原相间，水系发达。从卫星地图上看，周宁的两大流域，霍童溪流域和穆阳溪流域，就像茁壮成长的树，又像流淌在周宁大地母体上的蓝色的血管，安静和美。

先说霍童溪流域。霍童溪流域内生态保护好。曾经因为《宁德市霍童溪流域保护条例》立法工作，我在不同时间、从不同角度亲近过她、欣赏过她，最后我用了“致敬霍童溪”5个字来概括自已心中的万分感慨。

值得体味的是后垄溪。它是霍童溪一大支流，是宁德的重要组成部分，具有丰富的自然景观资源。溪两岸山峰峻峭，险象横生，景色迷人，如百丈瀑布、将军岩、金笔峰等。这里密布着广袤的次生林，中部尚保留部分原始森林，有古老珍稀的古银杏王、红豆杉林等。这里是全球唯一的鸳鸯猕猴自然保护区，数百只猕猴长年栖息于此。这里终年漫山滴翠，春天山花烂漫、万紫千红，是一个生机勃勃的动植物乐园。陈峭村就在保护区边上，其周边山型地貌鬼斧神工，山涧流水潺潺，山中云雾缭绕、变幻莫测，恰似人间仙境。福州大学地理学院原教授黄国盛一直钟情于后垄大峡谷，历经多次考察，得出结论：后垄大峡谷是福建第一大峡谷、“闽东的西双版纳”。

如果说后垄溪两岸是生态保护的典范，那么，桃源溪流域就是体验文化的秘境了。早在新石器时代，就有先民在桃源溪流域生息繁衍，留下了许多遗址遗迹。史前发生了什么，史前人类之后又何去何从呢？有待进一步研究发现。

桃源溪畔的畲村云门号称“桃源秘境”，20世纪90年代，我在咸村工作，曾带学生们去探过秘。当年进村通道只有一条羊肠小道，村边高山上的鹰嘴岩，老村遗址里的朝圣石柱，村口的议事磐石……诸多未解开的谜，无不蒙着一层神秘的面纱。如今，顺着桃源溪边宽敞的公路，开车不过一溜烟工夫便可进入“秘境云门”。偌大的村口广场上矗立一座巍峨的牌楼，据说是前几年由周宁文化馆馆长周许端设计，村民用畲乡建筑工艺而建，上书“云门畲村”，很有文化意味。

牌楼左边有块巨石，长约 15 米、高 3 米，石面镌刻着宁德市档案馆郑伟先生的书法作品《云门赋》。

迈过牌楼，云门村一览无余。我不禁脱口而出《桃花源记》里的精彩片段——“夹岸数百步，中无杂树，芳草鲜美，落英缤纷……林尽水源，便得一山……复行数十步，豁然开朗。土地平旷，屋舍俨然，有良田、美池、桑竹之属。”一派祥和安宁、悠然自得的景象就在眼前。想必陶渊明先生当年也曾到过此境，妙笔生花记下这一“不复为外人道也”的千古名篇。

带着探秘的好奇，我们走进云门村，热情的畲民前拥后簇，大家边走边聊。他们告诉我，云门村是周宁唯一的畲族行政村，建村历史久远，系以位于老村旧址左山边、建于唐咸通二年（861）的“云门寺”而得名，也是革命老区基点村。参观畲族文化展示馆后，我们深深感到，在这“桃源秘境”畲族古村，畲族的文化传承相当完整，保持着原生态，但云门寺却萧条静默。如今，村民已有开发方案，计划将年代久远的云门古寺遗址进行修缮，规划布置成佛教文化馆。

畲族文化自古以来就是十分讲究和合共荣。我们所走过的畲村畲寨皆是如此：东冈自然村的在建工程“鸾凤和鸣”文化中心即以“和”为核心理念，灵凤山半岭村造福工程搬迁点则以天圆地方构想做总体规划布局设计……无不体现“天人合一”理想追求。这些年，云门村在过去村民共同参与讨论村中事务的习俗基础上，创设的“凤亭议事”样板，是新时代的制度创新。这种习俗和制度，不单单在畲村，在周宁狮城、后洋、黄埔、纯池等许多村庄的祠堂、众厅或村尾廊桥中都能找到。

再说穆阳溪流域。穆阳溪发源于鹫峰山脉北端东南侧镇前乡半源（《周宁县志》称“黄华坑”），干流流经周宁县境内称榅洋溪，左支汇聚了泗桥溪、前溪、禾溪、纯池溪、龙亭溪等，右支汇聚了鲤鱼溪、东洋溪、六浦溪、七步溪、九龙漈等支流，磅礴奔向“世界地质公园”冰臼博物馆——官山·白云山大峡谷，在白马港入海。

一条河流像戏曲一般演绎得如此艺术。且看，穆阳溪上游的鲤鱼溪、禾溪等以清新委婉、温文尔雅、“和合有鲤”文化著称；中游的九龙漈瀑布群、官山·白云山冰臼奇观等，尽现千姿百态、跌宕起伏、变幻莫测的自然风貌；下游的富春溪、穆阳溪、白马港三都澳等，彰显舒缓大度、百川到海、包容天下的磅礴气势。

水是生命之源，人类自古就有“择河而居”的传统，根本目的是为了寻求共生共荣的生存环境。一路走来，周宁大多村庄都是沿河沿溪流两岸兴建，形成了诸如“桃源八境”“东洋三十六村”“六浦洋”等背山面水的村居布局。

地处鲤鱼溪畔“三山环抱、一水弯行”的浦源村就是典型的阴阳和合太极八卦村。郑氏先祖精心打造与众不同的村落，将溪流分三段设置：上游顺山势围塘储水饮用；下游辟九曲筑坝拦水润田；中游辟为村基，以溪流为轴，周围山势为朝坐，按“八卦”布局定向兴建民居。穿村而过的鲤鱼溪酷似太极中央之“S”线，而村中震、兑方位的池塘自然成为太极眼。鲤鱼溪东岸“半月沉江”，房舍取坐震向兑；西岸“石牛西卧”，房舍取坐兑向震；南方太极眼靠游家岭、官山一带房子则坐离向坎；北面开阔地之阳宅、庙宇多坐坎向离，依次建有船形郑氏宗祠、观音廊桥、鱼冢、林公庙、观音阁、文昌阁，取“坐空朝满”之局。

既以阴阳之形建“和”，更须以仁和处事筑魂。郑氏先祖特别注重传承中华鲤鱼文化，认为鲤鱼是自然之化身，既可以去污澄清，又可以庇佑村民。800年来，浦源村人人爱鱼，个个护鱼，把鲤鱼养成了“闻人声而来，见人影而聚”的驯良温顺之习性，形成了鲤鱼溪“人与自然和谐相处的典范”。当村民在溪边洗涤食物时，大小鲤鱼便蜂拥而至，竞相拖拔，毫无惧意。往往一根菜叶、一节猪肠便会成为人鱼嬉戏的媒介，人拽鱼拖，你争我夺，人若稍一放松，鱼便乘机叼着食物扬长而去，赢得了村民们一阵爽朗的笑声。温顺的鲤鱼给全村老幼妇孺带来了无穷的欢乐，而乖巧的鱼儿也因此得享无尽的饵食。

在鲤鱼溪畔，无论是龙钟老者，还是天真稚童，都会毫不吝啬地抛撒手中的食物，换取人鱼同乐的真情实趣！慕名而来的游客往往投以光饼、馒头、饼干之类食品，换得一番乐趣。

鲤鱼溪下游是东洋溪。“银屏山峰飘祥云，东洋溪畔瑞狮城”。周宁山城北有狮子戏球，南有仙人骑鹤，东有瑞狮护城，西有五马进城。周宁县城像高山盆地，口小腹大。进城口的月牙湾酒店正对着东面的狮子山。狮山脚下有一瀑布，当地流传一句话：“上游听响声，下游看形状”，说的是在瀑布上方听其声，如锣鼓喧天，当地人形象地称它“鼓音漈”；在下方，只能见其形，在阳光照耀下，腾空的水雾就像一片熊熊燃烧的火焰，因此居住在山下的傅厝里村民美称它为“火焰漈”。同一瀑布虽然名堂不同，但在当地百姓的眼里心里都是吉祥的象征。

越过鼓音漈就算进了城。一座典雅华贵的廊桥横亘眼前，右边就是端庄秀丽的县塔。这座双孔廊桥，一孔跨公路，一孔跨溪流，石木交辉，相当和谐。廊桥把塔山公园、缘福公园连成一体。廊桥以东与进城路口之间形成了一个缓冲空间，就好比传统老宅的入户玄关，开放而内敛。廊桥的花岗岩护栏上雕刻着形态各异、福态可掬的狮子和蝙蝠，以及历代名人和书法名家的1万多个“福”字，故取名“万福桥”。站在桥上我竟遐想：桥内为城，有“人鱼同乐”的和合鲤溪。城外是山，有气势磅礴的九龙戏水。锦鲤祥龙，顺风顺水跨越城门。鱼变神龙，前程似锦！这恰好表现了“鱼跃龙门”的吉祥审美。我姑且把这座廊桥也称为“鱼跃龙门桥”吧！

“礼之用，和为贵。”“保合太和，乃利贞。”也许和合就是这里的文化之魂——周宁有“鲤”，龙凤呈祥！

# 东湖往事

◎ 林立志

荒芜的一潭水，难驯的一潭水，那是老县志的记载，那是老照片的记忆。

古老的墨迹线条和发黄的纸，圈着那一潭水。仿佛那是个风和日丽的日子，周边的芦苇在摇曳，野鸭在游荡。又仿佛墨迹褪隐，阴云布满湖面，鱼潜鸭飞，风急浪涌，动魄惊心。

物随人动，人随物动。宋淳祐九年（1249），县令李泽民“率僚佐及学官生徒，鸠工筑堤二百余丈，周九百五十余丈”。这就是宁德历史上有点名气的“李公堤”。李公堤在百年后毁于一次强大的台风，在东湖那漫长的岁月里，第一次见证了“人定胜天”的无奈。

无奈之后，便是沉寂。

沉寂之后，又是不甘寂寞、不甘无为。明嘉靖年间，颇有作为的卸任御史陈褒倡筑东湖，但这只是惊鸿一瞥，动议很快随着陈褒的离世而付诸东流。

不甘寂寞的还有明邑人陈瑄。他蹚着泥泞，亲临实地考察，精心测算，做了详尽的计划。然而，这份用银7000两的计划终因财力所困而束之高阁。

不甘寂寞的还有清乾隆年间的县令徐兆麟。他采用了陈瑄的计划并组织实施万亩围垦工程，在屡超预算、费银达7万余两时终于围堰成功。但仅过2年，围堤在八月的大潮中崩塌，10多家的围垦者亦倾尽了锱财，长吁短叹淹没于东湖起起落落的潮汐中。草长莺飞，一片湖水荡漾着无奈的征服欲望和与海搏斗的热情。

此后的人们，再不敢有大的奢求、大的作为，胆大的围个百十把亩过上了家道殷实的生活。

然而，征服东湖成为宁德人的夙愿。1958年，围垦东湖的号角再次吹响，历时7年，至1965年5月，东湖围堰成功，围垦面积达2万多亩。现在围垦全部使用机械，技术上不存在多大的问题。但东湖的这个围垦，是靠人力和意志，虽然人胜了天，但代价还是十分沉重的，先后有70余人在这里献出了生命。

围垦后的东湖建成了华侨农场，4000多名从印尼、越南等国回来的归侨安置于此。他们在海水刚刚退去的滩涂上，开田牧湖，栽树种稻，恋爱结婚，生儿育女，波浪不兴的东湖成了这些游子温馨的家园。

真正大有作为是20世纪末。东侨大开发，大变化，一个靓丽的新区、一个宜居的新区、一个与水和谐的新区拔地而起。在这从大海索要来的土地上，建成了人间天堂。四通八达的交通网络把东湖密密相连，鳞次栉比的高楼大厦把东湖紧紧环抱。人们在水中央的舞台上尽情地载歌载舞，人们在小桥流水间怡然地舒放情怀。

湖光潋滟的南岸北岸，雄心壮志的展览馆，飞架东湖的吊拉拱桥……这一切，都昭示着东湖越来越好的前景。

# 浦源的软猬甲

◎ 陈巧珠

是人护佑着鱼，还是鱼在护佑着人?

在周宁浦源，我听到了许多关于人和鱼的传说，也看到了人鱼同乐的场景。我带着这个命题，冒着蒙蒙细雨，走在溪边的碎石小路上，溪里一群鲤鱼随着我的步伐缓缓而行。水中是个热闹的世界，鱼儿摆动着雍容的身姿，金黄色的软猬甲在水波中极尽华美，大鱼小鱼若即若离地呼应，一场盛大的舞会就此拉开了序幕。它们划出长长的波纹，在变幻中不断排列组合，摇摆比画，我想说的、我所想的，它们都用各种动作、体态来演示。它们出生在这里，似乎有着很大的局限性，一条不足3公里的溪流，每天往返迂回。然而这似乎又是一件极其幸运的事。在这里，它们受到人们的护佑与礼遇，没有捕捞，没有杀害，甚至自然死亡后还有鱼冢收纳。村庄里的人换了一批又一批，茶园里的茶叶采摘了一茬儿又一茬儿，这些鱼儿却一直在这里游弋了800多年。

800多年前，正值南宋嘉定二年（1209），河南开封郑氏始祖朝奉大夫为避战乱，不得不作别家乡的茅草屋、村口的古井，还有野地里的谷物与草木，举家一路向着东南出发，犹如一条大鱼领着一群小鱼，把弯弯山路当作浅流，一路青山绿野视作碧波，一坡一谷，一岗一浪，游到了福建周宁。在周宁浦源，他们看到了草木丰茂的山谷与溪流，就此停下脚步，安养生息。

初来乍到时的余惊未定，对周围情况的不熟悉，使他们不得不对周围的一切谨小慎微、有所提防，尤其是对生活饮水。为了安全考虑，郑氏老祖宗便在村中的溪水里放养鲤鱼去污澄清。从此，一条源于大自然的溪，流淌着郑氏与鲤氏的水，相依共存。郑氏八世祖晋十公为了杜绝鲤鱼被偷捕，心生一计，故意让自家孙子到溪里捉鱼。被人发现后，晋十公命人将其五花大绑至宗祠，按族规当众严惩，并执行原来的村规民约，请全村人到祠堂里面吃饭，还请来戏班子演了三天三夜的戏。这番“苦肉计”后，更加完善了爱鱼、护鱼的族规，葬鱼习俗与葬鱼祭文更是沟通了“三界”。此后关于鲤鱼的习俗一代传一代，甚至饥荒之年，也从未有人捕食溪里的鲤鱼。人离不开鱼，鱼也离不开这里的人，彼此托付。当精神托付成为信仰后，以内在的慈悲和情怀根植于大地，流传于血脉。

“神鱼”的传说越流传越真实，溪里的鱼成了上天派来的使者。溪边拙朴的村庄，土木结构的老屋，一座挨着一座紧密排列，厅堂上、门窗上、布帘上，随处可见鲤鱼的身影。“年年有余，五谷丰登”“鲤鱼送子”“鲤鱼祈福”……鲤鱼似乎有着某种神秘的力量，可以让人间风调雨顺。

一阵风吹过，带走了天空中的濛濛细雨，一朵乌云的周边有着界限分明的亮光，花边一样镶嵌。我收起了雨伞，朝着路边的一户人家望去，两位白发老人正坐在客厅，泡着一壶茶。看到我探着头，其中一位老奶奶笑吟吟地朝我招手：“进来坐、进来坐，喝杯茶再走。”我笑着回应，摆了摆手，没有停下脚步。屋里传出饭菜的香味，飘散在空气里，和雨后的青草味混在一起，有一种回到小时候，闻到外婆用土灶烧出的饭菜味道。老屋屋檐的角落垂着一个蜘蛛网，丝线上沾染细小的水珠发出银白色的光，我的日光穿越过结构丝毫不差的八卦网，老屋精美的飞檐翘角正朝着远处的山峦指去，村庄以密集的老屋为中心展示着图腾。环顾四周，似乎一切都为我传递出大自然设计的重要理念，也许世间的每一种生命，乃至每一件事物，设计的理念都是为了完成某种使命。

流水是时间的表现形式。我顺着时间逆流而上追根溯源，溪流推着村庄不停地往上走，鲤鱼溪的源头来自紫云山麓，五弯六曲穿村缓流而过。站在后山，我望了望远处与近处的土地，土地被分类成不同的维度。一种是泥土里生长出来的衣物与谷物，赐予人们生存的根本。另一种是人为堆砌起来的高地，成了坟塚冢，铭记着人们最终的归宿。

逝去的人就是活着的牌位。我看到郑氏宗祠屋顶上的瓦，一个名词从我的脑海中浮现：鱼鳞。这瓦一片压着一片，细密地叠加排列，多像鱼鳞啊！这一层鱼鳞仿佛一层软猬甲为宗祠遮风挡雨。宗祠里的牌位看着子孙繁茂，人丁兴旺。郑氏子孙则谨记祖训，守着人鱼共存之道。沿着长长的族谱上溯那年制定下鱼葬的习俗，还有让人心生敬畏的鱼冢，鱼冢面朝鲤鱼溪和郑氏宗祠。鲤鱼自然老死后，村中德高望重的老人将鱼葬于鱼冢，燃起三炷香，烧冥币，诵祭文，以之纪念。

### 鱼祭文

时维某年某月，鲤鱼溪人谨以三炷馨香，一清酒致祭于亡鱼之前而告白：

溯吾先祖，数百春秋；为澄溪水，放养尔类。鱻斯繁衍，患难与共；涧底鳞潜，蜚声遐迩。人谙鱼性，鱼钟人情；人鱼同乐，颐享天年。洋洋乎，吹萍唼藻；悠悠哉，喷沫抛梭。聚水族之精英，钟山村之秀气。纵来吕尚，不敢垂钩；倘莅冯灌，空劳弹铗。伫看云海，鱼跃龙门。奈何天不永年，遽尔云亡。人非草木，焉能忘情。衔悲忍痛，还招尔魂，愿有灵兮，来恪来尝。表吾之博爱兮，惟祈尔裔蕃昌。

尚飨

鲤鱼溪人仝　敬挽

所有的人心里都在默默祷念着。这祭文，是上古巫祝文化的零星碎片，是遗失在乡野的语言分支，是人们心魂的荫蔽和依靠。刹那间，一道光亮照射，鱼冢中的灵魂仿佛破土而出，上升为保护村庄的神，为村庄披上一层软猬甲，抵挡住妖魔鬼怪与电闪雷鸣。

# 九仙凤鸣

◎ 范秀智

10月初，秋分刚过，寒露未至，正是出行的好时候。地处亚热带的闽东大地，并不能明显见到夏与秋的起承转合。此时的九仙村，正安安静静地坐落于霍童溪畔。

刚好正午时分，热烈的阳光笼罩着整个村庄。高大的白石板门楼矗立在村口，上书“九仙畲族村”。两排白墙青瓦的别墅式小洋楼整齐地分列两旁。半空悬挂着一道道彩旗正中是一条宽阔的柏油马路，笔直地延伸至村后的座座青山。整个村庄由近及远地势渐高，在蓝天白云的映衬下，竟显出一种辽阔沉静的美！

这座被国家民委公布为“中国传统特色村寨”的畲族村，轻易打破了我对传统村落的固有遐想。一个隐秘在闽东一隅的乡村，保留着“绿树村边合，青山郭外斜”的恬淡秀美，流传着美丽的畲家女子羽化成仙的动人传说，却又充盈着浓郁的现代化气息，于青山绿水间，诗意地栖居着。这与我曾见过的村落相比，别具气质。

来这里挂职的驻村第一书记钟奶恩，对我们讲起九仙村的前世今生。我们惊讶地得知，眼前这个传统与现代相交融的村庄，并不是自然更迭与发展的结果。它的现在与过去之间，隔着一段惨烈悲痛的往事。

1987年之前的九仙村畲民，是居于半山腰的，茅草为顶、泥土为地，生活艰难、勉强度日，大多温饱难继。生活的苦楚尚可忍耐，但更大的灾难突如其来。1987 年 9 月 11 日的夜里，一道道闪电撕破乌沉沉的天空，紧接着雷鸣隆隆、风雨交加，连日的强降雨让这些山的子民隐隐感到不安。他们没想到，伴随着暴雨袭向村庄的，是一场百年罕见的泥石流，泥沙碎石滚滚而下，5 座房屋瞬间轰地倒塌。泥石流过后，劫后余生的人们在堆满泥浆、乱石、碎瓦的村子里，凄切地呼唤着失散的亲人们。但是，31 条鲜活的生命已经永远地消逝了。曾经生存的家园竟成了亲人的埋骨之地。山哈人的凤凰啊，其容惨栗，其声凄悲！

幸而，有温暖的手托住了这巨大的悲伤。政府快速启动灾后重建工作，一座座拔地而起的新居容纳了失去家园的人们和一颗颗恓惶的心。心安定下来了，日子就安稳了。畲家的优美歌声，唱响在九仙新村。

星辰轮转，日月更迭。当那段惨烈的往事逐渐成了深埋于心的记忆，从悲痛中缓过来的人们，总是深情地回忆起，1989 年春节和 1990 年 1 月，时任宁德地委书记的习近平同志先后两次进村慰问受灾群众的场景。于他们而言，那两次的会面，是在失去家园和亲人后的惶恐不安中，获得的温暖和希望。有一个人，时时牵挂着他们的现在和未来，有一种力量，悄悄抚慰着他们的伤痛与无奈。

直至今日，植树造林成了九仙人代代传承的信念，人不负青山，青山不负人。原村支书钟珠文指着乡村振兴馆上方题写的一行字“绿水青山就是金山银山”，沉痛地说：“我们现在每年都要大量种植树木，以往的教训不能忘记啊！”在那场灾难中，他家 15 口人被冲走 10 人，几近家破人亡。曾经的惨烈画面，如今已被一片青翠覆盖，但伤痕犹在，记忆犹在，幸存的人们也重新思考人与自然的相处之道。

2016 年，九仙人被更大的幸福紧紧拥抱。因国家重点工程衢宁铁路宁德段建设需征用九仙村民现居村庄，蕉城区政府决定在村庄附近新建现代小区来安置村民。一座座砖瓦房被一幢幢徽派风格的小别墅所取代，整个村子规划合理，村庄景象被现代风格重新塑造。九仙新村，成了“九仙花苑”。整个小区实施智慧安防项目，数据自动采集、异常及时预警、隐患高速排查，党建、消防、养老、车辆管理、垃圾分类等进行智能化管理服务……科技的力量蔓延到村子的每个角落，成为一个传统畲族村落的现代表达。实实在在的幸福感与安全感，稳稳地在这个村庄里流淌，但留住幸福，是需要底气的。或许是曾经的苦难让九仙人越发珍惜眼前的一切，为了让自己的家园发展得更好，九仙人用智慧和勇气走出了一条宽阔的发展之路。

当家人钟奶恩兴致勃勃地向我们介绍村庄这几年的发展成绩：乘着乡村振兴战略之东风，九仙人因地制宜种植经济林木，大力引进高经济效益茶叶品种，并与周边龙头企业对接，形成产业链发展模式；依托交通之便，利用科技之力，种植业、林木业、物流业、旅游业全面开花，人才开始回流，村民们在家门口就业，整个乡村产业的发展进入良性循环，全新的乡村空间格局逐渐形成。

当地的年轻姑娘小兰担任解说员，她温婉可爱，笑意盈盈。闲聊时，她的言辞间满是骄傲与自信。“我刚毕业就回来了，这里一点都不比外面差，而且我还能和家人住在一起。”不只是小兰，还有越来越多的年轻人，毕业后选择回到这个生养之地，一起建设美丽家乡。年轻的九仙人，对他们的未来从不迷茫。

钟书记兴奋地告诉我们，九仙村与国网宁德供电公司合作，将共同打造小区电力特色示范项目，推进储充一体化项目，建设能源服务站、5G 共享等设施。他站在九仙村的凤凰广场上，指着一侧已见雏形的项目工程给我们看。广场正中央，有一座舞台，颇见规模，平日村里的集会、演出等都安排在此处。舞台上方的“凤鸣朝阳”，正在阳光的照耀下熠熠闪光。这个融入现代文明风景的传统畲族村落，经历两次整村搬迁，经历自主发展，终于脱胎换骨、涅槃重生，成为镶嵌在青山绿水中的一颗璀璨明珠。山哈人的凤凰啊，于草木中高傲阔步，在山水间振翅凌空。

整个下午，我们都漫步在村庄里，抬眼是山头大片的茂林修竹，满目葱茏，清幽静谧；低头是遍地花草，清风微拂中肆意舒展身躯；开门是蜿蜒曲折的霍童溪，碧波荡漾，水雾氤氲，九仙人的每个清晨，都是被一叶桨声唤醒的梦。几百米处，隐约可见新建的支提山高铁站，它是九仙村对外打开的一扇窗口，让这里成为远方的诗意。在乡村振兴战略的大背景下，这个小小村落“看得见青山、望得见绿水、留得住乡愁”。它所彰显的，是中国城乡关系的重构；所描绘的，是乡村振兴的崭新图景。

傍晚，阳光的热烈收敛起来。村人陆陆续续地走出家门，看到我们在村里信步穿行，便报以淳朴和善的笑容。孩子们无忧无虑地奔跑着，父母在后面微笑地看着，老年人三三两两在家门口坐着闲谈。欢快的笑声与风声一同穿梭在大街小巷，整个村庄似乎一下子活了过来。世俗画卷，烟火人间，让人无端羡慕起来。

村里有一家本地特色的农家乐，我们在此就餐，体验一番畲乡美食。其中有一道乌米饭，上菜的姑娘特意提了一嘴，这是畲族“三月三”过节的传统食物，由老板娘亲手所做。它是先用乌稔树的树叶泡制，而后蒸熟。乌米饭色泽黑亮，点缀着芝麻与红枣，放在白瓷盘中实在是赏心悦目，吃一口，唇齿间软糯可口，细腻香甜。我们不吝词汇地夸赞着，老板娘言笑晏晏，热情地邀请我们下次再来。

大大小小的角落都走遍了，临别之际，大家却似乎有些意犹未尽。这个村子并不大，如果于九空之上俯视，在广袤的中国版图上，只是占据其中微小的一个点，但绽放在这里一朵朵的笑容，是那么真实。我忽有所悟，九仙人的幸福生活，不就是每一个中国人伸手可触的现在；九仙村的生机勃勃，不就是每一个乡村近在眼前的未来？“老吾老，以及人之老；幼吾幼，以及人之幼。”在这片土地上，目光所及之处，每一个子民，都有安居之所；每一个生命，都被敬重善待；每一次挥手，都有亲切回应；每一种幸福，都有依托之处。人民至上，生命至上！这不是一句口号，而是千金之诺、必履之行！在这么一个小小的村落，我分明窥见一个泱泱大国的风华气度，一个伟大民族的复兴之路。

车子渐行渐远，我忍不住再次回头。天色渐渐暗沉，但透过车窗，仍能看到在那座高大的门楼之上，两只明艳绚丽的凤凰正骄傲地抬着头，展翅欲飞。在如烈火燃烧的夕照下，我仿佛听到一声清越嘹亮的凤鸣之声，穿透九重云霄，响彻四野八方……

# 恋上一座城

◎ 黄钲平

## 一

半城青山半城湖。

城中有湖，湖景如画，鸥鹭成群，宛若世外桃源。

坐拥600多公顷的东湖国家湿地公园，“百鸭嬉水、千鹭归湖、万鸥翔集”，有“观鸟天堂”的美名。

深秋。卯时。东湖已透着寒意，但抵不过人们的热情。芦苇荡边，摄影人的“长枪短炮”严阵以待。在微微的晨光中，退潮的滩涂仿若金灿灿的舞台，翩翩起舞的白色精灵开始登台，她们，是霓裳羽衣曲的主角。

白鹭、苍鹭、红嘴鸥、沙鸥、鸬鹚……突然，有人小声惊呼：“中华秋沙鸭！”顺着指引的方向，远离滩涂的湖面，隐约可见一对野鸭。雄鸭的头冠散发着绿色光泽，雌鸭的淡黄色羽毛泛出一抹金色。我们通过网络得知，中华秋沙鸭已存在了1000多万年，被称为鸟类中的“活化石”，属国家一级重点保护动物，现全球仅存1000只左右，比大熊猫还稀少，已被列入国际濒危物种红皮书和国际鸟类保护委员会濒危鸟类名录。

古人云："人为灵，鸟为半灵。"鸟是环境最好的评判者。那些随季节南迁北徙的候鸟，总在不断地寻找属于自己的家园，当一座城市的善意和生态被它们认可后，来年它们就会呼朋引伴、拖儿带女回到"家乡"。这些精灵选择了东湖，就是对这个滨海新城生态最好的认可。

大批的鸟儿在这里，或休栖，或嬉戏，或捕食。我们置身于鸟的天堂，心旷神怡。清风徐来，大片芦苇摇曳生姿，相映成趣。刹那间，心底有个声音，回应了许久以来对幸福的诠释：每天从鸟鸣声中惺醒过来，看羽翼划过湛蓝的天空，聆听这上苍赐予的难得的耳福！

## 二

因了毗邻东湖的缘故，南、北岸公园便多了几分的灵动。她们如同两条翡翠带延展在东湖两岸，形成独具特色的城市休闲观光带。东湖的生态环境也因此获得"中国人居环境范例奖"。

秋日的午后，最吸引人们眼球的，莫过于南岸公园的菊花展。顺着公园大门往里走去，道路边、舞榭上、草丛中，粉、红、黄、白各色菊花争奇斗艳，参展的塔菊、悬崖菊、大丽菊等品种的菊花争奇斗艳、异彩纷呈。塔菊似塔，主干挺立，以高取胜，花朵繁密，层层叠起；悬崖菊则大多趴在两侧的高墙上，如列队的士兵迎接人们的检阅。"凤凰来仪""鸳鸯戏水""有福之鼎""孔雀开屏""银菊流芳"……一簇簇造型独特、惟妙惟肖的菊花部落，无不给人美的体验和心灵享受。整个公园因了菊花的装扮，妩媚多姿，蕴味深长。

与南岸一湖之隔便是北岸公园。观鸟平台、亲水栈道、绿野沙洲……莫要辜负这美好的秋光，你可以骑上单车在林荫道间串游，也可以租条船荡漾于碧波之上，或者选一处靠湖的露天茶座，泡一壶天山绿茶，看芦花摇曳，野鸟飞翔。远离城市的喧嚣，享受淡然恬静，或许，你就会明白，秋月赏菊是美丽，粗茶淡饭又何尝不是幸福？

## 三

在东侨说到山，那便是赫赫有名的塔山。

塔山是这座个山、湖、城相依相融的滨海新城的魂。山因其上建有九层如意塔而得名，自古就有宁川胜景的美誉。如意塔，旧称灵瑞塔，因坐落于烟波浩淼的东湖酒屿（塔山）之上，又名酒屿塔。在东湖塘没有围垦之前，酒屿周围湖光潋滟，岛屿罗列，孤塔高耸。每到夜晚，渔灯点点，清风习习，灵瑞塔“潮平月上，影如龙蛇。”

关于塔山，100 多年前已经蜚声海外。前些年，宁德一文史爱好者无意中翻阅《寻找 1906—1909：西人眼中的晚清建筑》一书时，发现了一张德国建筑师恩斯特·柏石曼拍摄，标名为“福建三都澳的城市和港湾”的照片。这张弥足珍贵的照片中，酒屿之巅的七级石塔高高耸立，依稀可辨。

民间盛传，塔始建于南宋宝庆三年（1227），由时任宁德主簿丁大全主修，后损毁，历经多次重建，终在民国二十七年（1938）7 月倒塌。但后人仍把这无塔之山称为“塔山”。旧时宁川的学人士子，进京赶考的举子，新任知县“七月七夕祭文昌星”，依习俗都要到塔山祭塔。1997 年重建如意塔，九层八角，高 58 米，内室外廊，仿宋结构，有 40 尊石雕佛像，四面临风，檐铃入耳。

登临塔顶，一种怀古追思的情怀涌上心头，一座城，可以从这里寻根问祖。

## 四

下得山来，穿过金马海堤，便来到一个叫作鳌江的渔村。寻一处渔家乐，叫店家随便上些菜。依窗而靠，凭海听风，落日熔金、渔舟唱晚、倦鸟归巢，与近处的海水、远处的群山，构成一幅绝美的山水画。这幅别有韵味的落日图，只有身在其中才能体会和欣赏到。

靠山吃山，靠海吃海。店家端上的，自然是一桌海鲜。原汁原味的土笋冻，鲜嫩清脆、晶莹剔透、凉喉爽口；淡水与海水处孕育的锯齿青蟹，肉厚味嫩，鲜美无比；和上淀粉，用鸡蛋勾芡的海蛎煎，泛着金黄的油光，香酥可口；爆炒章鱼，韧性十足，果是人间美味……当然，最让人意外的是那盆活蹦乱跳的醉虾。能吃到如此生猛的海鲜，也算是人生的一大幸事。

若是此时，能邀上三五好友，呷着黄家老酒，在此小酌欢聚，那就更好不过了。天色渐暗，从村口飘来悠扬的二胡声，百转千回，这种豁然贯通，直抵人心。

月上柳梢，客人渐次散场，渔村恢复了宁静。明天，周而复始。生活每天如此，呈现出最朴素本真的样子，平淡又丰盛，安宁而富足。

# 绿满玉田入画来

◎ 张敏熙

金秋时节，走向郊外，却发现春的画卷还在田野上肆意铺张，任意泼墨。家乡山水如同一块迷人的调色板，浓淡有致的绿色相互交错融合，洒向四面八方。只有远处那一大片果树间依稀透出的橙红橘黄表明，眼下已是硕果累累的秋季了。

好一个宜居、宜业、宜游的绿色家园啊！一股从容自在、如沐春风的愉悦沁透了我的身心。我也一下子就掉进这个绿色的海洋中了。

## 依旧青山绿树多

“昨夜扁舟雨一蓑，满江风浪夜如何？今朝试卷孤篷看，依旧青山绿树多。”“郁郁层峦夹岸青，青山绿水去无声。烟波一棹知何许，鶗鴂两山相对鸣。”这是大理学家朱熹当年在闽江之畔所作的《水口行舟二首》。可见，别称“玉田”的千年古邑古田县，自古青山秀色可餐，绿树风姿绰约，堪称风景如画之地。

古田县地处鹫峰山脉南端，是闽东沿海与闽北山区的过渡地带，境内多山地丘陵。亚热带充足的阳光、充沛的雨量给这一方天地营造了暖湿的气候，肥沃的土壤又为林木的繁育提供了得天独厚的自然条件。

古田俚语中有许多与森林植物相关的精彩表达。比如："宁欺门前竹竿，勿欺后山笋蛋"，意思是门前的竹竿已然定势，你可以看不起它的没型没款；后山的竹笋只露出圆圆的一个笋尖，它能长到多么高大挺拔是你无法预计的，可不能小瞧它。"梧桐木共段"，说的是两者之间没有多大区别，正如同一段梧桐木上锯下来的两块木头。"耳聋，听成后山柿红"，指的是耳朵不好使的人，对方说他是耳聋，他却以为人家告诉他后山的柿子红了。在古田民间"盘诗"歌谣中，更是屡屡把"后门山毛竹哔剥青""一棵杉树直又直""一枝松树咕噜垂"等常见景物引入，加以比兴或演绎。

古田林竹资源如此丰富，引来百鸟争鸣，百兽出没，百姓也在这里靠山吃山。这一切，形成人类与自然环境和谐共处的交响华章。唐开元二十九年（741），这里的人口规模已经较大，经济社会发展达到一定的成熟阶段。势之所趋，古田建县。世代古田人就在这块土地上春耕夏种、秋收冬藏，过着"森林人家"的生活。

时代的车轮推进到20世纪70年代末。改革开放的春风吹醒了玉田大地，吹动了林间万木，催生了古田父老致富创业的雄心壮志。"靠山吃山"的开发热情，在这一片古老的土地上史无前例地被点燃了。勤劳智慧的古田人伐木为粉，把山上野生于枯树段木间的"白木耳"进行引种培植，培育出世界上第一批人工栽培的"银耳"。他们对于蕈菌品种研发的天赋和对于菇草培育的灵感，如雨后春笋破土而出，此生彼长，拔节而上，欣欣向荣。银耳生产越是兴盛，林木砍伐越是起劲。正是这难以计数的林木，为古田食用菌支柱产业的横空出世，提供了最有力的支撑作用。当世界的目光关注到古田这个"中国食用菌之都"的惊人创造力时，世代古田人引为依靠的延绵群峰，已然成了"光头山"！

古田人被惊醒了，理智开始回归。

“水土开始流失了。我们可不能让子孙后代住在古田的‘黄土高坡’啊。”

笔者曾走进“古田银耳”发源地大桥镇、吉巷乡，与当年的几个银耳生产“大户”聊起那段辉煌而艰辛的岁月，他们都对“光头山”现象后怕不已，感慨良多。

悬崖勒马犹未晚，功夫不负有心人。经过全县干部群众几年的奋起直追、攻坚克难，植树造林取得了喜人的成果，玉田大地再次披上美丽的绿妆。1992 年，古田县较省政府的要求提前 1 年完成“消灭荒山”任务；1995 年与全省同步实现绿化达标；1996 年，被省委、省政府授予“宜林荒山造林先进单位”“造林绿化达标单位”称号。

进入 21 世纪，古田县被列入全省 37 个重点林区县，并成为全省 38 个国家生态公益林建设示范县之一。为深入贯彻落实省委、省政府不断推进“生态文明建设”和“建设美丽福建”的新目标，古田县有序推进“四绿”工程，各项工作取得明显成效。2011 年，古田县夺得了全省“造林绿化工作”第一名，古田县林业局被省委、省政府表彰为“‘十一五’期间全省林业计划财务工作先进集体”。2012 年，通过新一轮的全县上下“大造林”活动，古田县森林覆盖率高出全省平均值 2.3 个百分点；古田县政府被授予“全省造林绿化工作先进集体”称号；古田县林业局局长邱维坚、大桥镇镇长余新标获得省委、省政府授予的“全省造林绿化工作先进个人”称号。2013 年，古田县林业局荣获全国绿化委员会颁发的“全国绿化奖章”。2018 年，福建省绿化委员会、福建省林业局授予古田县“福建省森林县城”荣誉称号。

近年来，古田县在省内的森林指标排名逐年前移，为福建省森林覆盖率连年稳居全国榜首做出了贡献。

绿色玉田，美丽家园，真不愧为闽东北地区的“肺部”。它历经千载沧桑风雨，承载万物繁衍生息，而今，依旧青山绿树多。

## 新绿嫩气笋犹香

“新绿苞初解，嫩气笋犹香。含露渐舒叶，抽丝稍自长。”唐代诗人韦应物《对新篁》中描写的景象，在玉田大地很是常见。

提起古田的林业，不能不提竹和笋。相传，当年古田设立县治，就有竹笋和柿丸这两样林中珍品的功劳呢！

那是开元二十八年（740）深秋，刘疆率古田族长代表进京，申请建县。到了京城，他们首先拜访宰相李林甫，拿出千挑万选的珍贵贡品。刘疆指着笋干说:“此乃白玉片，系闽江之畔玉竹所生。清爽可口，清热除烦，养颜健身，赛过人参。”又指着柿丸说：“这是金凤蛋，为原始林间凤鸟所生。其味甜爽，润肺养气，消积化食，益寿延年。”李林甫一试，果然品质独特，赞不绝口，于是引荐刘疆一行觐见唐玄宗。唐明皇品味山珍，细读奏章，龙颜大悦，钦准立县。

竹子，作为陆地森林生态系统的重要组成部分，具有很高的经济价值。然而，竹和笋真正给这片土地带来经济效益的黄金时代，当数近年。

近年来，古田县本着促进农业增效、农民增收、农村发展的目的，以开发山地农业为契机，大力调整农业产业结构，竹业成为崭新的经济增长点。竹类运销加工企业蓬勃发展，林竹业对财政增收的贡献率稳步提高。在此情况下，黄田马蹄笋、杉洋竹编等竹业品牌脱颖而出。

黄田镇和水口镇位于闽江中游，均是库区新镇。这一带所产马蹄笋肉白质嫩，清甜爽口。古田坊间流传一个传说故事，说是当年乾隆皇帝曾抵达闽江之畔，品得时鲜绿笋，赞不绝口。因见此笋形似马蹄，即封赐“马蹄笋”之名，并下旨要求将古田马蹄笋、笋干列为贡品。从此，寻常百姓家的绿笋如“马蹄千里踏春风”，身价倍增，一度达到唐朝李商隐诗中形容的那种天价：“嫩箨含苞初出林，五陵论价重如金”。然而，在市场经济欠成熟的年代，在储藏和运输条件不足的情况下，竹笋也曾落得“物以多为贱，双钱易一束”的境地。

为了促进新搬迁的黄田、水口两镇发展库区经济，古田县委、政府因势利导，大力提升品质，包装品牌，以优惠的政策吸引有实力的企业参与开发竹笋产品。2007 年，“黄田马蹄笋”成功得到国家绿色食品认证，“黄田马蹄笋”地方标准由福建省质量技术监督局发布施行；2008 年，获批“中国地理标志证明商标”。2011 年 10 月，“黄田马蹄笋种植省级农业标准化示范区”通过验收。经过几年的市场开发，黄田笋产品已打入浙江、江苏、上海、新疆等地的几十个大中城市的市场，并远销港、澳、台，以及东南亚等地区。目前，黄田镇马蹄笋种植面积达 3.5 万多亩，总产量约 3.7 万吨，占全国马蹄笋产量的 92%以上。镇内建成有全国最大的马蹄笋批发交易市场。2012 年，黄田镇开始积极申报“中国马蹄笋之乡”。马蹄笋业，正以勃发之势成长为当地新兴的支柱产业。

## 林深人鸟相呼应

“平生酷恨李太白，不到闽山独欠诗。”八闽历史文化名人张以宁在游古田境内的五华山时，曾心生感慨。张以宁出生于古田，他对这一片青山爱得深沉，每每嗟吁感叹。他自号“翠屏山人”，只恨不能与家乡的青山融为一体。其实，玉田青山虽未得李谪仙歌咏，却也从不乏神来之笔的关照，更不乏有识之士的关注。

查阅史志，发现历代来古田任职的官吏或到访的雅士，无不对此地的花草树木倾情赞美。光是宋朝的县令，有的把这里比作人间仙境，如李堪：“寻源探云霞，中有金仙家……奇峰峭如削，芳树一何嘉”；有的把这里比作世外桃源，如许当：“桃溪一何清？想系武陵水。所爱春风时，灼灼花数里。”明朝才子王偁来到古田，不禁赋长诗叙述奇观异闻：“小鸟林壑众籁鸣，巾舄飞来片云冷。二三老翁住东陂，薜衣霜叶垂两眉。”

时空流转。记录山林秀美的除了诗词文赋，还有从不含糊的年轮，还有春风吹又生的根脉。古树名木，就是经由年轮见证的绿色活文物，是大自然赐予玉田大地的生态“名片”。大甲乡前桃村古罗汉松，胸径 134 厘米，树高 15 米，植于商周时期，树龄 3000 年，《福建树木奇观》把它列为“万木之冠”，《中国古树奇观》称之为“全国最古老的罗汉松之一”，古田人民则奉之为魂宝，拜之如神明，为之建庙焚香。城西下洋村“海拔最低的秃杉”，胸径 238 厘米，树龄千年，长于海拔 365 米处，为全国已知最大、生长海拔最低的一株秃杉，民国时期，外国传教士曾叫 12 名儿童拉手合抱。吉巷乡北墩村“红豆树王”胸围 471 厘米，是省内已知最大的红豆树。吉巷乡薛后村“光叶石楠王”，胸径 213 厘米，是省内已知最大光叶石楠古树。黄田镇“木荷王”，胸径 152 厘米，为省内已知木荷胸径最大者。泮洋乡上墩村“稀有古银杏”，老当益壮，年产银杏果 100 至 200 公斤。

据统计，古田县的名木古树有 3000 多株。除了以“老、大”闻名的“八闽瑰宝”，还有一些以“巧、特”惊人的“奇树异木”。凤都镇桃源村“城门古樟树”，植于明初洪武二年（1369）。因树基呈弧形拱门状，“门”宽 3 米、高 2 米，恰巧又生长在村口的路中央，便理所当然成为该村人畜车辆出入的必经之门。黄田镇村里村出现“树包树”与“树生树”奇观。一株身高 13 米的皂荚树，中空根壮，基部长出一株高 14 米的小叶榕，包于皂荚树间，两树合围胸径达 178 厘米。该村另一株树龄 420 年的小叶榕，在主干 4.5 米处长出一株双杈的朴树，两杈直径均为 35 厘米。泮洋乡新华村“扭曲双干松”，是一株树龄 120 年的马尾松，自离树基 1 米处分叉为两根粗细相仿的枝干，做藤本状呈“8”字形扭曲，相拥缠绵而上，于8米高处又合二为一，形成一条主干向上昂扬。此外，古田山林间，更有许多古树名木群，以个性和共性的张扬，向世人展示着植物族群的活力与魅力。

林中自有大世界，林中自有好文章。林业，在生态文明建设中的首要地位是毋庸置疑的。2000年，时任福建省省长的习近平同志指出：“生态资源是福建最宝贵的资源。”“生态优势是福建最具竞争力的优势。”2012年，古田县争取到林业专项资金2571.3万元，取得了历史性突破。随后，投资500多万元的油茶产业发展建设项目、总投入资金209万元的中央财政林业科技推广示范资金项目“古田县食用菌原料林高产培育技术推广示范”等一批重点项目先后得以立项，开工，建成。黄田镇后洋村非洲菊栽培基地、吉巷乡前洋坂村高标准现代化温室花卉生产基地等现代花卉产业在古田县悄然崛起。

近年来，古田县不断加大林业产业发展力度，扎实推进乡村振兴。积极探索林菌、林果、林药、林花、林下养殖等多种森林复合经营模式，科学有序发展林下经济。黄田国有林场、福建省洋塔园艺有限公司等企业成为园林绿化、花卉培植、林竹贸易的龙头。

古田的林木种质资源普查工作，走在全市前列，完成全县调查线路233条、278.83公里，完成标准地调查141个，优良单株调查31株，调查登记木本植物资源1023种，发现福建省新记录植物2种，采集制作标本数量815份，经省级复核，评定等级为优秀。

近年来古田县进一步发展森林康养等森林生态旅游，推动“产业+旅游”“行业+旅游”新业态融合发展。利用国有林场与翠屏湖水域优势，开辟出长达9公里的环翠屏湖栈道，2021年春节前夕开通运行，吸引了福州、宁德等周边游客前来体验，成为省内外知名的网红打卡景区。

在古田县倾力打造“省会后花园”，大力实施“数字古田、绿色古田、开放古田、健康古田、魅力古田”发展计划的今天，林木森森、芳草萋萋的这方热土，正是居者宜居、业者宜业、游者宜游的魅力所在。玉田大地，以其博大的情怀默默地滋润了芳菲珍木，涵养了飞禽走兽，造就了性格恬淡、安居乐业的百姓人家，也助推了当地社会经济的稳步前进。

种得梧桐树，自有金凤凰。“林深人鸟相呼应”的玉田，引凤筑巢，正当其时！

# 诗意山海

# 太姥山短章（外四首）

◎ 汤养宗

我爱的这座山其实就是一堆危石
一座山全是努力的石头
每块岩石都在引体向上
武僧们曾在这里叠罗汉
石头的脚与石头的手都是有用的
顶住，托起，或撑开，都是想法
也有的说这双手应该举得高一点，要感触
空茫中的允诺，以接通云天的梦呓
相互成全，轻声作答
天下最有硬度的汉子们，在苍穹下
站成了各自的位置，像在服从
一次集体的命
又毫无知觉地
放弃了作为肉身的念头，一场哗变之后
变成一种陡峭，成为白云的遗言
看到就感到我也在当中，与石头们

有着命中的共时性
在石头中间，我有许多在人间已失效的眷念
我现在暗暗努力的事，也在石头们的把握中

## 东吾洋

东吾洋是一片海。内陆海。我家乡的海
依靠东吾洋活着的人平等活着，围着这面海
居住，连同岸边的蚂蚁也是，榕树也是
众多入海的溪流也是
各家各户的门都爱朝着海面打开
好像是，每说一句话，大海就会应答
像枕边的人，同桌吃饭的人，知道底细的人
平等的还有海底的鱼，海暴来时
会叫几声苦，更多的时候
月光下相互说故事，说空空荡荡的洋面
既养最霸道的鱼，又养小虾苗
生死都由一个至高的神看管着。在海里
谁都不会迷路，迷路就是上岸
上苍只给东吾洋一种赞许：岸上都是好人
水里都是好鱼。其余的
大潮小潮，像我的心事
澎湃、喧响、享有好主张

## 正月廿六，在东吾洋又见中华白海豚现身

它们现身的那一刻，肯定有

高僧或高贤之士，在是与非的两扇门之间
路过，那恍惚感
正好可以用来说离散
或坚信没有被人挖掉眼睛的话题
接着又下沉了，仿佛这是
隔着两个年代，你们是以
古人的替身突然回来
我念念有词，银白色的鳍与背
终于再次拱出，仿佛谁
心有不甘地再转身与我见上一面
这回还发出那久违的豚音
孤绝，凛然，最高度
在世上，这声音已多年听不到
却一再在舞台上被人模仿
苍茫大海上，浪水突然花开一般阵阵清香

## 向两个伟大的时间致敬

——写给“中国观日地标”三沙花竹村

两个伟大的时间，一生中
必须经历：日出与落日
某个时刻，你欣然抬头，深情地又认定
自己就是个幸存的见证者
多么有福，与这轮日出
同处在这个时空中
接着才被一些小脚踩到，感到
万物在渐次进场，以及

什么叫被照亮与自带光芒
另一个场合，群山肃穆，大海苍凉
光芒出现转折
说时间也有告诫
落日轰然坠下，一部书
要合上，余霞成为不彻底的事物
等待第二天，另一个英雄
火红的故事、新的篇章
有人赶来圆场，说天地就是用来回旋的
这圣物，秘而不宣又自圆其说
保持着大脾气
万世出没其间，除此均为小道消息

## 葛洪山，一座有仙气的山

在我家乡，大多数人能善老善终，活的
心中有数，是坚信
家乡那座叫葛洪山的后门山，有仙
只要说出老家的山上有仙，便是说
去往山顶的云上，有人在铺路
这样活与那样活有了放心的答案
许多有路而过不去的梦中
我想起了我的神仙，一想起我的神仙
拦在月光下的人便会怕我
越老我读的书越多，只有那个仙人
要我减下来，说内心的底气
更可以让一个人以一当十

这便是传说中的仙人指路
同时也是我要的靠山
比靠山更重要的是，一代代人出生后就认定
爱家乡便是爱一部祖传的天书
经验告诉我，家乡的山便是自己的仙山
便有一个人最大的家底
古人把家乡叫家山，取的便是
当中的仙气。接下来才又像我这样
把它写成了一首诗

# 白水洋（外二首）

◎ 叶玉琳

我们从未觉察到如此靠近
也从不轻言远离
因为时光稍一疏忽
就会随浪峰崩塌
坠入褐色的巨岩

秋天如此广袤
四万平方米溪床从远处聆听——
你有别人看不见的美
且清，且浅，且荡漾
秋风吹，群山颤动
南山南，神仙沐浴
问是否也有少年心
在此相见欢，也有
合上眼睑的冲动

我感觉自己在漂浮
聚集着全部的体能
奇异果落在肩上
抚摸着经年的病痛
鸳鸯鸟在下游交会
用羽毛庆祝重生

请用秋叶覆盖这卑微的大地
请让星辰缀满蓝色湖泊

那遗留着恩情的种子
飞扬，俯冲
最终化作如水烟云
动与静，清与浊
抑与扬，缓与疾
万物舍弃了悲欢
万物各得其所
你我同在，一个秘密之地
一个永恒之境

## 文心兰

——在周宁高山花卉基地

当光明倾泻在你身上
唯有静默，才能接应
一条金色的河流

这世界有那么多人
精灵似的隔空舞蹈
我庆幸遇见了你
卸下厚重的苔衣与岩层
和你并立，风中带电
给无限绽放的花房做减法
只保留一小抔褐色的泥土
让叶脉和根茎交替生长
蜜蜂也要停下颤动的羽翅
伟大的爱有时需要松开

你在这片土地短暂停留
这肃穆庄严的山与海啊
只有在你面前
才能聚拢生命中全部的气息
激发未来无限的潜能
那未被时间磨损的一切
坐落在琴弦轻扬的经纬度上
像极了一个孤勇者
在每一个蓝色清晨
给金黄的汉字让路
向远方奇异的丛林俯身

这是一个大而无穷的世界
山河壮阔，随影赋形
我手捧这一束花枝
像你曾经赋予我的

温暖，透明，充满，仁慈

## 贵村

远看青山像禅意水墨
近闻水声在风中摩挲
老码头幽深的故事里
没有摄人心魄的怒吼
只有古榕平静地陪伴
没有谁能替她咀嚼酸甜苦辣
她在大地上的盘根错节
使鹰的翅膀高出了许多

多年前的水车早已破损
却生怕漏过每一个音符
这样的大地一隅
没有刀锋，没有眼泪
只有金黄，只有葱绿
那个在溪流中写诗的女孩
也被人一再抒写
像穿过甜蔗林的风

也许她能走得更远
却在一念之间
把人生安顿于此
一天天，看隆起的山峦
与清风一同舞蹈

看那一池水鸟彼此爱慕
闯过途经的湍急与黑暗
和飞奔而来的神秘之人相拥

哦，这是不可言说的秘境
也是最后的家园
在贵村，如果你也被施了魔法
就请收下这突如其来的欢乐
也收下静静流淌的孤独

# 为了迁徙的告别（外二首）

◎ 谢宜兴

告诉水里的游鱼，我们将不再漂泊
不再以船为家，一顶竹篷逆风挡雨
请原谅投网的惊扰也感谢水中的相依
把航行中的碇泊当作不沉的岛屿

也许陆地上有不一样的晕眩
但不再求潮汐施舍也不受风暴歧视
一枝浮萍终于有了根植的土地
从此成为坚果，坐拥厚实四壁

告诉空中的飞羽，我们的村庄
要远行，要离开这祖先避世的山居
曾经掘尽野菜，甚至剥下树皮充饥
野无遗食，愧对候鸟远来停栖

虽然山下的路并非平川坦途
但至少无坎坷崎岖之苦、悬崖峭壁之欺

生于淮北之枳去土移植到淮南
转身与橘为伍，酸涩成为记忆
（注：20 世纪 80 年代后期开始，宁德实施“造福工程”搬迁扶贫计划，上万贫困群众告别“穷窝”。）

## 黄花汛：三月黄花浪，四月白鳓山
——官井渔谣

那花说开就开了
纯金的花瓣如云如浪
一千双眼睛忙也忙不过来
那汛说来就来了
鱼香袅袅的洪流
十万个闸门挡也挡不住

一座会游动的岛屿
一座会唱歌的山啊
渔民们在舷边俯瞰
一时竟愣着忘了撒网
其实也真不知道如何下网
谁能一网拉起一座山呢

当然网还是下了
但满载而归这时不算凯旋
少年的我坐在老家门口
想金锭是怎样长出鱼鳍
鱼谣的鳃帮轻轻翕动

鱼筐就已气喘吁吁

（注：大黄鱼，闽东俗称“黄花鱼”。“黄花汛”期，发情的大黄鱼“咕咕”吟唱，在海面如云集浪涌。）

## 官井渔火

把一盏“风不动”挂在船头
把一张小网缯系在舷边
你抬眼看看暮夜的官井
坐下来把烟丝卷成纸烟

你知道渔火不仅仅照捕
它是渔村与夜海的期待与风景
就像航灯不仅仅指示航向
它给夜航人以希望和温馨

无月的夜海是黛色的草原
渔火是一只只小小的流萤
官井洋黄金发酵的时候
它也只佩带这些未打磨的星星

可就在渔火明灭之间
海面上浮出个岛屿灯火通明
我担心哪一天那口井枯竭
这海域是不是还叫人倾心

今天的水上村庄彻夜不眠

可我怀念渔火朦胧的宁静
其实渔灯就是一种憧憬
它代表了人生的一段心情

（注：宁德市官井洋，《福宁府志》记载，因洋中有淡泉涌出而得名；系大黄鱼产卵洄游基地、国家级水产种质资源保护区。）

# 春天的西洋岛（外三首）

◎ 刘伟雄

波平如镜　微澜舐岸
青青的草色与烟波
葱葱的山光与春晖
把孤岛点缀像盎然梦乡

拉帆的手　掌舵的手
织网的手　晒鱼的手
都在表演春天的舞蹈

那些从陆地飞来的鸟
那些从海洋洄游的鱼
他们交流在礁盘草丛之中
银羽草延伸了浪的欢欣
水仙花开出了海的柔曼
每一扇渔家的窗台
飘动着诱人的鱼香

流行的衣裳和银饰
古朴的炊烟和夕阳
流苏一样的渔港灯火
是止不住的春天呓语
是闪不停的渔汛风标

大陆之外　春天的西洋岛
春光在无限地汇聚
欢乐在劳动中永恒

## 螺壳岩

悬在崖上的声音
居然长出了一片茂盛的草
鱼会冲过浪的边缘
船会开进丰收的视线

攀岩而上　抚摩着
这些音阶的出处
它搁在阳光下的期待
它躺在岁月中的传奇

不期待每一天的集结
都有鱼汛的欢歌
螺壳岩　这一声凝固的号角
早已理顺风帆与远航的关系
渔民与海洋的生死默契

## 三都澳

那座旧教堂　五色玻璃
沧桑已经饱满了风琴的鸣响
那些繁华的脚印　沿崎岖的路
踩踏出另一种和声

多少人把希望的梦搁在这里
多少目光含泪地告别过
那些黄鱼也风骚的欢乐时光
就在这个沉默的岛上
就在这片半醒半寐的青葱里

把一些很重的词卸下来
把一些似曾相识的祈祷
从牌匾上取下吧　一座渔村
缺少鱼市的喧嚣　沸腾的生活
如何像浪　涌过海岸线的晨昏

## 从山顶眺望大海日落

能在海岛山顶上看到日落的刹那
你是有福的人了　我在想
那些沉船是看不到的
那些鱼儿是看不到的
还有我在大陆上的朋友是看不到的

我看到的日落在海岛的山上
那里没有炊烟熏出的气息
甘草的清香　蛐蛐的吟唱
为我的感动平添了许多内容

实际上那不过是一个平常的日落
可我却听到落日在海中
嗞嗞的声响　碧海顷刻红颜
灼烫的还有我羞涩的怀抱

注定我能看见那些
离世界很远的景致
在海岛的山顶上　如果顺风
触手也就能抚摩到天堂的脸

# 在霍童溪畔捡到的诗

◎ 伊　路

## 看见乌猪滩石头上的云纹

你们都围着那刻在石头上的诗句拍照
我就欣赏它旁边的云纹吧

多少时光创作的
只剩下线条的诗　每一根都弯出无边的天意

它是给我看的　所以你们看不见
旁边的溪水自顾自流去
什么也不看

不远处的云气村
每个屋檐下　都有云
那“垂老无所好，所思在远行”的人
已在云之外

## 外表村的绿

这么多的绿啊
层层重重　密密匝匝　一波波　一浪浪

我是到绿的窝　绿的巢里来了
外面的很多绿是从这儿生出去的吧
那些葱茏的小山也是从这儿生出去的

我想消失在其中　再出生一回
我的诗歌
必须有这样的绿

## 上金贝畲家寨

这些雪白的新农村的房子
使大山失眠了
夜雾挤挤挨挨　合不拢来
但是没关系的

那散发着幽香的小径
和那叶影斑斓的水泥路
不是像畲家姑娘的裙带般
连接在一起了吗

那缠绕着的
秉性不一的梨茶　小叶榕和绒毛润楠
不是已经相依为命地长成一棵树了吗

那尊贵的古墓　奇异的鸟石马
也都一样的朴拙了

午餐的一个草叶包的粽子　几节竹笋　几粒莲子
就使我的生命有了新鲜的野味

天底下的一切都会和谐在一起的
不和谐也是为了更好地和谐

过不了多久
小松鼠就会在那
种着太阳花的窗台打呼噜了

# 到三都澳看海（外一首）

◎ 闻小泾

请你到三都澳看海
多情的海风将会掀起你的衣裙
给你一声声轻飏的问候？

请你到三都澳看海
时光的汽艇将会带你纵情飞驰
让你的忧思跌落在翻涌的波浪里

请你到三都澳看海
神奇的古洞将引你触摸传说的深幽
让你的肌肤泛起一层层发现的惊喜

请你到三都澳看海
造化的螺壳将教给你突破的灵感
让你只手窥探天光泄露的秘密

请你到三都澳看海

世纪的海关将为你撞响跋涉的艰辛
让你翻阅大洋的风何时止于无形？
请你到三都澳看海
唼喋的鱼唇将向你一阵阵耳语
给你带来大海深处浮沉的消息

## 溪中

门前的一溪水！一只鱼在
水里，把自己游得
越来越透明。有时她漂向水面
啜饮一口天空，又紧张地
潜入水底。水底的那一块石头，像老僧似的
淡定，任鱼儿在浑身爬上爬下，但一缕战栗
却通过水面，漾起了一圈圈的波纹

# 清　海（外一首）

◎ 周宗飞

这是骤雨初歇的三月清晨
我又见到这支忙碌的队伍
顶着咸湿微凉的海风
从三都澳走向闽东海

走向大海！
这是向海洋发起的深情致歉
也是自我挑战的动员令
宽广忙碌的海面，我看见
他们一遍遍清除杂乱海域
像卸下陈旧的生活

他们要为大海重新梳洗
给大海穿上洁净衣裳
把褴褛藻类变成华丽流苏
好让它们在风浪中舞动水袖
让整座大海变得透明敞亮

谁能辜负大海的美
她的养育之恩如此浩荡
可曾几何时，她被蹂躏得不堪重负
曾经欠下的，现在要加倍偿还

就让青春和使命重新布局大海
让铮铮铁骨重写海洋史诗
让失眠的贝类舒展腰肢
让窒息的船舶绝处逢生

看吧，大海捧出洁白浪花
她歌唱她的岛礁终于脱胎换骨
也歌唱她的子民
从此可以栖身蔚蓝港湾
看千帆过尽，无问西东

## 黄田马蹄笋

从来没有吃过
这么美味爽口的笋
鲜、香、脆、甜、嫩
还能直接当作水果品尝
从来没有听过
性情如此怪癖的笋
一旦离开黄田
哪怕是国际大厨

也烹调不出它在老家的
滋味和容颜
它是全世界唯一
一款拥有乡愁和记忆的笋
始终恋家、恋乡
恋着那方生养它的山水
这多么像我
自从离开那个
叫作岚亭的小山村
就再也找不回当初的
纯真、善良和朴素

# 所有乡村都看似家乡（外二首）

◎ 阮宪铣

仅有郁葱连绵的青山是不够的
还要有一条或两条潺潺流淌的河流

仅有青山绿水是不够的
还要春有油菜、秋有稻田的金黄大地

仅有田园风光是不够的
还要有白墙黑瓦，和袅袅的炊烟

仅有小桥流水人家是不够的
还要有篱笆、瓜果清纯安静的样子

——如果再想起母亲
家乡就到了

## 白溪草场

想我喜欢，在草地上看风景

天空用蓝把蓝洗得
又高又远
草木的香气清冽，明亮
像自由
在身边浩瀚起伏

如果累了，我就躺下
你看不到我了

那无边的葱绿和无尽的蓝
让大地看起来
像我爱的无比辽阔

## 在海边

秋天来了，为看海
看满天的蓝倾泻在无垠的海里

我来，也看海一样的天
看浪一样白的云，翻腾

其实我看的是，心中不息的涛声
海天澄碧和自由的澎湃

我叫它，蓝和远方

# 官台山的薰衣草回廊（外一首）

◎ 何　钊

在六百年的银坑边上
崭新的石阶和栏杆
和我一起迎接午后的秋风
塑料的薰衣草挂满回廊
色调淡紫，衬着鹅黄的碎叶
虽然没有青草的芬芳
看起来也充满了梦幻

她应该是怀想，比如
在寒冬回忆盛夏的骄阳
或者从阳台里伸展
柔弱的叶片，拥吻阳光
把前朝的掌故编成《聊斋志异》
镶嵌成簪花的仕女

如果可以，我还想
撒一把紫苜蓿的种子

开成花海，她的紫会散发芳香
一把茑萝，长出星星的形状
让长长短短的芦苇垂下尾巴
柳条和竹篾编织城墙
宫灯和刀戟
一层层围起银坑

这个秋天的午后
穿过挂满薰衣草的回廊
我回头看到了官台山
它倔强地挺立着
要把六百年的沧桑
全都藏进这一圈的淡紫和鹅黄

## 黛水凭栏

波纹荡漾的水面
摇晃着倒映的灰瓦
春日的午后
阳光把黛溪的水
都照得甜了

一整个冬天
它们和红色的酒曲亲昵
揉碎稻谷的芳香
把翠屏山和满天的星斗
都织进坛里

现在是绽放的时候了

樱花铺就的小径里
黄澄澄的油菜花
红火火的灯笼
隔着岸摇荡黛水
说那一坛老酒
醺醉了满镇的风

# 想为西山的两块石头命名（节选）

◎ 王祥康

一

奔跑的姿势像风
像一个悬念　他们特别有耐性
共同把玩着风　把自己悬着
脚下是沙滩　面前是海风
他们从太姥山奔跑到这里
突然收住脚步
如果多出一寸力就会坠落成沙
如果少一分力
他们可能还在草丛中挣扎

二

多么好
能成为风景多么不容易
悬崖之上　海风之中

我小心地一一触摸他们的背面
像触摸自己的命运
我想与他们共一个名字

三

静听涛声　浪花是被动的
花岗岩有自己想法
面对悬而未决的事件
他们有自己的定力　千万年
宁可让世人揪心
也不肯让风摇晃自我
这是意志还是良心
台风一次次　哪怕是地震
他们依然铆住真实
身后的点赞石竖起拇指

四

我扶住他们的体温　合影
留下的只是外形
一个棱角分明　一个圆润自谦
不同性格却共有秘而不宣的追求
石头之上或者石头内部
伸手抚摩他们的灵魂
就像夕阳一次次来到西山探问
决绝就是他们的答案吗
可为什么又突然收住脚步

# 拜访一株老茶树

◎ 林典铇

沿溪而上
我要去拜访一株老茶树
手中竹杖，有时戳到松软的泥土
有时叩响岩石
春天青草的气息特别好闻
吹笛子的牧童，松下的残棋
不需要遇见
在小潭子边傻坐
盯着水里的白云慢腾腾地
漫无目的地飘荡
没给那株茶树
投递仿唐的信札
心有俊秀的小楷就够了
它若在，见个面
说不说话都行
若它去了更深的山里
我也会满心欢喜

回的路上，装一壶清泉
用文火煮旧岁的白毫银针
置两个白瓷杯
倒出山中新鲜的云雾
氤氲的时光，杏黄的茶汤
举杯敬空气中的茶树神
祈愿余生有花不完的脚力
有喝不完的新茶、老茶

# 嵛山岛，泡一壶老白茶(外一首)

◎ 陈小虾

我爱孤岛
在随波逐流的海上，守着自己
我爱茫茫荒草
在孤岛上，走出蓬勃之路
我爱荒草间的天湖
接受淤泥、水草和俗世的鱼虾
也照见繁盛与荒芜、日月与星辰
日出时，我爱在石壁上
泡一壶老白茶
用火唤醒陈年的新日光
在炊烟升腾的，叫鱼鸟的村庄

## 小山坡

紫色、红色、黄色的野果子
灰色的兔子、蓝色的山雀
还有绿色的野丫头

把自己当作鹰
在山坡上飞来飞去
嘿，那时世界那么大
大到无法想象
那时世界那么小
小到只有蓝天、白云
笑个不停的你

# 祖国的霞浦（外一首）

◎ 韦廷信

祖国的霞浦是一抹晚霞
是留在渔民脸上的夕阳，是无限好
是葛洪山中升起来的一口仙气
这口仙气养活了一群精灵
大黄鱼，石斑鱼，龙头鱼，弹涂鱼
是他们让大海更加热闹
让大地充满生机
你看，他们让风浪弓着腰，借助双手
出色地在海上完成一次又一次的跳马
向前跳跃，一跃千里
当他们嬉闹累了，又像一个归来的游子
从高速口下来，进入山河路
两排印着福字的灯笼在晚风中咬着耳朵
传递这回家的消息
我们被夹道欢迎，不论是官宦人家还是寻常百姓
只要在心里轻轻地叫唤一声：祖国的霞浦
好像就有一种力量让你清晰地感受到

你与这座城市正一起被谁疼爱着

## 沙江 S 湾

它出现在我眼前
像这个世界侧身的样子
曲线分明
它两侧立着的竹竿
像一句句立在水上的誓言
若是走近它
两侧的竹竿会像肃穆的卫兵恭迎你
竹竿上飘飞的海带
一条条，黑褐色，墨绿色，深绿色
仿佛城墙上哗哗响的旗子
初夏，海带变得厚而老成、有韧性
呈光亮的褐色
十万条海带
同时伸手往空中一抓
抓住空或不空
都有睥睨天下之势
令这一带的地脉，颇具纹理与气象

# 诠释嵛山岛

◎ 钟而赞

神不屑于诠释。茫茫大海中
他拔出嵛山，在山上布设三个湖
人世间有辽阔的风浪和咸腥
云雾漫天，津渡迷失于出发地
需要在清淡中澄净下来
抱守一座岛屿孤悬的高度
十万种解说都来自凡尘
譬如天上雨地下泉
譬如海水的蒸腾和自净
又譬如我来时海天清明，云层
有清晰的纹理和边缘
三个湖却早已完成命名
曰日，曰月，曰星

# 紫菜岁月

◎ 董欣潘

三月，白鹭湾海碧天蓝
亮晃晃的阳光直照海面
紫菜在波浪的手掌中打开
它的身心，柔软，飘逸，又绵长
随海水波动，在波动中生长
细嫩的紫菜怀着春天的梦
它有薄荷的衣裳，透明之心
有红色的种子，在春风里受孕
在海水中发育和茁壮

在朋友的厂子里，地上
晾晒的紫菜生辉。他说
那是紫菜母，怀揣一颗红心
而海在海上波动，紫菜架
在波涛中漂浮。海边人
靠海吃海，众多的乡亲

以养殖紫菜为生
三月培育苗种
五月下种，十月收成

这是一个古朴的渔乡
他们以海为生，一年四季
一枚紫菜，泛起一座大海
在风起浪涌中，度过幸福一生

# 在闽东

◎ 李艳芳

秋天了，听说银杏落在
莲花图案的地上，很美，我们去看吧

冬天来时，听说蜡梅盛开，暗香淡薄
我们去看吧

现在是初夏，风从南峰山吹来
顺便把诵经声，带往远处

顺便把建善寺的美，向世人露出
那么一点点

闽东是这样的，山河翡翠，更多美好
被松石掩映

# 我的蓝天白云

◎ 阿 曼

这里的天好蓝
真想裁一角下来，做我的长裙
再让柔和的风，吹吹裙裾
那些云朵，为什么那么白
我一低头，它们就在水里
我要把最白的那朵捞起来，带在身边
风是轻的，树是绿的，天是蓝的
云是白的。而你，是属于我的
别问我为什么一直看云朵
因为我抬头时，你就在云端
云朵之下，我喜欢静默无语
也喜欢对着它轻轻诉说
说收获，说过冬的细节，也说思念
好吧，你们要走就走
我决定把心留下
和这儿的云朵谈一场恋爱，不离不弃

# 潮汐引力

◎ 张　颖

我们走着
像两只踱步的水鸟
不需要话题
一前一后，时远时近
你的花裙摆像海浪
拍打在我的膝部
很轻很轻

路灯悄悄绽放出黄昏的花蕊
潮起，潮落。潮落，潮起
潮涨起时，你离我很远
潮退去时，你离我很近

我粗粝毛躁的脾性
被浪花摩挲成细小的沙粒
平滑而温顺
驯服于一只水鸟的足迹

它们不断地排列
组合出一个又一个
崭新而美好的我

我喜欢这潮汐引力
只有这样
我才不会惧怕我们之间的差异
一个在浅水区
一个在深水区

图书在版编目(CIP)数据

山海闽东/宁德市文学艺术界联合会编. —福州:海峡文艺出版社,2022.11
ISBN 978-7-5550-3176-5

Ⅰ.①山… Ⅱ.①宁… Ⅲ.①诗集—中国—当代②散文集—中国—当代 Ⅳ.①I217.1

中国版本图书馆 CIP 数据核字(2022)第 181043 号

**山海闽东**

宁德市文学艺术界联合会 编
**出 版 人** 林 滨
**责任编辑** 朱墨山
**出版发行** 海峡文艺出版社
**经　　销** 福建新华发行(集团)有限责任公司
**社　　址** 福州市东水路 76 号 14 层
**发 行 部** 0591—87536797
**印　　刷** 福州报业鸿升印刷有限责任公司
**厂　　址** 福州市仓山区建新镇建新北路 151 号
**开　　本** 720 毫米×1010 毫米 1/16
**字　　数** 265 千字
**印　　张** 19.25
**版　　次** 2022 年 11 月第 1 版
**印　　次** 2022 年 11 月第 1 次印刷
**书　　号** ISBN 978-7-5550-3176-5
**定　　价** 93.00 元